KB232501

청조만리성

清朝萬里城

청조만리성 1

수담 · 옥 新무협 판타지 소설

초판 1쇄 찍은 날 § 2007년 5월 10일
초판 1쇄 펴낸 날 § 2007년 5월 20일

지은이 § 수담 · 옥
펴낸이 § 서경석

편집장 § 문혜영
편집책임 § 이재권
편집 § 유경화 · 유혜림

펴낸곳 § 도서출판 청어람
등록번호 § 제1081-1-89호
등록일자 § 1999. 5. 31
어람번호 § 제2-1200호

주소 § 경기도 부천시 원미구 심곡1동 350-1 남성B/D 3F (우) 420-011
전화 § 032-656-4452   팩스 § 032-656-4453
http://www.chungeoram.com
E-mail § eoram99@chollian.net

ⓒ 수담 · 옥, 2007

ISBN 978-89-251-0699-1 04810
ISBN 978-89-251-0698-4 (세트)

※ 파본은 구입하신 서점에서 교환하여 드립니다.
※ 저자와 협의하여 인지를 붙이지 않습니다.

청어람

수담·옥 新무협 판타지 소설

천하경영이리성

①

狂雲

獒王卷之一

F A N T A S T I C   O R I E N T A L   H E R O E S

清朝萬里城 目次

　1. 『사라전종횡기』 완결 이후, 개인적으로 안 좋은 일이 있었습니다. 삶을 되돌아봐야 할 정도로 힘든 시기였지요. 그래서 방황도 좀 했습니다. 이젠 아닙니다. 방황의 끄트머리에서 문득 나에겐 아직 글쓰기가 남았다는 것을 깨달았습니다. 앞으론 글만 쓸 생각입니다. 느림보 작가라고 소문났는데, 이참에 그 오명을 깨끗이 씻어낸다는 각오입니다.

　2. 무협 소설의 활동 배경은 중국입니다. 그러나 그렇다고 무협 소설이 중국인의 사고에 국한된 글이라고 주장할 수만은 없습니다. 강자와 맞서 싸우는 약자. 권력에 항거하는 민중. 이런 대립적 서사 구조에서 무(武)와 협(俠)이 주(主)가 되는 한 무협 소설은 국가와 민족을 초월한 동양 판타지로 남을 것입니다.

　전작 『사라전종횡기』가 그랬습니다. 배경은 중국이지만, 그 안의 이야기 구조는 중국 민족만의 것이 아닙니다. 보기에 따라, 폭정의 시대와 맞서 싸워온 우리네 민중의 투쟁사라고 생각할 수도 있습니다.

　이 글 『청조만리성』도 그 점에선 마찬가지입니다. 워낙에 졸필

인 탓에 바다를 그리려다 산을 그려 버리는 우를 범할 수 있지만 말입니다.

3. 〈청조〉의 역사 배경은 명 후기입니다. 제국의 폭정 아래 민중 봉기가 끊이지 않았던 국난(國難)의 시기였지요. 실제 역사에선 틈왕 이자성이란 인물에 의해 명은 망국의 역사로 남게 되는데, 〈청조〉에서는 그 시기에 앞서 하나의 가정을 두게 됩니다.

이른바 무협 소설의 주인공들인 무림인들이 신제국을 세우기 위해 궐기했다는 것입니다. 알고 보면 사라전종횡기도 그 연장선상에 있었던 이야기입니다.

다소 무리한 가정일 수 있습니다. 또 그 가정을 실제 역사처럼 풀어낼 만한 뛰어난 글재주도 제겐 없는 것 같습니다. 다만, 무협 작가로서 독자님들에게 한 가지는 약속해 드릴 수가 있습니다. 수담은, 부끄럽지 않은 무협 소설을 남기고자 항상 최선을 다하여 글을 쓴다는 것입니다.

수담 · 옥 배상.

序 추락하는 제국

명. 가정(嘉靖) 삼십삼년.

그해 재앙 같은 가뭄이 산동성 서부 지역을 덮쳤다. 삼월부
터 구월까지 한 방울의 비도 내리지 않았고, 지하수는 말라
버렸는지 땅을 파면 바스러져 죽은 지렁이만 나왔다. 메마른
대지는 민생마저 황폐하게 하였다. 곡식도 없고, 가축도 없
고, 하다못해 잡아먹을 만한 산짐승도 없다. 주민들은 먹을
것이 없어 온 산을 돌아다니며 풀을 뜯었고, 그것마저 모자라
소나 말이 먹어야 할 여물을 씹어 먹었다. 항간에는 누군가가
인육을 먹는다는 흉흉한 소문마저 떠돌았다. 어쩌면 거짓 소
문이 아닐지도 몰랐다. 그해, 유독 실종된 아이들과 노인들이

많았고, 또 홀아비와 과부가 많이 생겨났다.

주민들이 그렇게 가뭄과 사투를 하고 있을 때, 산동성의 행정을 책임진 좌우참정(左右參政) 및 좌우참의(左右參議)들은 해당 관청에서 열댓 명의 관기를 모아놓고 연일 술판을 벌였다.

누군가 그것을 보고 말했다.

"개놈의 세상, 더러워서 못살겠다! 확 뒤집혀 버려라!"

명. 가정 삼십사년.

그해 여름 호북성. 가뭄이 극심했던 전년도의 산동성과 반대로 이 지역엔 엄청난 비가 쏟아졌다. 특히 칠월 한 달은 하루도 빠짐없이 종일토록 비가 내렸다. 그러다가 결국 팔월의 첫날, 장강이 범람해 강변 지역 일대를 물바다로 만들어 버렸다. 죽은 사람만 오만이 넘었으며, 졸지에 생활 터전을 잃고 빈털터리가 된 수재민은 못 되어도 오십만은 되었다. 물난리에서 겨우 생존한 사람들의 삶도 먼저 죽은 이들과 크게 다르지 않았다. 병들어 죽고, 굶주려 죽고, 괴로워 죽었다. 괴로워 죽은 건, 가족을 두고 혼자만 살아남았다는 현실이 너무나 가슴 아파 스스로 목을 조른 결과이다.

장강이 범람하기 전날, 이 지역권 수해를 최종 관리하는 호북성 무창 위지휘사(衛指揮使)는 가진 재물을 몽땅 수레에 실어 주민들 몰래 한밤 도주했다. 수레만 다섯 대가 넘었다.

누군가 그 일을 전해 듣고 말했다.

"나라 꼴 잘 돌아간다. 관리들이 온통 도둑놈인데, 이따위 개 같은 나라에 무슨 희망이 있으리오. 젠장, 확 뒤집어져 버려라!"

명. 가정 삼십오년.

그해 가을 절강성. 안탕산 주변 지역으로 역병이 돌았다. 이전에 보지 못한 전염병인데, 하루에 십 리씩 전염될 정도로 확산 속도가 빨랐다. 원체 가난한 지역이라 역병을 치유할 약재는 없었다. 치료할 의원도 없었다. 한 달이 지나자 이 지역 백성의 절반이 역병에 걸려 하루하루 죽음과 다름없는 고통의 삶을 연명했다.

백성들이 그렇게 역병에 시름하며 죽어갈 때, 당국에서는 의원이나 약재를 보내는 대신 창칼로 무장한 군사들을 그곳에 투입했다. 안탕산 동서남북 이백 리 지역은 외부와 철저히 격리되었고, 종내에는 전염병 확산을 방지한다는 구실로 역병에 걸리지 않은 온전한 주민들까지 모조리 불태워 죽여 버렸다.

그 소식을 접한 누군가가 말했다.

"이게 어찌 제대로 된 국가라고 할 수 있는가. 백성이 죽어가고 있거늘, 관리란 놈들은 자기 한 목숨 살자고 도망가기 바쁘고, 만백성의 어버이란 작자는 의원을 보내 병의 진상을 알아보기는커녕 군사들을 투입해 온전한 백성마저 학살하는구나. 희망이 없다. 미래가 없다. 명은 이제 대륙을 지배할 자격이 없도다."

명. 가정 삼십육년.

그해 봄 산서성 북부. 변방의 한 중년 무장이 파국의 세상을 보다 못해 달단(韃靼)을 견주던 칼날을 북경의 심장부로 돌렸다.

"백성의 마음이 명을 떠났도다! 정의가 무엇인지 알고 있는 의인들이여, 집 밖으로 뛰쳐나와 제국의 무리와 맞서 싸워라! 그리하여 이 나라의 주인이 주씨가 아닌 만백성임을 천하 방방곡곡에 분명히 알려라!"

무장의 이름은 임자석.

임자석의 민중봉기 선언 후, 수많은 백성이 그를 추종하며 따랐다. 녹기군(綠鎭軍)이라 불린 그들은 한때 그 수가 무려 이십만을 헤아렸을 정도로 대단한 기세를 떨쳤다.

명나라 황실은 이들을 대역죄로 다루어 군사 이십만을 보내 진압하도록 하였다. 녹기군이 낫과 호미를 들고 대항하자 그때는 다시 창검으로 무장한 전투 병력 십만을 더 보내 그들을 마치 전쟁터의 적처럼 무참히 학살했다.

기세와 기개는 비록 대단했지만 녹기군의 대다수가 논밭을 일구던 평민. 결국 녹기군은 대륙의 산야에 무수한 시체를 남기고 진압당했다.

녹기군의 핵심 인사들은 현장에서 즉결 처분되었고, 그들의 수장 녹기장군 임자석은 군사들에게 사로잡혀 북경으로 압송되었다.

임자석이 압송되는 거리에는 수많은 백성이 녹색의 띠를 옷고름에 묶고 나와 그의 이름을 애타게 부르며 눈물을 쏟아냈다.

  *   *   *

북경 자금성 앞 승천문(承天門) 대광장.

임자석이 참수되기 전날, 자금성으로 직통하는 승천문 앞 광장에는 임자석의 마지막 모습을 지켜보려는 백성들이 구름처럼 모여들었다. 백성의 집결 규모에 놀란 북경 당국은 이날 운집한 백성을 겨우 일만이라고 공표했으나, 실제 현장에 있던 사람들의 말에 따르면 적어도 십만은 넘었다고 한다.

임자석 참수 직전엔 전날보다 두 배는 더 많은 백성이 몰려왔다. 인산인해. 축제의 날이었으면 이보다 더 좋을 수 없겠지만 이 집결은 애환과 원성, 분노를 삼키는 민중들의 모임이었다. 여차하면 그들의 분노가 자금성으로 직행해 버릴 수도 있었다.

명 조정은 당장 초비상이 걸렸고, 그에 따라 창검으로 무장

한 금위군 오만을 승천문 광장에 긴급 투입해 운집한 백성들이 자금성으로 난입하지 못하도록 경계하였다.

"틀렸어, 틀렸어. 현장 척결을 했으면 간단히 끝났을 일을 뭐 하러 북경까지 끌고 와서 참수해. 이따위 멍청한 생각을 한 놈이 대체 누구야?"

병부상서 감부득이 불만스런 얼굴로 투덜댔다. 시선은 장인태감(掌印太監) 유강을 향해 있었다.

유강이 감부득을 힐끗 쩌려보곤 답했다.

"놈이라고 하시면 대역죄이지요. 황상께서 친히 내린 명이거늘……."

"끄응."

감부득의 얼굴이 소태 씹은 듯 일그러졌다. 그는 무언가 영마뜩찮은 숨결을 토하며 승천문 광장의 참형 장소, 참수 직전에 있는 임자석에게 걸어갔다.

감부득은 이번 참형을 최종 주관하라는 황명을 받았다. 처음, 대내에서 이 일을 주관할 사람을 구했을 때 관리들은 하나같이 사양했다. 그들도 눈이 있고 귀가 있다. 자칫하면 불명예의 역사에 올라 백성들에게 두고두고 씹힐 건수가 되는 일인 것이다.

감부득 또한 같은 생각으로 극구 사양했는데, 황제가 그만 귀찮다며 그에게 이 건을 일임해 버리고 자리를 떠나 버렸다.

탐탁지 않은 보직. 그로선 더럽게 재수가 없었다고 해야 하리라.

감부득이 임자석의 앞에 서서 엄히 말했다.

"대역죄인 임자석은 황상께서 머물고 계신 태화전(太和殿)을 향해 참회의 절을 올리도록 하라."

임자석은 감부득이 명한 태화전 방면을 쳐다보지 않았다. 그는 추호도 주눅 들지 않은 얼굴로 감부득을 노려보고 있었다.

풀어헤친 머리, 고문의 흔적이 역력한 몰골, 그럼에도 기개가 펄펄 살아 있는 눈빛. 감부득은 임자석의 그런 독한 모습에 낯을 찡그리며 황명이 적힌 성지(聖旨)로 시선을 돌렸다.

"너는 대명의 녹을 먹은 장수로서 대역무도하게도 어린 백성들을 선동하여 모반을 감행하였다. 그럼에도 너그러우신 황상께서는 천인공노할 네놈의 대역죄를 눈감아주고자 그렇게나 큰 번민을 하셨는데……."

"닥쳐라!"

임자석이 눈을 번쩍 뜨고는 감부득의 말을 끊었다.

"나는 명의 썩은 녹을 받은 것이 아니라 만백성이 피 흘린 땀으로 준 녹을 받았다! 또한 온 나라 백성이 명의 폭정에 죽어가고 있거늘, 거기에 너그러운 황제가 어디에 있느냐! 너는 개돼지들의 궁에 가서 분명히 전하라! 이 나라는 주씨의 것이 아니다! 오늘의 내가 죽으면 또 다른 녹기군이 대륙에 웅비하리니 주씨가 그 자리를 차지하고 있는 것도 이제 얼마 남지 않았도다!"

"으으음."

감부득은 수치와 곤혹으로 얼굴을 붉혔다. 솔직히 어서 빨리 이 자리를 벗어나고 싶었다. 그는 임자석을 보고 있노라면, 특히 임자석의 시퍼런 눈빛을 마주하고 있노라면 팔뚝에 절로 소름이 돋았다.

현재 대내의 많은 관리가 현장을 지켜보고 있다. 죄인을 추궁하는 형식은 갖추어야 한다. 감부득은 장문의 황명을 대충 빠르게 읽어 내려가다가 끝 부분에서 목소리를 높였다.

"아직도 자신의 죄를 뉘우치지 못하다니 참으로 대역무도한 놈이로다! 오늘 대역죄인을 엄히 참수하여 이 천하가 황상의 것이며, 또한 대명이 천세만세할 것임을 천하 만백성에게 똑똑히 알리노라!"

"갈!"

임자석이 다시금 일갈을 질렀다. 쩌렁쩌렁한 그 음성에 감부득뿐만 아니라 참형장에 참관한 모든 사람의 시선이 그에게 집중됐다.

"이 나라가 어찌 주씨의 것이더냐! 원나라 말기에 만백성이 죽기를 각오하고 원과 맞서 싸우지 아니했다면 어찌 주씨가 감히 명을 세울 수 있었겠느냐! 또한, 천세만세라니 참으로 가소롭도다! 전날 무불일조께서 무 제국 건설에 조금만 더 열정을 쏟으셨다면 명의 운명은 이미 그때 끝났을 것이다! 어디 그뿐이냐. 후에 청무조의 남무제께서 조금만 더 독한 마음을 먹었다면 어찌 주씨가 아직까지 황상에 남아 있었겠느냐!"

감부득이 입을 굳게 다물었다. 반박할 말이 없다. 임자석의 말은 대외적으로 익히 알려진 사실이었다.

"내 오늘 비록 두려움없이 한세상을 가지만, 참으로 여한이 남는 일이라면, 남무제께서 청무사조를 선언하셨을 때 왜 목숨 걸고 그것을 막지 않았는가 하는 점이다. 오오오, 아아아, 청조여! 으흑흑흑흑!"

임자석의 눈에서 눈물이 주루룩 쏟아졌다. 눈물은 곧 피와 섞여 피눈물로 변하였고, 그는 그때부터 통곡하기 시작했다.

임자석의 그런 모습에 백성들이 다 함께 울먹거렸다. 더불어 밀집된 군중 곳곳에서 소요가 일어날 조짐이 비쳤다.

상황이 심상치 않게 변하자 장인태감 유강이 감부득의 옆으로 걸어와 무언가 귀띔을 하고는 대신해 형장을 주관했다.

유강이 말했다.

"하면, 죄인에게 마지막으로 묻겠다. 너그러우신 우리 황상께서 내게 말씀하시길, 임자석이 진정으로 뉘우친다면 그땐 지난 죄를 모두 사하고 조정에 크게 등용하신다고 하셨다. 또한 그렇지 않을 경우엔 구족을 멸한다고 하셨다. 하니 너는 지금이라도 죄를 참회하고 황상의 품으로 돌아올 생각이 있느냐?"

"네 이놈! 그 더러운 아가리를 닥치지 못할까!"

임자석이 통곡을 멈추고 시퍼런 눈으로 유강을 노려봤다. 유강 역시 감부득처럼 그를 마주하기 껄끄러운 듯 시선을 급히 돌렸다.

"구족이 아닌 십족을 멸한대도 나는 주씨의 개가 되지 않는다! 하니 개소리 말고 어서 내 목을 잘라라! 나는 비록 오늘 죽지만, 차후 원귀가 되어서라도 명의 운명을 똑똑히 지켜볼 것이다!"

대역죄 인정 불가능. 회유 불가능. 더는 방법이 없다.

감부득과 유강은 결정의 눈빛을 교환하고는 참형장을 뒤돌아섰다. 참형장을 빠져나오며 유강은 대기하고 있던 도부수에게 말했다.

"집행해라. 나름으로 강직한 사람이니 고통없이 단칼에 끝내도록 해라."

푸우우우우!

도부수가 대감도에 술을 뿌리고 형장으로 나섰다.

유강의 말대로 도부수는 다른 몸짓 없이 곧장 임자석의 앞으로 걸어가 칼을 높이 쳐들었다.

임자석은 눈을 감고 있었다. 칼날이 목을 자르기 직전, 그의 입에서 작은 음성이 흘러나왔다.

"하정아, 못난 아비를 용서하거라."

펙!

임자석의 목이 잘려 나갔다.

잘린 임자석의 목은 형장을 데굴데굴 굴러가다가 뺨을 땅바닥에 붙인 채 멈추었다. 눈은 감지 않았고, 목이 잘린 한참 후에도 그의 부릅뜬 눈에서는 피눈물이 흘러나왔다.

콰쾅!

의인의 죽음에 하늘도 분노했음인가.

마른하늘에서 날벼락이 쳐댔다.

대명 가정 삼십육년.

그해의 일이었다.

第一章

굴욕의 세월

굴욕의 세월

임자석의 부인 문정희가 거처하는 안실.

"대역죄인 문정희는 어서 나와 황상의 지엄하신 명을 받들라!"

안실 밖에서는 관리들의 엄한 음성이 계속해서 들려오고 있었다. 문정희는 밖으로 나가지 않았다. 그녀는 깨끗한 백의로 갈아입고 남편이 처형된 북쪽을 향해 숙연히 절을 올렸다.

두 번의 절을 올린 후 그녀는 뒤돌아서서 문 앞에 무릎을 꿇고 있는 열두 살 어림의 소녀에게 조용히 시선을 건넸다. 그녀의 막내딸이었다. 임자석이 남긴 삼남이녀 중 유일하게 살아남을 가능성이 있는 피붙이이기도 하였다.

문정희가 말했다.

"오늘을 잊지 마라."

소녀는 눈물을 애써 참으며 문정희를 바라봤다. 어머니가 죽음 앞에 초연하듯 소녀 역시 의외로 의연한 모습을 하고 있었다.

"가슴에 담아두고 또 담아두겠습니다."

"살아라, 너만은 무슨 일이 있더라도. 그래서 훗날 아비와 어미의 한을 풀어다오."

"제가 어찌 오늘을 잊을 수 있겠습니까. 창기가 되어 목숨을 연명하더라도 반드시 살아남아 명의 운명을 지켜볼 것입니다."

가만히 딸을 응시하던 문정희가 문득 두 팔을 벌렸다.

"오너라, 내 딸아. 안아보고 싶구나."

그녀의 가슴 안으로 소녀가 뛰어들었다. 소리없는 울음이 있었다. 가슴과 가슴이 연결되는 모녀의 언어가 있었다. 그리고 그녀는 소녀를 안은 채 손에 들고 있는 단검을 자신의 목에 찔렀다.

비명은 없었다. 신음도 없었다. 하지만 소녀는 그 순간 어머니가 어떤 모습인지 알았다. 소녀의 얼굴 위로 어미의 피가 뚝뚝 떨어지고 있었다.

"아아!"

소녀의 눈에서 참고 참았던 눈물이 쏟아졌다.

쾅! 우즈즉!

문이 박살났다.

박살이 난 문 안으로 서슬 퍼런 군사들이 들이닥쳤다.

소녀는 앞으로 찾아올 운명을 예감한 듯 조용히 눈을 감았다.

＊　　　　＊　　　　＊

성명 : 임하정.

나이 : 열하나.

성별 : 여(女).

죄형 : 대역죄.

형벌 : 대역죄인 임자석의 직계이므로 포락(炮烙)하고 차열(車裂)한 다음 능지처참해야 마땅하나, 십이 세 이하의 여아들은 관대히 처리하라는 황상의 너그러우신 명이 있었던지라, 특별히 장형(杖刑) 이십 대로 죄를 면해주고, 이하 천인(賤人)으로 강등해 감숙성 금창(金昌)으로 유형한다. 향후 이십오 세까지 감숙성 추관(推官)이 일상을 보호감찰하고, 그 이후는 추관의 판단, 보고에 따라 다시 죄의 경중을 논한다.

"구월생이라⋯⋯. 운이 좋군."

감숙성 금창의 검찰관(檢察官) 남철은 이번에 금창으로 유

형된 죄인의 문서를 보며 중얼댔다.

"그렇습니다. 죄인 임하정은 올해 열두 살임에도 아직 생년월일이 지나지 않은지라 이번 역모 건에서 운 좋게 살아남았습니다. 아마 한 달 후에 역모 건이 심판되었더라면 그땐지 어미나 오라비처럼 형장의 이슬로 사라졌을 겁니다."

남철의 부장인 순검(巡檢) 구사양이 머리를 끄덕이며 말했다.

"이거 앞으로 골치 아프게 됐어. 일일 보고라……. 허참."

남철은 말과 함께 곤혹스런 빛을 슬쩍 비쳤다. 구사양이 그 심정을 이해한다는 듯 고개를 끄덕였다.

남철은 대명 정삼품 육부(六部) 좌우시랑(左右侍郞) 남학도의 둘째 아들이다. 원래는 북경 육부의 주사(主事) 관직이었는데, 그가 북경에서 멀고 먼 이곳으로 좌천된 까닭은 타고난 풍류를 주체치 못해 관인 된 신분으로 하면 안 될 짓거리를 했기 때문이다. 고위 관리를 남편으로 둔 유부녀와 통정을 한 것이다.

이런 그에게 어린 죄인을 감시하는 감찰 업무는 그의 성향에 비추어 아주 성가신 일이요, 한편으로는 무척 짜증나는 일이라 할 수 있다.

"암튼 죄인을 만나보긴 해야겠지. 임자석이 남긴 유일한 계집이라……."

남철의 개운치 않은 심정은 그가 검찰관 집무실을 나와 추관청 앞뜰에 포박되어 있는 계집아이를 마주하는 순간 슬그머니 사라져 버렸다.

비단결 같은 머리카락, 머리칼 아래의 하얀 얼굴, 오뚝한 코와 촉촉이 젖어 있는 입술, 길게 내리깔린 속눈썹 사이로 보이는 측은한 눈동자.

왜인지 모르게 그는 임씨 계집아이의 첫인상이 가슴에 박혀들었다. 그 자신이 생각해도 이해가 잘 안 되는 일이었다. 풍류를 좋아하긴 해도 그는 아직까지 여물지 않은 동기(童妓)는 한 번도 건드리지 않았다. 사내대장부로서 그건 할 짓이 아니라는 생각인 것이다.

그런데 이번엔 달랐다. 고작 열두 살 먹은 어린 계집이거늘, 그의 가슴이 적잖이 진탕됐다. 소녀의 얼굴에서 훗날 이십대의 모습을 보고 있는 것이다.

"어떻게 할까요? 명대로 삭도에 보내 관비로 삼을까요?"

구사양이 물었다. 남철은 고개를 저었다.

"아니, 홍화루로 보내."

"홍화루? 왜 그곳에? 그리고 그건 명에 어긋나는 일인데……."

구사양이 의문스레 남철을 쳐다봤다.

남철은 계집아이의 모습을 이리저리 살펴보며 말했다.

"그건 내가 알아서 할 거니까 염려 마. 조정에서도 오히려 좋아할 거야, 임자석의 딸을 관기로 삼는다면."

"관기?"

"그래, 관기. 웃음을 팔고 몸을 파는 여자로 살아가는 거지."

관기.

열두 살 소녀 임하정의 운명이 그렇게 결정됐다.

의외라면 여자로서 참으로 험난한 인생이 예상되건만 당사자인 임하정은 그 운명을 아무런 꺼림 없이 순순히 받아들이고 있다는 것이었다.

감숙제일의 교방(敎坊) 홍화루로 들어간 임하정은 별도의 의례 절차 없이 곧바로 '유란'이란 이름으로 기적(妓籍)에 올라 동기 수업을 받았다. 교방에서 동기들을 받을 때 미모가 뒤떨어지고 자질이 부족한 여아들을 일찍이 추려내어 기비(妓婢)로 삼는 것이 관례인 점을 비추어보면 그녀의 경우는 상당히 파격적인 일이었다. 그렇게 된 연유에는 남철이란 배경도 무시할 수 없었지만, 무엇보다 그녀가 이미 뛰어난 기녀로서의 충분한 자질을 갖춘 때문이었다.

동기생 중에서 견줄 대상이 없는 미모는 둘째 치고, 글재주와 시화가무에서 그녀는 동기생들과 비교가 안 될 만큼 앞서 있었다. 기녀들이 대개 천인이나 양인 출신으로 제대로 배우지 못하고 교방에 입방하는 데 반해, 그녀는 대대로 조정에 출사한 가문의 딸로서 교방에 들기 훨씬 전부터 엄한 교육을 받아온 것이다. 게다가 그녀는 일곱 살 때 사서삼경을 독파했을 정도로 출중한 기재였다.

열다섯 살이 되자 그녀는 동기로서 더는 배워야 할 항목이 없었다. 그리고 그때 그녀의 미모는 막 개화한 한 떨기 백합처럼 눈부시게 아름다웠다.

홍화루에 당의 귀비가 현세로 환생한 것 같은 기녀가 있다!

이러한 소문이 감숙 지역에 파다하게 퍼졌고, 그에 따라 지역의 유지들과 관리들이 그녀의 머리를 서로 먼저 올리겠다며 홍화루주에게 뒷손을 넣었다. 지역의 한 유지는 그녀의 첫 남자가 되게 해준다면 홍화루주에게 감숙 금창의 땅 일만 평을 주겠다는 언질까지 하였다.

그러나 홍화루주는 그녀를 아무에게도 넘기지 못하였다. 사실 그럴 권한도 재량도 없었다. 엄밀히 말해 그녀는 홍화루의 기녀가 아닌 추관청의 관비였다. 따라서 그녀의 머리를 올려줄 임자는 오래전부터 결정되어 있었다. 그 행운의 사내는 다름 아닌 검찰관 남철이었다.

나이 열여덟이 되자 그녀는 더는 여아가 아닌 완숙한 여성이 되었다. 미모는 아침 햇살처럼 찬란했으며 시화가무는 감숙성을 넘어 강북을 통틀어 비견될 기녀가 없었다.

오랜 세월을 참고 참은 남철이 그녀를 추관청으로 부른 것은 그 무렵이었다.

추관청 별실에서 주안상을 앞에 두고 그녀를 마주했을 때 남철은 예전 열두 살 여아의 앳된 얼굴에서 미래의 절세기녀를 떠올린 자신의 안목에 새삼 감탄했다. 백옥처럼 고운 살결에 또렷한 이목구비. 그녀는 그의 기대보다 열 배는 더 훌륭히 성장해 있었다. 그리고 무엇보다 그의 가슴을 흥분되게 하는 것은 그녀의 호수처럼 맑은 눈에 서려 있는 한줄기 슬픔이었다. 그 눈을 보고 있노라니 여자를 보호해 주고 싶다는 사내의 본능이 절로 일어나고 있었다.

남철이 물었다.

"너는 내가 누구인지 알아보겠느냐?"

그녀는 남철을 선명히 주시하며 맑은 음성으로 입을 열었다.

"소녀가 어찌 나리를 잊을 수 있겠습니까. 관비가 되어 천하게 살 년을 오늘의 유란으로 만들어주신 은인이 아니십니까."

남철이 그녀의 말을 잠깐 생각해 보고 말했다.

"나를 원망하는 것이냐, 네 아비의 명성에 먹칠을 한 인생을 살게 해주었다고?"

남철의 말에는 검찰관으로서 감찰 대상인 그녀를 떠보는 의중이 담겨 있었다.

"지금의 삶을 원망했다면 오래전 제 스스로 목을 매달았을

겁니다. 소녀는 황상의 은혜를 입어 관기가 된 것에 충분히
만족합니다. 그리고…….”

그녀는 말끝에서 진한 눈길로 남철을 응시했다.

“세상천지 기댈 곳 없는 소녀를 이리도 아껴주고 지켜주신
나리를 만난 것을 소녀 인생의 최대 홍복으로 생각하고 있습
니다.”

“오호, 기특한지고.”

남철의 얼굴에 만족한 미소가 피어올랐다. 그는 술상을 옆
으로 치우고 양팔을 가만히 벌렸다.

“유란이는 이리 오너라. 너 하나를 가슴에 품고자 오랜 세
월 독수공방한 사내의 순정을 식혀다오.”

그 말을 들은 그녀는 기다렸다는 듯 남철의 가슴으로 뛰어
들었다.

이날 그녀는 첫 관계를 맺을 때 그간 기방에서 배운 모든
방중술을 사용하여 남철의 몸을 녹였다. 살아서 가슴에 담긴
한을 풀자면 그녀에겐 선택의 여지가 없는 행위였다. 이보다
더 심한 일을 당하더라도 기꺼이 받아들일 각오를 한 그녀였
다.

행위 중엔 살이 찢어지는 아픔이 있었다. 그녀는 그때 고통
의 신음보다, 쾌락의 신음보다 이를 악물고 앞으로 부딪쳐야
할 운명을 대비하였다.

유란이 하나만을 바라보고 살아왔다는 남철의 말은 사실 거짓이었다. 그의 여성 편력은 어느 한 대상으로 만족할 수준이 아니었다. 그는 임하정이 성인이 되기까지 수많은 여성과 동침했고, 그사이에 북경 본가에서는 두 번이나 첩을 맞아들였다.

그런데 그녀와의 첫날밤 이후 남철은 거짓말처럼 다른 여자와 동침하지 않았다. 그는 검찰관의 일도 태만시하고 매일같이 홍화루에 들러 그녀의 몸을 안았다. 그러다가 인근의 유지들이 그녀를 노린다는 소문이 들려오자, 아예 추관청에 별실을 만들어놓고 그녀를 그곳에서 살게 하였다.

남철과 임하정의 동거. 밤마다 욕정을 배출하는 행위가 있었다. 남철의 성행위는 날이 갈수록 노골적인 변태 행위로 발전했고, 그녀는 그럼에도 싫은 내색 없이 남철의 온갖 성행위를 다 받아주었다.

그런 세월이 무려 삼 년. 남철의 철저한 개가 되어 있던 그녀에게 또 다른 운명이 찾아오기 시작했다.

남철은 비록 지나친 여성 편력 탓에 지방으로 좌천되긴 했어도 가슴 한편으로는 언젠가는 다시 북경 조정으로 진출한다는 꿈을 키우고 있었다. 그래서 그는 감숙성에 온 후에도 검찰관 본연의 일보다는 지역의 높은 관리들과 교분을 쌓는 것을 더 중히 여기고 또 그렇게 친분을 유지하고 있었다.

그러던 어느 날 그에게 감숙성 안찰부사(按察副司) 송영이

은근슬쩍 이런 요구를 해왔다.

"듣자니 남 추관께서는 추관청에 양귀비 같은 요물 하나를 숨겨두고 있다고 하던데, 기회가 된다면 나도 면식이나 한번 해봅시다."

돌려 말하고 나름으로 정중히 말했지만, 그 말은 곧 임하정을 안아보겠다는 뜻이었다. 사교술에 능란한 남철이 그 말뜻을 모를 리 없었다.

그는 그 자리에서 큰 고민 없이 바로 응낙했다. 삼 년 동안 질리도록 관계했기에 그녀가 식상해서 그런 결정을 내린 것은 아니었다. 아무리 임하정이 소중해도 북경 정계로 진출하려는 그의 야심보다는 중하지 못한 까닭이었다.

그날 밤, 남철은 그녀에게 안찰부사 송영과 하룻밤 함께 보낼 것을 권했다. 나름으로 미안한 표정이요 음성이었지만, 그 안에는 반드시 그렇게 해야 한다는 강요가 있었다.

그녀는 거부하지 않았다. 관비의 길을 택했을 때 이미 그런 운명이 되리란 것을 예상하고 있었다. 적어도 이십오 세를 넘기기 전까지, 대역죄를 다시 심판받는 그날이 지나기까지 그녀는 남철의 철저한 개가 될 수밖에 없었다. 그게 싫다면 혀를 물어 세상과의 인연을 끊어버려야 했다.

송영은 칠순을 앞둔 노인이었다. 노인 특유의 냄새가 심하게 났다. 하지만 그녀는 송영과 별실에서 마주했을 때 얼굴을 찡그리기보다는 미소를 지으며 옷을 벗었다.

송영과의 관계 이후 남철은 감숙성 고위 관리들과 접촉함에 있어 그녀를 적극적으로 이용했다. 때문에 그녀는 열흘에 한 번, 어떤 때는 이틀에 한 번 꼴로 관리들의 욕정 배출구가 되어야 했다.

상대하는 남자들이 고급 관리라는 차이만 있을 뿐 저자의 창기가 된 것이나 마찬가지였지만, 그녀는 그때마다 싫은 기색 없이 그들의 몸을 핥아주고 또 그들의 귀를 즐겁게 해주고자 쾌락의 신음을 흘렸다.

그녀의 육체는 단순히 지역 고위층에게만 애용되지 않았다. 남철은 조정대신들과의 은밀한 만남에서도 그녀의 미모를 적극적으로 이용하였고, 그런 한편 그녀의 출신 성분을 북경 정계의 밤 문화에 널리 알렸다.

임자석의 딸이 절세의 기녀가 되었다!

이에 중앙 관리들이 큰일도 없건만 감숙으로 외주를 나와 남철을 면담했다. 물론 그들의 주목적은 임자석의 딸을 한 번 품어보자는 것이었다.

그렇게 그녀는 북경 관리들의 공인받은 창기가 되었다. 그녀를 하룻밤 품어보지 않았다면 그건 곧 북경에서 별 볼일 없는 말단 관리라는 말이 떠돌 정도였다. 한편으로 그녀와 잠을 자본 인사들은 하나같이 그녀의 재기를 칭찬하며 명나라 제일의 기녀가 될 것이라고 손가락을 세웠다. 그런 표면적 칭찬 이면에는 이런 욕설도 담겨 있었다.

개 같은 년, 제 아비 명성에 먹칠을 하는구나.

실제 그런 소문이 교방에서 떠돌았다. 그래서 같은 기녀들조차 은밀히 그녀를 욕하고 있는 실정이었다. 하지만 그녀는 아무리 손가락질을 심하게 받아도 묵묵히 창기 인생을 살았다.

그렇게 세월이 흘러 그녀의 나이 어느덧 스물다섯이 되었다. 미모는 여전했지만 흐른 세월만큼 그녀는 신선함이 많이 떨어져 있었다. 더불어 그녀를 찾는 고위직 인사는 거의 없다싶을 정도로 줄어들었다. 어지간한 인물은 그녀와 잠자리를 한 번씩 다 해본 것이다.

그녀의 운명이 다시 바뀐 것은 대역죄를 재심받는 스물다섯의 생일을 삼 개월 앞둔 시점에서였다.

그간 고관대작들과 긴밀한 관계를 해온 덕분에 남철은 마침내 그의 소원인 북경 조정으로의 재출사를 이루어냈다. 벼슬은 도찰원의 첨도어사(僉都御史)인데, 그는 북경으로 떠나기 전날 그간의 정을 정리하듯 그녀와 이별주를 나누었다.

"유란아, 너를 남겨두고 가는 나를 용서해라. 돌이켜 보면 내가 너에게 못할 짓을 참 많이도 시킨 것 같다."

남철은 북경으로 그녀를 데리고 갈 입장이 아니었다. 북경 엔 본처와 첩들이 살고 있었고, 그 첩들 중에는 그가 오래전 부터 은밀한 연을 맺고 있던 무림 방파의 후계 여식도 있었 다. 때문에 북경에선 그 역시도 탄탄한 텃밭을 내리기 전까지 는 눈치 인생을 살아야 할 형편이었다. 그리고 무엇보다 그녀 는 대역죄의 형을 살고 있기에 감숙성을 떠날 수 없는 처지였 다.

　"나리의 은혜로 이제껏 호의호식하며 살아왔거늘, 비천한 소녀가 무슨 자격이 있어 감히 나리를 붙잡겠습니까."

　그녀는 언제나 웃는 낯으로 남철의 말을 따르던 이전과는 달리 떨리는 음성으로 말했다. 눈에는 한줄기 눈물마저 흘려 냈다.

　그 모습을 본 남철은 마음이 무척 무거워지고 있었다. 출사 를 위해 이용하긴 했어도 그녀는 그에게 있어 연인이나 마찬 가지였다. 대역죄의 신분만 아니었다면 그는 어쩌면 정식으 로 그녀에게 청혼했을지도 모른다.

　"미안하구나, 유란아. 소원이 있다면 무엇이든 말해보거 라. 내 능력이 닿는 한 무엇이든 들어주마."

　남철이 그렇게 말했을 때였다. 그녀는 돌연 가슴 안에서 단 검을 꺼내어 남철의 앞에 비장하게 내밀었다.

　"나리께서 거두신 몸입니다. 그러니 나리께서 소녀의 삶을 끝내주시기 바랍니다. 저의 소원은 그것뿐입니다."

"아니 된다. 내가 어찌 그럴 수가 있느냐. 따지고 보면 너는 나의 연인이자 은인과 다름없다. 하니 꺼림없이 소원을 말해라. 재물을 원한다면 평생토록 사는 데 넉넉할 만큼 주겠노라."

그녀는 눈물을 줄줄 흘리며 애절하게 말했다.

"나리께선 어찌 소녀의 마음을 이토록 몰라주십니까. 나리가 떠나신다면 그건 곧 소녀의 운명이 다른 검찰관에게 넘어간다는 말과도 같습니다. 그 경우 저는 대역죄의 형을 받아 죽을 수도 있고, 어쩌면 청루로 팔려 평생 저잣거리의 욕정받이가 될지도 모릅니다. 나리께선 정녕 제가 그렇게 살아가길 바라십니까?"

"으음."

남철은 곤혹한 신음을 흘렸다. 검찰관이 바뀐다는 그녀의 말이 맞았다. 양심의 가책으로 그런 말을 차마 못하였다.

"하면 내가 무엇을 해주기를 바라느냐? 북경으로 같이 가고 싶은 거냐?"

"소녀가 북경으로 갈 수 없다는 것은 누구보다 제가 더 잘 알고 있습니다. 나리께서 저에게 조금이나마 정이 있다면… 그런 정이 아직도 남아 있다면…….."

그녀가 말을 중단하고 남철을 애절히 바라봤다. 예전 추관청 앞뜰에서 두 사람이 처음 만났을 당시의 바로 그 슬픈 눈이었다. 그녀가 말을 이었다.

"소녀는 이 세상이 싫습니다. 심심산천에 은거하여 저의 과거를 모르는 사내와 그냥 평범하게 살다가 죽고 싶습니다."

"으음."

남철은 말과는 달리 그녀의 청을 쉽게 받아주지 못하였다. 간단한 일이 아니었다. 그녀는 대역죄의 죄인. 그것도 보호감찰을 받는 중죄인이었다. 도망가서 살 수도 없을뿐더러 남자와 가정을 꾸릴 수는 더더욱 없었다. 그녀가 자칫 자식을 둘 경우 심각한 일로 확대될 수도 있었다.

남철이 그 점을 분명히 꼬집었다.

"널 도망치게 해줄 수는 있다. 하나 네가 가정을 꾸린다면 문제가 된다. 너는 네가 자식을 가져서는 안 된다는 것을 알고 있느냐?"

"소녀가 그것을 어찌 모르겠습니까."

"네 마음은 그렇다고 해도 너와 함께 사는 사내는 그렇지 않을 것이다. 어느 사내가 자식 욕심이 없겠느냐?"

남철의 거듭된 의심스런 물음에 그녀는 조용히 자리에서 일어났다. 그런 다음 별실 문을 열고 말했다.

"철우는 어르신에게 인사드려라."

그녀의 말이 끝나자마자 더벅머리사내가 별실 앞마당으로 걸어와 무릎을 꿇고 절을 했다.

"나리, 소, 소인 철우입니다."

사내는 약간 모자란 듯 어딘가 모르게 흐리멍덩한 얼굴을 하고 있었다.

"저놈은?"

남철은 더벅머리사내를 알아보곤 이채를 띠었다. 사내는 금창 저자에서 돼지나 소를 잡는 백정이었다. 듣기로 지능이 열 살 정도밖에 안 되는 바보라고 하는데, 돼지나 소를 잡는 솜씨만큼은 일품이라서 추관청에 큰 잔치가 있을 때 종종 일을 부렸었다.

"보시다시피 저능아입니다. 자식 욕심도 없을뿐더러 저와 가정을 꾸민들 아무런 문제가 생기지 않을 것입니다."

일이야 어찌 됐든 저런 바보와 한때의 연인을 공유한다는 것이 마음에 들지 않은 남철은 눈매를 찌푸려 말했다.

"문을 닫아라. 저놈의 꼴을 더는 보기 싫구나."

그녀가 문을 닫았다.

남철은 오랫동안 고민하고는 입을 열었다.

"만약 내가 네 청을 들어주지 않는다면 너는 어찌할 생각이냐?"

그녀는 단호한 표정으로 단검을 들어 목에 겨누었다.

"이 자리에서 소녀의 삶을 끝내겠습니다."

"휴우우."

남철이 길게 한숨을 쉬었다. 그리고 그녀를 안타깝게 바라보며 말했다.

"너는 내 가슴에 담긴 유일한 연인이다. 내가 어찌 너의 남은 삶을 모른 척할 수 있겠느냐. 너의 청을 들어주겠다. 부디 세상이 모르는 먼 곳으로 떠나 네 원대로 한번 살아보려무나."

먼 곳으로 떠나 살아라.

그녀의 세 번째 운명이 그렇게 시작됐다. 처음 운명은 아비로 말미암은 삶이었고, 두 번째 운명은 어미의 권유였으며, 세 번째 운명은 다른 누구도 아닌 바로 그녀의 결단이었다.

다음날, 추관청 별실에서 목을 맨 임하정의 시체가 발견됐다. 남철의 부장인 순검 구사양이 사인을 담당했는데, 이 사건은 창기의 삶에 지친 그녀가 자살한 것으로 매듭지어졌다. 사인 확인 후 그녀의 시체는 화장되어 한 줌의 재로 강가에 뿌려졌다.

*   *   *

철우는 남들이 알고 있는 것처럼 그렇게 열 살 지능의 바보는 아니었다. 다만 워낙 궁핍한 가정에서 자라나 못 배우고 또 세상 물정 모르게 살아서 남의 눈에 저능아로 보일 뿐이었다.

그녀와 철우의 첫 대면은 사실 무척 오래되었다. 관리들의 창기로 전락한 이십대 초반 시절, 그녀는 자신의 삶이 한탄스러워 새벽녘 아무도 모르게 별실 후원으로 나와 서글프게 운 적이 있었다.

그때 철우가 후원으로 들어와 그녀에게 위로한답시고 방금 잡아 피가 뚝뚝 흐르는 소의 간을 내밀었다. 그녀는 그때 놀라지도 철우를 혼내지도 않았다. 그녀는 철우에게서 무장의 신체에 못지않은 강인한 근골을 보았으며, 그 모습에서 먼 훗날의 이세를 내다보았다.

그녀는 그 후로 철우를 일부러 남철의 눈에 띄는 곳에 자주 불렀다. 그런 한편 철우가 바보천치임을 남철에게 은연중 심어주었다. 만약 철우가 정상인이었다면, 혹여 그런 의심을 남철이 했다면 철우와 그녀의 도피 인생을 남철이 허락하지 않았을 것이다.

철우와 금창을 한밤 도피한 그녀는 그 길로 천 리를 넘게 걸어가 감숙성 서남부의 도시 합작(合作)에 새 삶의 터전을 마련했다.

철우는 그녀가 무엇을 하든 무엇을 시키든 두말없이 따랐다. 그녀의 과거를 묻지 않았고, 물을 생각도 하지 않았다. 그녀는 선녀였으며 그런 선녀와 한 이불을 덮고 살게 되었다는 것만 해도 그에겐 꿈만 같은 일이었다.

그런 철우에게 불만이 하나 있다면 도피 생활이 한 달이나 되도록 그녀와 동침을 못해보았다는 것이다. 철우의 나이 서른하나. 비록 모자라게 보일 정도로 순박하게 살았다곤 하나 그도 예쁜 여자를 보면 가슴이 후끈 달아오르는 남자였다. 한밤, 한 이불 속에서 새근새근 잠들어 있는 그녀와 아무 일 없이 시간을 보낸다는 것은 그에게 고문이나 마찬가지였다.

참고 또 참고, 그렇게 보내길 두 달. 달빛이 유독 밝던 어느 날 밤, 철우가 더는 참지 못하고 그녀의 몸 위에 올라탔다.

그때 그녀는 철우를 와락 밀쳐 내곤 서슬이 시퍼런 표정으로 단검을 빼 들어 말했다.

"허락없이 내 몸에 손을 대면 그 즉시 목에 칼을 꽂아버릴 것이다!"

철우는 다시는 그런 짓을 하지 않겠노라고 빌고 또 빌었다. 그러면서 제발 자신을 버리지 말라고 눈물로 호소했다.

철우의 진정을 그녀가 모를 리 없었다. 그녀는 동침을 허락하는 대가로 철우에게 네 가지 조건을 내밀었다.

첫째, 이제부터 적어도 이름 석 자는 쓸 수 있을 정도로 글을 배운다.

둘째, 굶어 죽는 한이 있더라도 소, 돼지를 잡는 백정 일을 하지 않는다.

셋째, 동침은 하되 남편의 권리를 인정하지 않는다. 또한 자식이 생기게 되면 아비의 권리를 박탈한다.

넷째, 훗날 가족에 위험이 닥치면 그땐 핏줄의 안전을 위해 기꺼이 목숨을 버린다.

철우는 그녀의 불합리한 조건을 두말없이 받아들였다. 선녀와 동침을 할 수 있다면, 아니, 선녀를 진짜 아내로 둘 수만 있다면 그는 하늘의 별을 따오라는 엉터리 조건도 기꺼이 받아들였을 것이다.

그렇게 철우의 꿈만 같은 신혼 생활이 시작됐다.

그녀는 철우와 성행위가 있는 날이면 항상 계곡으로 가서 몸을 청결히 씻었고, 행위 이후에는 반드시 천신에게 사내아이를 점지해 달라고 기도를 하였다.

철우와의 동침 삼 개월. 그녀는 소원대로 아이를 가졌으며, 그 이듬해 철우의 정성 어린 간호 아래 튼실한 사내아이를 낳았다.

임주원.

아이의 이름은 주원(宵怨). 성은 철우의 성을 따른 것이 아닌 그녀의 가문인 임씨로 정하였다.

임주원이 태어난 후 그녀는 도피자의 삶에서 탈피해 적극적으로 세상에 뛰어들었다. 사실 그녀가 합작에 정착한 이유가 있었다. 그녀는 그간 관리들의 창기 짓을 하면서 적지 않은 재산을 남철 모르게 모았고, 그 돈으로 은밀히 합작의 화청루를 인수해 놓고 있었다. 그러니까 그녀는 아주 오래전부터 미래의 삶을 철두철미하게 계획해 두었다는 것이다.

화청루주로 남자의 밤 문화에 뛰어든 그녀는 그때부터 놀라운 사업 수단을 발휘하였다. 합작의 홍등가를 일약 장악하였으며 삼 년도 되지 않아 투자 원금의 백 배가 넘는 재산을 모으기에 이르렀다. 그녀의 그런 뛰어난 사업 수단 이면에는 과거 그녀가 창기 생활을 하면서 관리들의 온갖 더러운 꼴을 보고, 그런 부와 권력을 가진 인간들이 무엇을 원하고 있는지 몸소 체험한 경험이 바탕이 되어 있었다.

그녀는 그렇게 모은 재산을 임주원의 미래에 거의 다 쏟아부었다. 몸에 좋다는 영약이 있으면 돈이 얼마가 들던 구해와 먹였고, 뛰어난 학자와 출중한 무예를 갖춘 무인이 있으면 천금을 들여 화청루 안가로 모셔와 임주원의 미래에 도움이 될 방편을 구했다.

아이에게 미친 엄마다. 자식의 미래에 자신의 인생을 건 여자다. 불확실한 아이의 미래이거늘 어리석을 정도로 자식에게 집착하는 여자다.

주위에 이런 말들이 떠돌았다.

그녀는 그런 말에 하등 개의치 않았다. 그녀는 자식의 미래를 위해서라면 그보다 백배 더 비싼 투자도 할 각오가 되어 있었다.

임주원이 다섯 살이 되던 해였다. 그녀의 각오에 찬물을 끼

없는 사고가 발생하고 말았다.

어느 날 화청루 본루에 북경 정계의 고급 관리 하나가 예약
도 없이 방문했다. 그 관리는 다른 기녀들을 전부 물리치고
오직 화청루주만 찾았다.

신분이 워낙 높은 탓에 그녀는 어쩔 수 없이 그 관리가 머
문 방으로 들어갔다. 방 안에 들어가 관리를 마주했을 때 그
녀는 그만 깜짝 놀라 들고 있던 술상을 바닥에 떨어뜨렸다.

남철.

그녀의 인생에 큰 굴곡을 남긴 사내를 다시 만나게 된 것이
었다.

놀람은 잠시, 그녀는 예전처럼 남철에게 무조건 순종하는
여자의 모습이 아닌 화청루주로 당당하게 남철을 접대하였
다. 이제 와서 대역죄를 따진다면 남철의 방관죄도 함께 물어
야 할 것이다.

하지만 그랬던 그녀도 결국 남철의 이 말에 다시 예전의 유
란이로 돌아가야 했다.

"나와는 칠 년을 관계해도 자식이 없었거늘 어찌 나를 떠
난 지 이 년도 안 되어 사내아이를 둘 수 있었느냐?"

그녀는 그 말에 그만 안색이 하얗게 변해 무릎을 꿇었다.
그리고는 그간 벌어놓은 재산을 모두 줄 테니 이 일을 눈감아
달라고 애원했다.

남철은 그녀의 애원을 묵살했다. 나아가서는 호위무사들

을 시켜 임주원을 강제로 끌고 와 그녀를 핍박했다.

"이 아이는 대역죄인의 씨이거늘 내가 어찌 모른 척 넘어갈 수 있겠느냐. 이 일을 숨긴다면 나 또한 대역죄의 형을 받을 것이로다."

"낳으려고 한 아이가 아닙니다. 어쩔 수 없이 생겼고, 차마어미의 정으로 죽이지 못해 낳은 아이입니다. 부디 전날의 정을 생각하시어 나리의 선처를 부탁드립니다."

그녀는 남철의 바짓자락을 잡고 눈물로 호소했다.

그때 남철이 거부할 수 없는 요구를 그녀에게 하였다.

"실은 이 아이 때문에 합작에 온 것이 아니다. 내가 오늘 여기 온 이유는 바로 유란이 너 때문이다."

"나리, 그 무슨?"

"북경에 간 후 정계 진출이라는 원은 이루었지만 나는 한때 나의 연인을 버렸다는 사실에 늘 자책했고, 또 외로웠다. 같이 살지는 못하겠지만 한 번만이라도 널 꼭 다시 안아보고 싶었다. 그래서 오늘 내가 널 찾아왔다. 아이는 차후의 문제이다."

아이는 차후의 문제이다.

그녀는 그 말뜻을 알아듣고 남철의 눈앞에서 옷을 벗었다. 철우와 생활한 후로는 처음으로 맞아들이는 남자였다. 자식의 미래를 위해 그녀의 각오가 어느 정도인지 잘 보여주는 일이었다.

남철의 성행위가 절정을 향할 때 세 사람이 울었다. 남철의 밑에 깔린 그녀가 울었으며, 침상 아래의 다섯 살 임주원이 그녀의 울음에 덩달아 울었고, 또 그 방 밖에서 서성이던 철우가 소리 죽여 울었다.

"이제 널 다시는 찾아오지 않겠다. 네가 불행하게 살고 있었다면 다시 거둘 생각도 있었으나, 오늘의 네 모습을 보니 더는 내가 필요없겠구나. 하면, 마지막으로 아이나 한번 안아 보고 가겠다."

행위 이후 남철이 그녀에게 한 말이었다. 그녀는 그때 남철이 다시 찾아오지 않겠다는 그 말에 안도하고 있었다.

"그놈 참 튼튼하게 자랐구나."

남철은 임주원을 안고 방 안을 한 바퀴 걸었다. 그러다가 그녀의 시선이 잠시 아이에게 떨어졌을 때 약지와 중지, 검지로 아이의 척추 부분을 무자비하게 찔렀다. 그리고 아이가 울자 그는 아이를 그녀에게 건네주며 앞으로 잘 살아가란 말을 남기곤 화청루를 떠났다.

그녀는 남철의 행위를 짐작도 못했다. 혹여 보았다고 해도 그게 무엇을 의미하는지도 모른다. 마도 문파의 독랄한 점혈수법을 알기엔 그녀의 강호 견문이 너무나 짧았다.

삼첩중인지(三貼重印指).

남철은 혹여 그 아이의 미래가 문제될까 염려해 사문의 점혈수법으로 기맥을 막아놓았다. 즉각 해혈한다면 문제가 없

으나 시일이 지나서 아이의 뼈와 몸이 굳어버린다면 그땐 상
승의 무공을 익힐 수 없는 몸이 되어버리는 것이다.

임자석의 유일한 핏줄.

임주원의 생은 그렇게 처음부터 뒤틀리고 있었다.

第二章

잠룡(潛龍)의 나날

잠룡(潛龍)의 나날

　세월은 무상(無常)하다. 열흘 붉은 꽃 없다는 말이 있듯 절대의 권력도 무적의 무력도 흐르는 이 세월 앞에는 모두 허무의 자취만 남긴다. 대륙 통일의 시작을 알린 진시황도 그렇게 사라졌고, 동서양을 제패한 철목진의 초원전사도 그렇게 무상한 세월의 흐름에 결국 무릎을 꿇었다.

　무림 인생도 예외가 아니다. 제아무리 천하제일의 고수라도 백 년 무적을 지속할 수는 없다. 따지자면 오십 년도 사수하기 버겁다. 무인은 나이를 먹을수록 기력이 약해지며 더불어 가슴 뜨겁던 일검의 의지가 식어가는 것이다.

　노년의 고수는 지혜롭다. 그들은 퇴장할 시기를 안다. 그래서 불명예의 전적을 남기기 전에 이를 먼저 알고 스스로 은거를 한다. 말년에 무당산에 은거한 장삼봉의 경우가 그랬고, 불패의 무인 대독검 독고휴가 소리 소문 없이 강호 활동을 접은 것도 바로 그래서이다.

그런데 아주 가끔은 세월의 무상함만이 아닌, 강호무림에서 벌어진 어떤 한 사건으로 말미암아 전격적인 세대교체가 단행될 때가 있다.

대륙을 통일한 지상 최강의 무력 단체 무불련이 둘로 갈라지면서 발발한 전쟁, 역대 무림 최전성기에 벌어진 전날의 동서대전이 바로 그랬다.

십주, 십제, 십병, 십마, 십정으로 대변되던 일당천의 고수들이 그 전쟁으로 인해 대부분 전장의 고혼이 되었다. 살아남은 존재도 있으나, 그들은 전범이란 지울 수 없는 멍에를 안고 강호에서 쓸쓸히 도태됐다.

당시의 절대 초인 십제. 그 십제 중에서 생존한 북도제, 독제, 장제의 경우를 보면 알 수 있다. 이들은 종전 후, 얼마 되지 않아 십제란 명호를 강호에 스스로 반납했다. 동서대전의 실질적 승자인 남화무제, 즉 남무제와 같은 명호를 공유할 수 없다는 이유에서였다.

비정한 면도 있지만 강호는 이를 아주 당연하게 받아들였다. 삼제는 삼로(三老)로 명성이 격하되었고, 그들은 그 후로 각각의 텃밭에서 자숙하며 말년을 보냈다.

명성 찬란하던 십제가 이런 생을 영위했거늘 다른 오십조
는 두말할 것도 없었다. 소림사를 비롯해 무당파, 화산파 등,
구대정파의 장문인들이 전부 교체됐으며, 오대세가, 마도십
대문파 등 유수의 강호 거파들이 줄을 지어 수장을 바꾸었
다.

전격적인 세대교체. 이런 물갈이는 강호무림 전체에 파생
되었고, 그리하여 종전 이십 년 무렵부터는 신무림 서열이 새
로이 정립되기에 이르렀다.

신무림 서열의 선두에 올라 있는 초인들은 당연히 전날의
오십조를 물리치고 현 시대의 일검 주자로 우뚝 선 중주오
성(中主五星)이다.

동검존(東劍尊) 유정.
서독후(西獨后) 독고진.
남무제(南武帝) 장소열.
북천작(北天爵) 야달.
중마불(中摩佛) 능와.

특이한 점이라면, 삼로가 '제'라는 명호를 반납했듯 남무
제를 제외한 중주오검 역시 아무도 '제'라는 명호를 사용하
지 않는다는 것이다. 이는 들꽃무인으로 출발해 무림 일인자
에 올라선 남무제에게 보내는 강호인의 약속 같은 예의이다.

앞으로도 남무제를 극복하지 않는 이상 어느 누구도 진정한 검제 선언을 할 수 없을 것이다.

중주오성 다음으로는 무림육기, 무림칠룡, 무림십삼비로 정립된다. 무림육기와 무림칠룡은 동서전란에서 전대의 거마들과 맞서 싸우며 일약 이름을 드날린 십삼 인의 영웅을 말함이다. 육기는 주로 대문파의 후예들이고, 칠룡은 대부분 들꽃무인 출신들이다.

무림십삼비는 전자의 영웅들과 조금 다르게 구분된다. 이들은 동서전란과 그다지 연관이 없는, 즉 종전 십 년을 기점으로 무림에 출도한 신진고수들인 것이다.

십삼비란 칭호는 동정호 일검쟁위에서 초운학을 꺾고 동검존에 올라선 유정의 입에서 처음 거론됐다.

"동서대전의 여파로 무림은 이십 년도 넘게 퇴보했다. 나는 참전 용사로 무림을 되살릴 막중한 책임감을 느끼는 바, 이에 격년에 한 차례씩 신진 무림인들이 총망라된 신무쟁패를 열어 강호무림에 활기를 주고자 한다. 신무쟁패의 승자는 비(丕)란 영광스런 칭호를 받을 것이고, 이 쟁패는 이후로 십삼 인의 영웅이 나올 때까지 중단없이 진행될 것이다. 십삼 인의 신진이 완성되면 그땐 무림육기, 무림칠룡과 진검 대결을 벌여 최종 오 인을 선발하고, 그 오 인은 또 중주오성과 일검쟁위에서 최종 승부를 가리도록 하겠다."

육기와 칠룡은 모두 열셋.

그들과 무림십삼비의 격돌.

그리고 중주오성과의 일검쟁위.

강호는 동검존의 이 선언을 열화와 같이 지지했다.

그리하여 신무쟁패가 벌어졌고, 이후로 현재까지 아홉 번의 쟁패에서 구 인의 극강 고수 무림구비가 나왔다.

남은 영웅은 넷.

이 넷의 자리를 차지하고자 강호 거파의 무인들은 오늘도 내일도 사문의 연공실에서, 또는 심심산천에서 일검 수련에 맹렬 전진하고 있다.

강호무림에 활기를 불어넣었다는 측면에서 동검존의 이런 신무쟁패 선언은 십 할 그 이상의 효력을 올렸다고 할 수 있으리라.

그러나 한편으로 오성, 육기, 칠룡, 십삼비, 이렇게 나름 정립된 서열 구도가 있긴 해도 이런 것은 절대적으로 신봉할 게 못 된다. 그 누가 알랴, 전날의 남무제처럼 어느 날 문득 무명의 신진고수가 강호에 출현해 이전의 무인들을 일약 고루한 세대로 도태시켜 버릴지.

기실, 천변만화하는 강호에서 완전한 세대교체란 있을 수 없다. 그것은 세월의 흐름과 더불어 언제나 현재 진행형이다. 그리고 보면 인위적 세대교체, 이 또한 무상한 세월의 여파이며 절대적 무력을 맹신하는 어리석은 무림인들에게 보내는 세월의 준엄한 경고이기도 하다. 절대란 없다고, 영원이란 없다고.

장강후랑추전랑(長江後浪推前浪).

장강의 뒷 물결은 앞 물결을 밀어낸다.

이건 세상의 이치이며, 변하지 않는 역사의 진리이다.

임자석의 손자이자 임하정의 아들.

임주원의 치열한 삶이 또한 그렇다.

*　　　*　　　*

어미의 인생이 그러했듯 임주원의 삶도 어린 시절부터 순탄하지 못했다. 당장 어미가 지어준 그의 이름부터가 그러했다.

주(冑). 원(怨).

주씨를 원망한다. 주씨는 너의 원수다.

임주원이 글을 알 일곱 살 무렵 임하정은 그런 이름의 뜻을 아들에게 말해주었다. 글자의 뜻은 알지만 그게 어떤 의미인지는 아직은 어린 임주원이 알 수 없었다. 다만 그렇게 말할 때의 비장했던 어미의 표정에서 임주원은 일곱 살 어린아이가 감내하기 어려운 막연한 부담감을 느껴야 했다.

아들의 미래에 그 자신은 물론이요, 임씨 가문의 운명을 몽땅 건 임하정이었다. 그런 이유로 그녀가 자식에게 쏟아 부은 열정은 가히 눈물겹도록 대단하였다. 갓난아이 때도 그러했듯 그녀는 재산을 쏟아 부어 영약을 구했고, 천금을 들여 능력있는 학사와 무인을 아이의 은사로 맞이했다.

그러나 결과적으로 그녀의 그런 노력은 임주원의 미래에 그다지 큰 영향을 끼치지 못하였다. 영약의 태반은 별로 효력이 없는 가짜였고, 천금을 들여 맞이한 은사들은 대개 그녀의 돈을 보고 접근한 이류에 지나지 않았다.

그리고 무엇보다 큰 문제는 임주원 자신에게 있었다. 재능은 분명히 뛰어났다. 성실함도 남들에 못지않았다. 무인이 되든 학자가 되든 기본 소질은 충분히 갖춘 아이라 할 수 있었다.

그런데 그는 무엇을 하든 발전이 없었다. 특히 무술을 배우는 과정에서 그의 그런 단점은 여실히 드러났다. 그녀는 아들이 일당백의 용사가 되기를 원하였다. 그래서 훗날 훌륭한 장군이 되어 폭정을 일삼는 주씨 제국을 처단해 주기를 진실로 소원하였다. 그런 바람으로 그녀는 이름난 일급무인들을 청루로 초청해 임주원을 맡겼다. 그 과정에서 많은 돈이 들어갔음은 물론이다.

가짜들이 태반이지만 개중에는 진짜 일류무인도 있었다. 산서의 오금박도(五金搏刀) 척호충은 그중 진짜 중의 진짜라 할 수 있는 실력자였다. 그는 임주원의 자질을 첫눈에 알아보고는 임하정이 바치는 재물에 상관없이 제자로 맞이하였다. 거기까지는 좋았다. 하지만 제자로 맞이한 삼 개월 후 그는 임주원을 다시 그녀에게 돌려보냈다.

천생이 무골인 데 반해 아쉽게도 체력과 이해도가 뒤떨어집니다. 아이가 나름으로 노력을 합니다만 이다음에 큰 무인이 되기는 불가능하다고 판단됩니다. 무인보다는 상인이 더 어울릴 것 같으니 차라리 일찌감치 셈을 가르치십시오.

척호충이 그녀에게 보낸 서신이었다.

그녀는 그때 척호충이 내린 판단을 불신했다. 아들에게 건 희망이 그만큼 컸다고 할 수 있었다. 그녀는 그 후 이름난 문파들을 직접 찾아다니며 제자로 맞기 싫다는 그들에게 막대한 돈을 풀어 임주원을 맡겼다.

결과는 매번 같았다. 임주원은 어느 문파를 가든 삼 개월을 넘지 못하고 방출되었다. 기대가 컸던 만큼 실망도 컸다. 그녀는 점점 아들의 인생에 회의를 품었고, 그런 회의는 아들을 대하는 냉담으로 이어져 갔다.

어느 날, 한 무인이 그녀에게 이런 말을 했다.

"유수의 문파를 찾아갈 것이 아니라 또래들이 즐비한 무관에 보내보는 것이 어떻겠습니까? 때로는 경쟁심이 아이의 숨은 재능을 일으킬 수도 있지 않겠습니까?"

그 말을 들은 그녀는 그 길로 임주원을 합작에서 백여 리 떨어진 이화촌의 학관, 감숙 정통의 명문 용무학관으로 보냈다. 아들의 뒷바라지를 하고자 나중에는 아예 합작에서 이화촌으로 거주지를 옮겨 버렸다.

그렇게 학관 생활 이 년.

혹시나 하고 기대를 했지만 임주원은 여전히 나아지지 않았다. 동기생들이 용무학관에서 중급반으로 진학할 때 임주원은 여전히 초급반을 빠져나오지 못하고 있었다.

"바보로다, 바보! 사지육신이 멀쩡한 바보 중에 상 바보로다! 임씨 가문에 어찌 저런 바보가 태어났을꼬. 이게 다 사내의 씨를 잘못 택한 어미의 업보로다, 업보!"

임주원이 열두 살 되던 해 임하정은 철우와 아들 앞에서 통곡을 했다. 그 후로 그녀는 아들과는 물론이요, 철우와도 일절 같은 자리에서 밥을 먹지 않았다. 나중에는 아예 방에 칩거해 사회 생활마저 하지 않았다.

그녀가 실의에 빠져 가계를 돌보지 않자 그 피해가 고스란히 가족 생활로 돌아왔다. 그녀의 방관에 화청루 기녀들이 너도나도 기방을 옮겼고, 그 탓에 화청루는 급속히 쇠락해 갔다. 엎친 데 덮친 격이라, 그 무렵 그녀는 상심이 하도 깊어 병석에 누워버렸다. 화청루를 팔고 그도 모자라 남은 재산을 털어 그녀의 병구완에 몽땅 쏟아 부었지만, 원체 마음에서 얻은 병이 커 백약이 무효였다.

병석에 누운 지 육 개월.

합작 인근에서 현금 동원력으로 둘째가라면 서러워하던 그녀의 재산이 모두 동났다. 당연히 철우와 임주원의 삶도 고

달파질 수밖에 없었다.

임주원은 당장 그 달의 학관비조차 낼 형편이 아니었다. 정확히 말하면 두 달 동안 학관비를 내지 못했다. 그 역시도 그런 학관에 가고픈 생각이 그다지 없었다. 무능력한 자신 때문에 어머니가 병을 얻었다. 그는 학문이고 수련이고 다 무의미하게 생각되고 있었다.

그러던 어느 날 학관에 가지 않고 외산에서 하루 종일 놀다가 집으로 돌아왔을 때였다. 그는 생애 처음으로 화난 아버지의 얼굴을 보았다.

"우우우, 이놈! 아무리 아비가 못났기로 어찌 네 멋대로 학관을 그만둘 생각을 하느냐! 내일부터 다시 학관으로 나가거라! 나가서 네 불쌍한 어미를 생각해 열심히 공부를 하고 또 수련하거라!"

십삼 년 전, 임하정의 권유로 글을 깨친 철우는 예전의 그열 살 지능의 저능아가 아니었다. 워낙 과묵해 평상시에 그런 점을 내색하지 않은 것뿐이었다.

철우는 다음날부터 다시 예전처럼 소, 돼지를 잡는 백정 일을 하기 시작했다. 일은 고되지만 그는 이제야 가장의 역할을 한다는 생각에서인지 활력이 넘쳤다.

임주원은 그런 아비의 모습을 멀리서 지켜보았다. 어미만 있던 그의 가슴에 아비란 존재가 비로소 스며들고 있었다. 그는 그게 싫지 않았다. 그리고 아비의 원대로, 아니, 한평생 그만을 생각하며 살아온 불쌍한 어미를 위해 학관으로 나갔다.
자질이 있거나 말거나 이제 다시는 아버지와 어머니의 가슴
을 아프게 하지 않겠다는 각오였다.

                    *   *   *

  용무학관 연무장.
  "압! 압! 야아아압!"
  오십여 명의 아이들이 두 팔 간격의 사열 종대로 정렬해 정
권 지르기를 하고 있었다. 아직 여물지 않은 신체임에도 마보
를 취한 아이들의 자세는 나름대로 균형이 꽤 잡혀 있었다.
교육을 받는 연무장 중간중간에는 교관들이 엄한 얼굴로 위
치해 아이들의 잘못된 자세를 교정해 주고 있었다. 엄중한 사
범과 진지한 제자들. 감숙에서 열 손가락 안에 들어가는 전통
의 명문답게 제대로 된 교육을 하고 있는 용무학관이었다.
  "북비종권(北秘宗拳)은 수호전의 영웅이신 노준의 태조사
께서 소림사의 무예를 습득한 후 연청(燕靑) 사조에게 전수한
권법이다. 연청 사조는 비종권을 더욱 발전시켜 초식과 수법
을 완성했는데, 당시 연청 사조가 강호로 나갔을 때 권법으로
는 당대의 적수가 없었다고 한다. 때문에 강호는 비종권을 따
로 연청권이라고도 한다."
  용무학관 무술 일교관 채염이 아이들의 수련을 지켜보며

권법에 대해 설명하고 있었다. 이미 아이들에게 귀가 닳도록 한 이야기다. 그렇게 반복하는 이유는 권법의 유래와 기초가 훗날의 아이들에게 의식적이 아닌 정신과 육체에 걸쳐 인처럼 배도록 하기 위해서다.

"북비종권의 기본은 하나로 답할 수 있다. 멈춘 동작에서 나오는 권은 없다. 초식은 동작과 함께! 복창하라!"

아이들이 우렁차게 외쳤다.

"초식은 동작과 함께!"

아이들의 복창 다음 채염은 우궁보(右弓步)로 일 보 전진하며 권을 내질렀다.

"북비종권 십팔투로 연결 시작!"

"야아압!"

아이들이 채염의 동작을 따라 권을 내지르며 연결 초식을 펼치기 시작했다. 동작은 일사불란하고, 권을 내뻗을 때 지르는 기합은 입을 맞춘 듯 하나로 통일되어 있다. 그렇게 성인 못지않게 힘찬 수련을 하고 있는 아이들이었다.

이러한 아이들의 제일 후미에는 엉성한 자세로 연결 초식을 펼치고 있는 임주원이 있었다. 그간의 교육 과정이 무척 힘들었는지 그의 이마에는 땀이 송골송골 맺혀 있었다.

"쯔쯔, 멍청한……."

채염이 임주원을 보며 눈살을 찌푸렸다. 다른 교관들도 마찬가지였다. 임주원은 현재 수련하고 있는 아이들보다 연령이 두 살 정도 더 많다. 그의 키는 다른 아이들보다 머리 하나 정도는 더 컸고, 때문에 그의 엉성한 동작이 한눈에 보이고 있었다.

채염이 임주원의 앞으로 걸어가 말했다.

"이놈아, 몇 번을 설명해 주어야 알겠느냐. 동작을 하면서 권을 뻗으란 말이다. 이렇게!"

몸소 시범을 보이는 채염이었다. 임주원이 곧 그를 뒤따라 권을 내질렀다. 역시 엉성하다. 채염은 고개를 절레절레 저으며 중얼댔다.

"한심한 놈. 동기들은 청룡반을 수료하려 하건만 아직도 백룡반에서 이 모양이라니……."

용무학관의 무술 수련생들은 개인 능력에 따라 크게 삼 반으로 나누어진다. 초급 백룡반, 중급 청룡반, 상급 흑룡반이다. 임주원의 동기들은 현재 중급 청룡반에서 막바지 교육을 받고 있다. 조만간 그들은 흑룡반으로 진급할 예정이었다.

"교관님, 죄송합니다. 앞으로 열심히 하겠습니다."

임주원이 부동자세로 크게 소리쳤다.

"어휴, 말이라도 못하면……."

채염은 답답한 숨을 내쉬며 뒤돌아 연무장 앞으로 걸어갔다.

얼마 후, 권법 수련이 끝났다. 교관들은 학관으로 들어갔고, 아이들은 삼삼오오 모여 재잘거리며 다음 학관 시간을 준비했다.

임주원은 아이들과 어울리지 못했다. 나이 차이 탓이 아니었다. 다른 아이들이 '둔재와 놀면 자신도 둔재가 된다' 라며 임주원과는 일체 어울리려 하지 않았다.

홀로 떨어진 임주원은 오늘 배운 비종권을 복습해 보았다. 머리에 기억된 초식이 그의 몸에서 재현되어 나올 때는 역시나 한참 엉성했다. 임주원은 포기하지 않고 땀을 줄줄 흘리며 권을 수련했다. 그 모습을 본 아이들이 까르르 웃으며 놀려댔다.

"키키키, 임주원의 머리는 새대가리보다 못한 닭대가리래요! 닭대가리!"

임주원은 아이들의 놀림에 반응하지 않았다. 닭대가리란 말은 동기생들에게 수없이 들어 이젠 만성이 되어 있었다. 솔직히 그 역시도 자신의 머리가 좀 모자란다고 여기고 있었다.

그가 엉성한 권법을 한참 수련하고 있을 때였다.

"임주원! 임주원! 어디에 있어?"

연무장 저 멀리에서 용무학관의 주사 동주판이 그를 찾고 있었다. 임주원은 권법 수련을 중단하고 동주판에게 뛰어갔다.

"주사 아저씨, 저 여기 있습니다."

임주원을 본 동주판은 대뜸 눈살을 찌푸리며 말했다.

"학관비가 석 달치나 밀렸다. 어찌할 것이냐? 학비를 낼 돈이 없으면 학관에 나오지 말아야 할 것이 아니냐?"

임주원은 붉어진 얼굴로 고개를 숙였다.

"아버지께서 얼마 전부터 일을 나가셨습니다. 조만간 아버지에게 학비를 말씀드릴 테니 이 달 말까지만 사정을 봐주시기 바랍니다."

동주판이 화를 벌컥 냈다.

"어림없는 소리! 용무학관은 자선 단체가 아니다! 잔말 말고 삼 일 내로 학비를 가지고 오도록 해라! 그렇지 않으면 강제 퇴관을 명할 수밖에 없다! 알겠느냐?!"

동주판은 단호히 말하고는 임주원의 대답은 듣지도 않고 연무장을 빠져나갔다. 임주원은 큰 죄라도 지은 양 동주판의 모습이 보이지 않을 때까지 연방 허리를 굽혔다.

석 달치 밀린 학비. 강제 퇴관.

엄밀히 따지자면 용무학관에서 임주원에게 이런 말을 해서는 안 되었다. 임주원이 용무학관에 입교할 때 그의 어머니 임하정은 막대한 돈을 학관에 기부했다. 그 후로도 틈만 나면 학관에 많은 돈을 바쳤다. 아마 그 돈을 전부 합친다면 용무학관의 수련생 모두가 일 년 동안 학비를 내지 않아도 될 터였다.

임하정이 병들고, 또 화청루가 문을 닫았다는 소식에 세상인심이 그렇게 하루아침에 변한 것이다. 그리고 그 이면에는 임하정이 번 돈이 천하다는 것, 웃음을 팔고 몸을 팔아 모은 돈이라는 괄시가 있었다.

임주원은 그런 이면을 몰랐다. 그냥 자신이 무능해 벌어진 일이라는 생각에 가슴이 마냥 무거웠다. 아비에게 학비를 말한다고 했지만, 그는 그런 말을 할 자신이 없었다. 오늘 학관에 나오기 전, 아비가 그에게 학비를 내라며 준 돈이 있었다. 아비는 세상 물정을 몰랐다. 그 돈은 석 달 학관비는커녕 보름 학관비도 되지 않았다.

뗑뗑뗑뗑.

다음 학관 시간을 알리는 종소리가 임주원의 상념을 깨웠다.

돌아보니 주변의 아이들은 이미 각자의 학관 건물로 들어가고 있었다.

임주원도 이번 시간의 학관을 향해 바삐 걸었다.

봉황삼반.

그가 오늘 처음으로 가는 학문반이다.

원래는 상급 자제들이 수업하는 봉황일반이었는데, 석 달치 학비가 밀린 탓에 하급 자제들이 수업하는 봉황삼반으로 강등된 것이다.

봉황삼반.

학이시습지불역설호(學而時習之不亦說乎)

유붕자원방래불역락호(有朋自遠方來不亦樂乎)

　반백의 장년인이 학관 단상에 자리해 엄숙한 표정으로 논어 학이편(學而篇)에 나오는 첫 구절을 읽고 있었다. 봉황삼반의 학사인 청학 도장이었다.

　청학 도장의 이런 첫 구절 읊기를 이어받아 단상 아래의 아이들이 또랑또랑한 음성으로 해석 구절을 읽었다.

　"배우고 때때로 익히니 어찌 기쁘지 않으랴. 먼 곳에서 벗이 찾아오니 어찌 즐겁지 않으랴. 사람들이 알아주지 않아도 노여워하지 않으니 어찌 군자가 아니겠는가."

　신분의 차이는 세상 어디에도 있다. 나름으로 제대로 된 무관을 지향한다는 용무학관도 그건 예외가 아니었다. 무관 수업이야 연무장에서 단체로 하니 별 차이를 두지 않는다고 해도 학문 수업은 실내에서 하는지라 아이들을 한곳에 모아 교육할 수가 없다. 그리고 사실 어릴 때부터 가문에서 글을 배운 상급 자제들과 사는 게 고달파 학문을 등한시한 하급 아이들을 한곳에 모아 대등한 교육을 할 수도 없는 노릇이다.

　봉황삼반은 그중 하급 아이들을 교육하는 반이다. 비록 가난한 출생이라 옷도 허름하고 생김새도 꾀죄죄하지만 배움의 열정만큼은 상급 어느 반에 못지않다고 할 수 있었다.

　드륵, 드르륵.

아이들이 논어를 한참 외우고 있을 무렵, 임주원이 학반의 문을 열고 안으로 들어왔다. 봉황삼반의 학사 청학 도장이 그 모습을 보고 낮은 헛기침을 했다.

"험, 험, 주목. 오늘부터 우리 삼반에 새로이 들어온 급우다. 주원이가 누구인지는 다 알고 있을 테니 앞으로 싸우지 말고 친하게 지내도록 해라."

"우우우우우!"

청학 도장의 말이 끝나자 아이들이 환영을 하기보다는 비난의 음성을 쏟아냈다. 상급반과 하급반은 알게 모르게 알력이 있다. 임주원이 상급반에 있다가 온 사실을 알고는 원성하는 것이다.

"떽! 이놈들! 제 앞가림도 못하는 놈들이 감히 누굴 원성하느냐! 앞으로 주원이를 보살펴 주지 않고 반목하는 모습을 보인다면 그땐 단체로 엄한 기합을 받을 줄 알아라!"

청학 도장이 엄하게 꾸짖었다. 그러자 아이들은 성마른 표정을 얼른 지우고 고개를 숙여 그러겠다고 대답했다.

이 모습이 임주원에게 무척 신선하게 다가왔다. 상급반 아이들에겐 저런 순박한 모습이 없었다. 임주원은 봉황삼반에 온 것이 차라리 잘된 일이라고 생각되었다.

"주원이 자리는, 보자, 음, 거기 왕필이 옆 자리에 앉으면 되겠구나."

임주원은 청학 도장이 지정해 준 자리로 가서 앉았다. 앉고 나서 문득 옆 자리로 고개를 돌려보니 보통의 아이들보다 머리통이 하나는 더 큰, 외형으로는 거의 성인이나 진배없는 왕필이 그에게 눈을 부라리고 있었다.

"씨, 눈 깔아, 새끼야."

왕필의 첫말이었다. 임주원은 자신도 모르게 급히 눈을 내리깔았다. 겁을 주는 왕필의 말이 이어졌다.

"선생님 말 믿고 우쭐대면 그땐 죽을 줄 알아. 알간?"

마땅히 답할 말이 없어 임주원은 책을 펼쳐 그곳에 시선을 두었다. 왕필의 엄포는 계속됐다. 엄포 안에는 자신이 봉황삼반의 왕초이니 자기 자리를 함부로 넘보지 말라는 경고가 담겨 있었다.

그런 사이 청학 도장의 음성이 다시 들려왔다.

"논어 학이편 사장에 보면, 나는 남에게 일을 꾀하매 진실되지 아니하였는가, 벗과의 사귐에 믿음을 저버리지 아니하였는가, 익히지 아니한 것을 전하였는가라며 날마다 이 세 가지를 되돌아본다고 하였다. 하면 여기서 세 번째, 익히지 아니한 것을 전하였는가, 이 말씀의 뜻을 제대로 풀이할 수 있는 학우가 있는가?"

청학 도장이 실내를 돌아보며 물었다. 아이들은 약속이나 한 듯 고개를 숙여 스승의 시선을 피했다. 고개를 숙이지 않은 학우는 임주원에게 정신이 쏠려 있는 왕필. 청학 도장의 시선이 그런 왕필에게 딱 꽂혔다.

"어이, 거기 더벅머리, 일어나서 말해봐. 무슨 뜻이지?"

"네? 뭐가요?"

왕필이 눈을 휘둥그레 뜨곤 반문했다. 무슨 질문을 했는지도 모르고, 설혹 질문을 들었대도 그게 무슨 뜻인지 모른다.

"이놈아, 너는 매번 정신을 어디에 두고 있느냐!"

청학 도장이 엄히 말하며 밖을 향해 손짓했다.

"의자 들고 나가! 나가서 학과 시간이 끝날 때까지 두 팔로 그거 들고 서 있어."

왕필이 의자를 들고 학반 밖으로 나갔다. 나가기 전 그는 임주원을 사납게 노려봤다. 이를테면, '너 때문이야' 이런 뜻이다.

"어디 보자. 누가……."

청학 도장의 시선이 다시 학우들에게 돌아갔다. 그러다가 임주원에게 딱 멎었다.

"그래, 주원이 네가 한번 풀이해 봐라."

임주원은 일어서서 똑똑한 음성으로 답했다.

"스승에게 전수받은 높고 깊은 학문을 진실로 익히고 실천했으며, 또한 이 학문을 후세에 전달함에 올바르게 했는지 반성하는 것입니다. 이는 또 학문을 닦고 실천을 함에 인내와 끈기로써 자기 성찰을 거듭해야 한다는 것을 뜻함이기도 합니다."

"인내와 끈기. 오호! 그렇도다. 주원이가 보기보다 참 영특하구나."

청학 도장이 활짝 웃었다. 그러면서 임주원을 넌지시 건너다보며 재차 물음을 던졌다.

"하면 그 말씀을 한 제자와 또 그 제자의 스승은 누구인지 알겠느냐?"

"저, 저……."

임주원은 대답 못하고 머리를 긁적였다. 청학 도장이 그 모습을 보곤 실망스런 표정으로 소리쳤다.

"너도 의자 들고 나가! 이제 보니 책을 겉 표지만 읽었구나!"

임주원은 밖으로 나가 왕필의 옆에 자리해 의자를 들었다. 왕필이 씩 웃으며 놀렸다.

"안다고 까불대더니 별수없네. 그러기에 함부로 나서지 말란 말야."

"증자의 말씀이며, 스승은 공자이지."

왕필의 놀림은 임주원의 중얼거림에 멈추었다. 정확히는 학반 안에서 들려오는 청학 도장의 음성에 의해서였다.

"이 말씀은 증자께서 스승인 공자의 학문을……."

청학 도장과 임주원이 말한 대상이 같다. 왕필이 뜨악한 표정으로 임주원을 건너다보았다. 임주원은 멋쩍은 미소를 지으며 말했다.

"난 뭐, 네가 심심할까 봐."

네가 심심할까 봐.

그 말에 자칭 사나이 중의 사나이 왕필이 감동한 표정으로 임주원을 바라봤다. 왕필은 문득 임주원의 다리를 툭 차고는 누런 이를 씩 내비쳤다.

"짜식, 이제 보니 괜찮네."

학문 수업이 끝났다. 오늘의 마지막 수업인지라 아이들은 마감 종소리와 함께 부리나케 용무학관을 빠져나갔다. 빨리 집으로 돌아가서 부모님의 일을 도와주어야 하는 것이다. 물론 상급반 아이들은 그럴 일이 없으므로 느긋하게 학관을 빠져나가고 있었다.

봉황삼반 학우들이 학반을 비운 그 시각에도 임주원과 왕필은 의자를 들고 서 있었다. 왕필이 끄떡없는 모습인 데 비해 임주원은 하얗게 탈색된 얼굴로 식은땀을 줄줄 흘리고 있었다. 아무래도 몸에 큰 무리가 온 모양이었다.

청학 도장이 말했다.

"왕필은 그만 의자를 놓고 집으로 가거라."

왕필이 임주원을 슬쩍 돌아보며 말했다.

"주원이는요?"

"네놈이 신경 쓸 게 아니다. 어서 썩 가거라."

스승의 거듭된 퇴관 명에 왕필은 못내 꺼림칙한 얼굴로 인사를 하고는 학관을 빠져나갔다.

왕필이 나간 다음 청학 도장이 임주원에게 물었다.

"그래, 고작 그깟 벌을 받았다고 그렇게 힘든 모습을 하고 있는 거냐?"

"저, 저는 힘들지 않습니다. 얼마든지 견딜 수 있습니다."

임주원은 부들부들 떨면서 답했다. 말은 그렇게 했지만 임주원은 누가 봐도 오래 못 버틸 모양새다.

"너에 관해서는 무술 교관들에게 익히 들어 알고 있다. 체력이 선천적으로 약하다고 하더구나. 그래서 난 네가 중간에 포기했어도 아무런 문책을 하지 않을 작정이었다. 너는 왜 포기하지 않았느냐?"

"아, 아닙니다. 저는 남들과 하등 다를 게 없습니다. 하등……."

쿵!

임주원은 말을 끝내지 못하고 바닥으로 엎어졌다. 그간 얼마나 힘들게 버티었는지 그는 바닥에 머리를 박은 채 거친 숨결을 연방 토하고 있었다.

"으음."

이 순간 청학 도장의 눈이 이채롭게 빛났다. 임주원이 등을 굽힌 자세로 바닥에 엎드렸기에 그의 상박과 하박, 그리고 강건한 척추의 선이 청학 도장의 눈에 선명히 보이고 있는 것이었다.

"호오, 괴이하도다. 암만 봐도 천생이 무골이거늘 어찌 보통의 아이들보다 체력이 약하단 말인가?"

청학 도장의 중얼거림에 임주원이 엎드린 자세에서 몸을 반쯤 일으켜 세우며 물었다.

"그게 무슨 말씀이신지?"

"아무 일 아니다. 너는 그보다 잠시 그대로 누워 있도록 해라."

임주원의 굳은 몸을 풀어주려는지 청학 도장이 그의 등으로 바짝 접근해 주무르기 시작했다.

"스승님, 전 괜찮습니다. 수고를 그만……."

"염려 말거라. 한때 내가 뼈마디를 좀 다루었다. 그냥 눈을 감고 내 손에 몸을 맡겨라."

임주원은 곧 눈을 감았다. 청학 도장의 손이 그의 굳은 육체를 주무르자 그는 이상하게도 이제껏 한 번도 느껴보지 못한 시원함을 맛보았다.

청학 도장의 손이 임주원의 척추 아래에서 한참을 머물렀다. 청학 도장은 무언가 골똘히 생각하는 듯하더니 다시 그곳을 중점적으로 주무르고 또 만져 보고 있었다.

"흐으음."

이윽고 청학 도장의 주무르기가 끝났다. 임주원은 생애 처음으로 육체가 개운했다. 날아갈 것 같은 기분이었다.

"스승님의 은혜가 하늘과 같습니다."

"껄껄껄, 친구를 위해 알고도 모른 척한 의리있는 제자의 몸을 단지 조금 주물러 주었을 뿐인데 무슨 큰 은혜이겠느냐. 너는 이다음에도 몸이 불편하면 꺼려 말고 나를 찾아오너라."

왕필과 함께 벌을 받은 이유를 알고 있는 청학 도장이었다.

"알고 계셨습니까?"

"헛헛헛, 학이편을 알고 있거늘 어찌 공자와 맹자, 증자를 모른단 말이냐. 책을 읽으면 항상 그들의 함자가 먼저 나오지 않더냐."

"송구합니다."

임주원이 얼굴을 붉히며 고개를 숙였다. 청학 도장은 그런 임주원의 머리를 부드럽게 쓰다듬어 주며 말했다.

"주원아, 포기하지 말고 끈기와 인내로써 열심히 학문과 무술을 익히도록 해라. 속 좁은 이들이 고작 오십 보 앞서 가서는 내가 제일이다라고 우쭐댄다만, 긴 인생에 비추어보면 그건 겨우 한 걸음 앞서 간 것에 지나지 않는단다."

뜻이 모호한 청학 도장의 말이었다. 그 말을 끝으로 청학 도장은 임주원을 바라보며 빙그레 미소를 짓고 있었다.

임주원은 왕필과 첫 만남 이후 급속도로 가까워졌다. 같은 해 같은 달에 태어났기에 둘은 굳이 형 아우를 따질 필요가 없었다. 그냥 절친하게 지냈다.

왕필은 어린 나이임에도 불구하고 강단이 있었고, 불의를 보면 참지 못하였다. 그래서 상급반 아이들이 하급반 학우들을 괴롭히면 만사 제쳐 놓고 앞장서서 방패막이가 되어주었다. 왕필이 성인 같은 우람한 체격을 하고 있었기에 상급반 아이들도 함부로 그에게 달려들지 못하였다.

이런 왕필을 죽마고우 같은 친구로 둔 덕분에 임주원은 학관 생활을 이전보다 편하게 보낼 수 있었다. 학우들이 임주원을 따돌리면 왕필이 불같이 화를 냈고, 다른 상급반 애들이 그를 놀리면 그가 직접 나서서 해결해 주기도 하였다.

오늘도 그러했다.

왕필과 붙어 다니던 여느 때와 달리 오늘 임주원은 학관 수업을 마치고 홀로 집으로 향하였다. 그런데 예전 그의 동기생이었던 청룡반 아이들과 그만 학관 뒷담에서 마주쳤다. 한때 동기였다고 그가 먼저 반가운 음성으로 인사를 건넸는데 그들은 냉담한 표정으로 그의 인사를 무시했고, 나아가서는 하급반 주제에 왜 상급반 선배에게 존대를 하지 않느냐며 화를 냈다.

"왜 그래? 우린 친구잖아."

"친구 좋아하고 있네. 우린 너 같은 닭대가리를 친구로 둔 적 없어."

동기생 중에 유독 그를 괴롭혔던 금씨 가문의 둘째 아들 금모창이 그의 길을 막고 한 말이었다. 금모창의 말에 주변의 다른 동기생들이 깔깔 웃었다.

"그, 그러지 마. 난 닭이 아냐."

임주원은 닭대가리란 말을 거부했다. 평소 같으면 그냥 그
러려니 할 테지만 지금은 달랐다. 그의 길을 막은 동기생 여
섯. 금모창, 허관우, 오주목, 엽당, 등외, 공손지. 그 안에는 그
가 몰래 가슴에 담아두고 있던 공손표국의 막내딸 공손지가
있었다. 그는 그녀 앞에서만큼은 닭대가리란 소리를 듣기가
싫었다.

"흥! 닭이 아니면 왜 아직 초급반에 머물고 있어? 그래, 우
기는 것을 보니 그간 실력이 좀 늘었나 보지?"

금모창이 코웃음을 치며 임주원의 앞을 가로막았다. 한바
탕 드잡이를 할 모양새였다. 임주원은 기가 죽은 표정으로 금
모창을 돌아 길을 걸었다.

탁!

금모창이 그의 발을 걸었다.

임주원은 볼썽사납게 넘어져 바닥에 코를 박았다. 그 모습
을 본 동기생들이 또다시 깔깔 웃어댔다.

금모창이 넘어진 그의 가슴에 발을 올리고 말했다.

"따라 해봐! 나는 닭대가리다!"

"싫어!"

임주원은 강하게 소리쳤다. 금모창이 그런 그의 가슴을 사
정없이 짓밟았다.

"으윽."

갈비뼈가 부러지는 것 같다. 임주원은 이를 악물어 아픔을 참았다. 그러자 금모창이 눈을 매섭게 뜨고는 더욱 강하게 그의 가슴을 밟아댔다.

"그만둬. 따지고 보면 주원이는 우리 동기가 맞아."

앳된 음성. 머리를 두 갈래로 땋은 공손지가 금모창의 행위를 말렸다. 금모창이 그제야 폭행을 멈추고 뒤로 물러났다. 공손지는 누워 있는 임주원의 얼굴 위로 가까이 다가갔다.

하얀 살결, 가느다란 목, 앵두 같은 입술.

임주원은 공손지의 얼굴이 눈앞으로 다가오자 그만 아픔도 잊고 얼굴을 붉혔다.

공손지가 부드러운 음성으로 말했다.

"주원아, 미안해. 우리가 심했던 것 같아."

"난 괜찮아. 봐. 끄떡없잖아. 헤헤."

일어난 임주원은 별일 아니라는 듯 미소 지었다.

그녀가 그런 임주원을 가만히 올려다봤다.

"주원아, 나, 소원이 있어. 들어줄 거지?"

흑진주 같은 공손지의 눈이었다. 임주원은 그 눈을 마주하자 가슴이 두근두근 떨려왔다.

"들어줄 거지? 그럴 거지?"

공손지가 다시 말했다. 이전보다 더 가까이 다가와 말했기에 그녀의 여린 숨결이 고스란히 그의 얼굴로 와 닿고 있었다.

"응. 뭐든지."

"정말? 하면……."

공손지가 좀 더 가까이 다가왔다. 코와 코가 스칠 듯 말 듯한 자세에서 그녀가 조용히 입술을 열었다.

"난 닭대가리야 하고 한 번만 말해봐."

"……."

그녀의 말에 임주원은 그만 멍한 표정이 되고 말았다.

"히히. 내가 미쳤냐, 너 같은 닭대가리하고 놀게?"

공손지가 깔깔대며 뒤로 물러났다. 뒤이어 동기들이 여자 밝히는 닭대가리라며 손가락질을 해댔다.

부끄럽고 굴욕스럽고 화가 났지만 임주원은 그들에게 아무런 항의도 못했다. 그냥 벌건 얼굴로 뒤돌아 걸어갈 뿐이었다.

그때 그를 더는 참지 못하게 하는 말이 들려왔다.

"창기."

처음엔 그게 무슨 뜻인지 잘 몰랐다.

"네 엄마가 화청루 포주라지? 하면 네 엄마도 옛날에 청루에서 술 팔던 여자겠네?"

이젠 그 말이 무슨 뜻인지 안다.

임주원은 와락 뒤돌아섰다. 그리고 그 말을 한 오주목에게 달려들어 같이 바닥을 뒹굴었다.

"어어!"

그의 갑작스런 기습에 오주목은 대항을 못하고 그의 밑에 깔렸다.

퍽! 퍽!

"우리 엄마는 그런 여자가 아냐! 아니란 말야!"

임주원은 울부짖듯 소리치며 오주목의 얼굴을 주먹으로 사정없이 때렸다.

그의 인생에서 처음으로 해본 반항.

아쉽게도 이 반항은 아주 짧았다.

"뭐야, 저거! 야, 밟아버려!"

동기생들이 와르르 달려들어 그를 집단 폭행하기 시작했다. 처음엔 저항했지만 얼마 지나지 않아 그는 온몸이 부서져 나갈 것 같은 아픔을 맛보며 저항 불능의 상태에 빠졌다.

몸이 녹초가 되고 정신이 아득해질 때였다.

"야, 이 개놈의 새끼들아! 당장 물러나지 못해!"

저 멀리 학관 입구에서 왕필이 고래고래 소리를 지르며 달려왔다.

"저건 또 뭐야?"

동기생들이 일제히 왕필을 노려봤다. 새로운 먹이를 본 눈빛들이었다.

"내게 맡겨둬."

엽당이 앞으로 나서서 용무오권 중 격산타우 초식을 펼쳤다. 무관 수업을 나름으로 열심히 했는지 자세가 제법 나오고 있었다.

하지만 그런 엽당은 달리면서 뻗어낸 왕필의 주먹 한 방에 그냥 나가떨어져 버렸다.

"어어."

동기생들이 당혹한 표정을 비쳤다. 멀리서 볼 때는 잘 몰랐는데, 막상 어른 같은 건장한 체격의 왕필을 눈앞에 두자 만만치 않게 느껴지는 것이다.

"멍청한 놈들. 저런 촌놈에게 쫄다니."

무리의 대장 격인 금모창이 이런 동기들을 못마땅하게 보며 앞으로 나섰다. 금모창은 동기생 중에서 첫손가락을 꼽는 우등생인지라 과연 권법도 남다른 데가 있었다. 그는 달려드는 왕필의 허벅지를 발로 세차게 차곤 곧이어 일권을 왕필의 가슴에 꽂아 넣었다.

"윽."

가슴을 격타당한 왕필이 엉덩방아를 찧었다.

그 모습을 본 금모창은 만만한 미소를 지으며 왕필에게 바짝 다가섰다.

그 순간이었다.

왕필이 주변을 재빨리 돌아보더니 주먹만 한 짱돌을 주워 들어 인정사정없이 금모창의 이마에 처박았다.

빡!

금모창의 이마에서 피가 터져 나왔다. 아직은 열두 살 어린 아이다. 금모창이 피를 보고는 그만 엉엉 울음을 터뜨렸다. 다른 아이들도 겁에 질려 함께 엉엉 울었다.

왕필이 울고 있는 아이들 앞에 서서 소리쳤다.

"주원이에게 한 번만 더 더러운 아가리를 놀리면 그땐 니들의 혓바닥을 뽑아 씹어 먹어버릴 거야! 알간?!"

"……."

동기생들이 울음을 뚝 그치고 멍히 왕필을 바라봤다.

혓바닥을 뽑아 씹어 먹어버린다!

맹세컨대 그런 무서운 말을 들어본 적이 없다.

하기야 열두 살 왕필이 그런 험한 말을 알고 있다는 자체가 뜨악하기 그지없는 일이다.

상황이 끝난 후 왕필은 임주원을 집까지 직접 바래다 주었다. 걸어갈 때 이런저런 말을 하였다.

"잘했어. 앞으로도 오늘처럼 그렇게 싸워. 저런 놈들은 말이지, 우리 같은 하층민들이 머리를 숙이면 숙일수록 자기들이 잘난 줄 알고 더 설쳐."

임주원은 왕필의 말뜻을 알아들었다. 두 번 다시는 어머니의 욕을 듣지 않는다. 오늘 이후로는 맞아 죽을지언정 싸우고 만다는 각오였다.

"그리고 싸울 때는 말이지, 사정 봐주지 말고 완전히 작살을 내버려. 다음에 어떤 상황에서 만나더라도 오줌을 질질 싸도록. 알겠어?"

"알았어. 그 말, 안 잊을게. 참⋯⋯."

"참, 뭐?"

"너, 그런 말 어디에서 배웠니? 그런 건 학관에서 가르치는 게 아닌데."

"킬킬킬, 그건 말이지."

왕필이 웃었다. 웃으면서 엄지를 쭉 내밀고 답했다.

"울 아버지."

"아버지?"

"그래. 듣기론 젊은 시절에 좀 험하게 살았대. 뭐라더라? 들꽃무인이라나? 암튼 그런 게 있어."

들꽃무인.

그 용어가 운명처럼 임주원의 가슴에 박혀들었다.

그는 왕필과 헤어져 집으로 가는 길에도 줄곧 그 말을 중얼거렸다.

이날, 임주원의 첫 싸움을 지켜본 사람은 왕필뿐이 아니었다. 임주원이 동기생들에게 놀림을 당하던 그때 한 노학사가 학관 후문 앞에서 그 모습을 줄곧 지켜보고 있었다.

청학 도장.

현재는 비록 퇴보검사의 삶을 살고 있지만, 한때 강북삼군으로, 또한 무당제일검으로 중원을 찬란하게 빛냈던 검사이다. 그런 위대한 검사가 오늘, 아니, 오늘보다 훨씬 이전부터 임주원을 남몰래 주목하고 있었다.

第三章
퇴보검사(退步劍士)

퇴보검사(退步劍士)

　일검지존 검제무상!

　검제.

　검 중의 검, 무상의 일검, 위대한 일인자.

　무(武)를 가슴에 담고 도산검림(刀山劍林) 강호로 뛰어든 검사치고 어느 누가 일검을 들고 싶지 않을까.

　일검쟁위에 참가코자 오욕칠정을 끊고 검로 수련에 생애를 바친 검사가 어디 한둘이요, 일검지존에 오르고자 사문도 버리고 가족도 버리고 삶마저 초개처럼 던져 버린 검사가 어디 한둘일까.

　그러나 검제는 오직 하나.

일검의 영광 뒤에는 쓰라린 좌절감으로 삶에서 도태된 패자의 검도 남아 있으니, 이검불운(二劍不運) 패자무상이다.

현 시대에도 그런 불운한 검사가 하나 있다.

퇴보검사 청산 초운학.

그는 이십대 시절, 무당의 신성으로 동서대전에 참전해 무수한 거마들의 목을 날리며 장삼봉·이래 무당제일검이라는 찬사를 받았다.

그런 그가 단 한 번의 패배로 검사의 삶에서 도태되어 이젠 그의 이름과 그의 찬란했던 업적마저 세인들의 기억에서 잊혀져 가고 있다.

동서대전의 결정판이라 할 수 있는 일검쟁투. 그 일검쟁투에서 최종 승리한 남화무제는 검제 등극을 훗날로 미루며 진정한 일검은 다음의 일검쟁위, 십 년 후 동정호에서 가려질 것이라고 선언하였다.

그 선언에 전날의 검사와 훗날의 검사들이 일검 수련에 맹렬 정진했다.

그러나 십 년 후 남무제는 선언과 달리 일검쟁위에 참가하지 않았다. 동정호에 모습조차 드러내지 않았다.

남무제가 참가하지 않은 일검쟁위는 무의미한 것. 검제에 오르고자 일검 정진한 검사들은 허탈한 심정으로 각기 쟁위장을 떠났다.

그날 한 번의 비무가 있었다.

무당파를 향한 화산파의 도전.

그 옛날, 장삼봉에게 패한 호연악의 명예를 되찾겠다며 화산 장문인 유정이 무당파의 일검주자 초운학에게 일검을 견준 것이다.

일검쟁위에 오른 검사는 비무초진을 회피할 수 없다.

또한 검가제일을 다투는 화산파와 무당파의 비무는 일검쟁위만큼 세인들의 관심을 끌기에 충분했다.

초운학은 비무를 수락했고, 그리하여 벌어진 공전의 결투, 상승내검 자하검과 상승외검 태청검이 십만의 군중 앞에서 정면충돌하였다. 결국 두 시진이 넘게 진행된 이 비무는 초운학의 패배. 전날의 뼈아픈 굴복을 거의 이백 년 만에 씻어낸 화산파의 승리로 끝났다.

군중이 화산파를 환호하던 그때, 초운학은 패자의 참담한 심정으로 쓸쓸히 비무장을 떠났다. 아무도 그의 뒤를 따르지 않았다. 무당파의 형제들도 따르지 않았다. 산 자는 죽은 이보다 못하다. 일검쟁위에서 죽었다면 이검지존으로 무림사에 남겠으나, 불행히 살아남았다면 그때부터 패한 검사에게는 감당하기 힘든 수치와 불명예가 그림자처럼 따라붙는 것이다.

당시 초운학의 나이 삼십구 세.

당장은 고통스럽겠지만 재기는 가능하다.

대다수 강호인들이 그렇게 생각했다.

그리고 삼 년 후 그는 보란 듯 강호로 다시 나와 검로종군을 시작했다.

그런데 이번엔 위지 가문의 일검주자 무림일기 위지건에게 일패를 당해 버렸다.

강호는 크게 술렁였고, 한편으로 또 그를 위로했다.

이건 위지건이 중주오성만큼 강했던 탓이다라고.

초운학은 또다시 깊은 은거에 들어갔으며, 그로부터 삼 년 후 강호에 재출도했다.

두 번의 재출도이다. 고난의 세월 동안 장족의 발전을 했으리라.

이번엔 그렇게 강호가 믿었다. 그래서 그의 사문이었던 무당파도 그를 전폭 지지하며 따랐다. 그런데 또 패배해 버렸다. 이번엔 변명의 여지가 없었다. 그에게 승리한 상대는 하남의 추혼야검(追魂夜劍) 하득불이었다. 하득불이 비록 일류이긴 하지만, 유정이나 위지건에게는 한참 모자란 검사라고할 수 있었다.

초운학은 퇴보했다!
그는 동검존에게 당한 패배를 아직도 극복하지 못하고 있다!

초운학은 그 사실을 인정하지 않았다. 그래서 결연한 각오로 또다시 검로종군했다. 하지만 그는 그때부터 비무할 때마

다 패했으며 종래에는 이류에 불과한 칼잡이에게도 무릎을
꿇어버렸다.

이에 보다 못한 무당파는 공식적으로 청산을 파문했다. 세
인들은 그런 청산을 비웃으며 좌절의 극복 없이 성급히 강호
로 출도한 청산의 경우를 검사의 교훈으로 삼았다.

싸울수록 퇴보하는 검사.

퇴보검사 청산은 그렇게 쓸쓸히 강호에서 사라져 갔다.

이젠 그를 기억하는 사람조차 없을 만큼…….

                    *   *   *

청산 사형,

이제 그만 은거를 접고 무당으로 돌아오십시오.

무당은 청산 사형의 복귀를 학수고대하고 있습니다.

전날 무당이 사형을 버린 것은 사형의 올바른 재기에 도움이
되고자 선택한 고육지책이었습니다.

존경하는 사형,

현재 강호의 정세가 몹시 불안합니다.

수십 년째 계속된 명의 폭정 아래 사마의 잔당이 강호에 들끓
고 있으며, 대륙 곳곳에서는 효웅들이 천하를 일통하고자 저마
다 세력을 확장하고 있습니다. 이대로 십 년만 더 지난다면 이
대륙은 전날의 동서대전 당시보다 더욱 극심한 혈풍에 휩싸일

것입니다.

소의(小義)보다 대도(大道)를 우선하는 대무당파입니다. 우리는 백성의 삶을 피폐화하는 어떤 혈풍도 좌시하지 않을 것입니다.

존경하는 사형,

우리는 알고 있습니다.

천하가 비록 퇴보검사라고 비웃지만, 사형의 퇴보는 창공을 더 멀리, 더 높이 날기 위한 웅크림이라는 것을 말입니다.

청산 사형,

우리는 기억하고 있습니다.

사형이 천주봉 하늘 위로 날렸던 푸른 매를.

그건 무당의 자랑이요, 무당의 희망입니다.

사형, 존경하는 사형.

우리는 믿고 있습니다.

사형의 재기는 우리 무당의 재기요, 무당의 재기는 곧 천하백성의 평화라는 것을 말입니다.

이상 사형의 본산 복귀를 진실로 바라는 사제 청우가 올립니다.

　　　　　　　　　　　　　　　　무당파 구대 장문 청우.

청학 도장은 용무학관 후원을 거닐며 오늘 아침 그에게 전해져 온 서신을 읽고 있었다. 서신을 읽을 때 그는 노안을 깊게 떨었고, 서신을 보고 난 후에는 하늘을 올려다보며 착잡한 한숨을 흘려냈다.

"휴우, 복귀라……. 과연 나에게 그럴 자격이 있는가."

그는 무겁게 고개를 저었다. 사문이 그에게 무엇을 바라는지 잘 알고 있지만, 그건 이제 그에게 창공을 흘러가는 구름처럼 무의미한 것이 되어 있었다. 은거의 세월이 오래된 만큼 검사의 의지도 어느덧 식어버린 것이다.

물론 그는 아직도 그날의 패전을 잊지 않고 있었다.

푸른 매를 녹여 버리던 보랏빛 검광!

아마도 생을 다하는 그날까지 그 장면을 잊을 수 없으리라.

그때의 패전은 무인이 흔히 겪을 수 있는 한 번의 패배로 끝나지 않았다.

화산파의 후예 앞에 무릎을 꿇었을 때 그는 비로소 절감했다.

이 승부에 화산파와 무당파의 명예가 걸렸다는 것을.

환호하는 화산파 제자들 앞에서 울 것 같은 표정으로 고개 숙이던 무당파의 형제들. 그때의 그들 모습이 그의 뇌리에 도장을 찍듯 각인되어 버렸다.

그 후 그는 패전을 극복하고자 일검 수련에 목숨을 걸었다. 천 길 폭포수로 뛰어들었고, 맨발로 사막을 횡단했으며, 신강의 설산 정상에서 알몸으로 혹독한 추위와 맞서 싸웠다. 그의 검으로 실추된 무당의 명예를 반드시 그 자신의 검으로 되찾

고야 말겠다는 각오였다.

그렇게 삼 년. 강호로 재출도했다. 자신감이 대단했다. 그때 그의 검은 이전보다 배는 더 강해져 있었다. 그러나 그는 일검적수 동검존이 아닌 위지건에게 패해 버렸다. 패인은 그가 아닌 남들의 관점에서 보면 참 이해하기 어려웠다. 승부 시점에서 극복했다고 생각한 화산의 검공, 잊어버렸다고 단언한 그 보랏빛 검광이 위지검의 검에서 발현되어 나온 것이었다. 그는 그때 눈을 감았고, 승부는 그것으로 끝나 버렸다.

포기할 수 없었다. 아니, 오직 그만을 믿고 살아가는 무당파의 형제들을 좌절시킬 수 없었다. 그래서 초인의 수련을 다시 하고 또 도전했다. 이전보다 분명 더 강해졌지만 결과는 역시 패배였다. 패인은 이전과 같았다. 누구와 싸우더라도 상대는 승부 시점에서 자하검을 발현하고 있었다.

그 후로 그는 검을 들 수 없었다. 검을 버리고 천하를 걸인처럼 방황했다. 그러다가 소도시의 학장을 전전하며 오늘에 이르렀다.

다시 검을 들 수 있을까?

그리운 무당산으로 돌아갈 수 있을까?

가끔 그는 이런 질문을 스스로에게 던져 보았다.

그때마다 그는 씁쓸한 심정으로 고개를 저었다.

빛나던 흑발은 어느덧 반백으로 변하였고, 일검의 의지는 흐른 세월 앞에 허무히 녹아버렸다.

무당제일의 검사 시절은 이제 아련한 추억일 뿐이었다.

"학문을 하면 지식이 나날이 늘지만 도는 닦으면 닦을수록 준다. 줄이고 줄이면 무위에 이르니, 무위에 이르면 하지 않아도 못함이 없도다. 세상은 무위로서 얻을 수 있으니 일을 꾸미면 천하를 얻을 수 없도다."

청학 도장은 도가 구절을 중얼대며 후원을 빠져나갔다. 후원은 연무장 외곽으로 연결되어 있다. 그는 연무장 끝에 있는 우물가에 기대어 저 멀리 연무장 중앙에서 무술 수련에 한창 열중하고 있는 아이들을 지켜보았다. 그의 얼굴에서 빙그레 미소가 피어났다. 한때 그도 저런 시절이 있었으리라.

'으음?'

그의 시선이 수련 중인 아이들 제일 뒷줄로 향했다. 눈에 익은 아이가 지금 교관에게 크게 혼나고 있었다.

임주원.

두 달 전 무렵 봉황삼반으로 들어온 아이였다. 제자들을 가르치다 보면 신분이나 지능, 재능에 편중을 두지 않더라도 유독 정이 가는 아이들이 있었다. 임주원이 그랬다. 나름의 의리도 있고 재능도 있건만 주위에서 늘 멍청이라고 따돌림당하고 있었다. 그 심정을 그는 잘 알고 있었다. 예전, 어린 시절의 그가 무당산에 처음 올랐을 때에도 그렇게 따돌림을 당했다. 어쩌면 그래서 더욱 정이 가는지도 모른다.

그리고 그가 임주원을 특히 관심있게 지켜보고 있는 이유는 그의 척추에 가해진 금제수법 때문이었다.

삼첩중인지.

전날 마도십대문파로 명성을 날렸던 사혈탑(死血塔)의 점혈수법이었다. 이들은 개파 초기에 활동 자금을 마련코자 이 수법으로 강호 거부들의 자제들을 금제해 많은 자산을 강탈해 냈는데, 그는 동서대전에서 이 점을 분명히 응징했다.

'그때 사혈탑의 수장 적미륵마의 손을 날렸지.'

당시 적미륵마의 목을 날릴 수도 있었다. 하지만 그는 우선 손부터 날렸다. 그리고 도망가는 적미륵마의 등에다가 경고하였다.

새싹들을 상대로 다시는 요망한 짓거리를 하지 말라!

그런 삼첩중인지가 세월을 건너뛰어 그의 눈앞에 나타났다. 한편으로 이 금제는 임주원이 그간 보인 무능함이 이해되는 일이기도 했다. 그가 판단한 임주원은 천생 무골이었다. 삼첩중인지에 금제되지 않았다면 짐작컨대 지금쯤 감숙제일의 기재로 성장해 있을 터이다.

'불쌍한 녀석. 어린 나이에 무슨 일이 있었기에 그런 독랄한 금제를 당했을까?'

밝은 성정이건만 표정엔 항상 우울함이 서려 있는 임주원이다. 그는 임주원의 그 모습을 생각하니 괜히 가슴이 저려왔다.

보름 전에는 이런 일도 있었다.

학반에서 한참 논어를 가르치고 있을 때, 용무학관의 주사가 느닷없이 문을 열고 들어와서는 임주원을 찾았다. 그리고 아이들이 보는 앞에서 밀린 학관비를 해결하라고 독촉했다. 임주원은 어쩔 줄을 몰라 마냥 얼굴을 붉혔는데, 주사의 되바라진 행위는 거기에서 그치지 않고 임주원에게 학관비를 낼 수 없으면 당장 보따리를 싸서 학관을 나가라고 성화를 부렸다.

그때 그가 보다 못해 나섰다.

"주사 양반, 봉황반 뒷일을 봐주던 아강이 이번에 나이가 차서 학관을 그만두게 생겼으니 이참에 주원이에게 그 일을 시켜볼 작정이오. 그러니 밀린 학관비는 뒷일을 봐주는 그 삯으로 대신합시다. 그래도 모자란다면 내가 따로 학관비를 보태 드리리다."

그의 말에 주사는 몹시 못마땅한 듯 헛기침을 하곤 봉황삼반을 나갔다.

그날 밤, 그의 처소 앞에는 방금 떠온 것 같은 차가운 약수 한 잔이 놓여 있었다. 쪽지도 옆에 있었다.

스승님의 하늘 같은 은혜, 임주원은 영원토록 잊지 않겠습니다.

쪽지의 내용은 그러했다. 글을 읽고 난 후 마셔본 그 약수는 그가 세상 어디에서도 접해보지 못한 기가 막힌 물맛이었다.

"기특한 녀석. 으응?"

청학 도장은 생각을 접고 일어서서 우물가 모퉁이로 몸을 숨겼다. 마침 임주원이 물통을 들고 우물로 뛰어오고 있었다. 권법 수련을 잘못했다고 벌받는 모양이었다.

"하아! 하아!"

얼마 안 되는 거리임에도 임주원은 우물가에 도착하자마자 무척 힘든 듯 거칠게 숨을 몰아쉬고 있었다. 가슴 아프지만 이해되는 일이었다. 삼첩중인지에 금제된 기간이 오래되어 기맥이 굳어버린 것이다.

"얍! 얍!"

물통에 물을 가득 담은 임주원은 연무장으로 바로 돌아가지 않았다. 마보를 한 채 멀리서 아이들의 수련 장면을 보며 그것을 따라 권을 내지르고 있었다. 엉성했다. 가장 큰 문제는 허리 힘이 받쳐 주지 않아 주먹에 힘이 실리지 않고 있다는 것이었다.

저대로는 백날 수련해도 안 된다. 근본적으로 수련 방법을 바꾸어야 한다.

"어험! 어험!"

청학 도장은 임주원의 앞으로 걸어갔다.

"어, 스승님. 거기 계셨어요?"

임주원이 수련을 중단하고 낯을 붉히며 인사했다.

쑥스러운 모양이다.

"목이 컬컬해서 물이나 한 잔 하려고 나왔단다."

그의 말에 임주원이 재빨리 물 한 바가지를 퍼서 그에게 건넸다. 청학 도장은 물을 마시고 난 다음 바가지를 건네주며 임주원을 지그시 바라봤다.

"못난 모습을 보여 드려 죄송합니다."

"아니다. 네 나이 때는 배움의 성취보다는 하고자 하는 열정이 더 값지고 더 아름답게 보이는 법이란다."

"헤헤헤."

임주원이 머리를 긁적이며 웃었다.

청학 도장도 웃었다. 웃으면서 임주원을 가까이 오라고 손짓하며 물었다.

"그래, 무술 수련을 열심히 해서 무엇을 할 생각이지? 어른이 되어서 훌륭한 무인이 되고 싶은 거냐?"

임주원의 대답은 뜻밖이었다.

"제 주제에 훌륭한 무인이 되고픈 욕심은 없어요. 단지…… 어머니에게 인정받고 싶어요."

"어머니?"

"네, 어머니가 밝게 웃는 모습을 꼭 보고 싶어요."

어머니란 말을 할 때 임주원의 표정은 무척 어두워져 있었다.

'그참, 어린 나이에 무슨 사연이……. 아무튼…….'

청학 도장은 이 순간 내심 고민해 왔던 사안을 결정했다. 사문에 죄가 될지언정 임주원의 앞날에 도움을 준다는 생각이었다.

"주원아, 기회가 된다면 너도 저 아이들처럼 무술을 잘하고 싶으냐?"

"그럼요! 아니, 이다음에 저도 꼭 저렇게 할 거예요!"

밝게 소리치는 임주원이었다.

청학 도장은 자신의 허리를 올곧게 펴서 임주원과 마주했다.

"현재 강호엔 수십 종의 권법이 백가 분파되어 있지만, 권법이란 크게 내가권과 외가권, 이 둘로 나눌 수 있다. 외가권은 단련된 근력으로 기술을 구사하는 권법이고, 내가권은 근력보다 신체 내부에서 나오는 힘을 우선해서 투로를 펼치는 권법이다. 일반적으로 보아 외가권은 숙련은 **빠르지만** 높은 성취를 이루기가 힘들고, 내가권은 높은 성취를 이룰 수 있는 반면 숙련의 시간이 아주 길다고 할 수 있다. 물론 고수의 입장에서 보면 이 둘의 차이는 그다지 크지 않다. 내가권을 익힌 무인도 육체를 단련하고 외가무공을 익힌 자도 기공 수련을 따로 하기 때문이다. 실제로 무림에 이름을 떨친 절정권사들을 보면 거의 모두 그런 내외 수련을 병행했다."

"스, 스승님?"

임주원이 눈을 휘둥그레 떴다. 청학 도장은 아이들에게 골 방샌님이란 별명으로 불리고 있었다. 골방샌님과 무술 용어 를 줄줄 말하는 청학 도장은 어울리지 않았다.

청학 도장은 의문을 품는 임주원의 반문에 상관치 않고 말 을 이어나갔다.

"중요한 사실은 내외공을 수련함에 각자의 신체에 걸맞게 공부(功夫)를 해야 한다는 것이다. 곰에게 여우 같은 날렵함 을 기대할 수 없고, 여우에게 곰 같은 힘을 요구할 순 없다. 내가 보건대 주원이 너는 현재 외가권이 아닌 내가권을 수련 해야 한다. 내가권으로 네 안을 우선 돌보고, 그런 다음에 외 가권으로 신체를 단련해야 할 것이다."

"내가권? 그럼 용무학관의 권법은 외가권인가요?"

임주원이 흥미로운 표정으로 물었다. 어느 사이엔가 청학 도장의 무론에 깊이 빠져들고 있는 것이었다.

"뭐, 따지자면 그렇다고 볼 수도 있지. 암튼 앞에서도 말했 듯 당금 강호엔 많은 권법의 분파가 있는데, 그나마 내가권은 외가권보다 범위가 좁아 역대로 강호에 크게 명성을 떨친 내 가권은 열 가지가 넘지 않는다고 할 수 있다. 현재 십종 내가 권은 주로 강호 대문파나 명문세가에서 수련하고 있다."

"하면 스승님도 내가권을 수련하셨어요?"

임주원이 눈을 반짝이며 물었다. 청학 도장은 물음에 대한 정확한 답을 회피한 채 희미하게 웃으며 말을 이었다.

"십종 내가권 중에서 일절은 단연 무당파의 태극권이라고 할 수 있다. 삼봉 조사께서 처음 태극권을 강호에 선보였을 때 당대의 권사들은 기존의 무리에 어긋난다며 하나같이 고개를 내저었다. 그러나 이후 삼봉 조사께서 몸소 산타(散打)에 나서서 '부드러움은 강함을 이긴다' 라는 것을 증명하시자, 그땐 천하의 권사들은 물론 일반인들까지 앞 다투어 태극권을 배우고자 무당산으로 올라왔다. 따지고 보면 후일 무당파가 당대의 검가로 우뚝 서게 된 계기도 바로 그 태극권 때문이라고 할 수 있다. 그래, 어떠냐? 너도 그 태극권을 배우고 싶으냐?'

"태극권! 그야 당연하죠!'

임주원이 기쁜 얼굴로 소리쳤다. 그러다가 문득 시무룩한 표정이 되었다.

"하, 하지만 무당산은 여기서 아주 멀리 있잖아요.'

"후후후.'

청학 도장은 빙그레 웃었다. 웃고 나서는 두 손을 하늘로 들어 올린 다음 반원을 그리며 느릿느릿 가슴 앞으로 모았다.

"백학량시(白鶴亮翅).'

청학 도장이 중얼거리듯 말했다. 그 와중에도 느린 동작은 이어지고 있었다. 무릎이 굽혔다가 펴졌고, 펴짐이 채 끝나기 전에 오른발을 비스듬히 앞으로 내딛고, 양손을 교차시켜 왼손은 얼굴 앞에 세우고, 오른손은 얼굴과 평행이 되게 두고 있었다.

"금강도추(金剛搗鎚)."

허리가 살짝 숙여지고 기마식이 된다. 오른손을 이마에 두고 왼손은 손바닥을 아래로 향해 내린다. 이어서 왼손과 오른손의 위치를 원으로 바꿔 돌리며 한 발 앞으로 나간다.

"아!"

임주원의 입에서 탄성이 흘러나왔다. 임주원이 아닌 그 누구라도 청학 도장의 지금 모습을 보면 감탄을 금할 수 없을 것이다. 청학 도장의 태극권은 흐르는 물과 같았고, 느리면서도 부드러운 그 동작에는 겨울의 동토를 깨고 나오는 봄의 기운처럼 약동하는 힘이 실려 있었다.

어느 순간부터 임주원은 청학 도장의 손짓과 발짓을 따라하고 있었다. 청학 도장에게 홀렸다고 해도 맞았고 이끌렸다고 해도 틀리지 않았다. 태극권의 이런 공부는 용무학관에서 배운 권격술과 다르게 임주원의 몸에 빨리 정착되고 있었다. 허리의 힘을 받아 나오는 이전의 권법과 달리 이 태극권이 임주원에게 기맥이 막힌 허리 힘이 아닌, 온몸을 활용하게 하고 있는 것이다.

"오늘날 태극권에도 적지 않은 분파가 있다. 무당파 내에서도 세 가지 지류의 태극권이 있을 정도다. 네가 현재 따라하고 있는 태극권은 일찍이 삼봉 조사께서 삼라만상을 운행하는 태극의 도를 깨우치실 때 창안한 바로 그 무당일권 태극무량권이다. 태극무량권은……."

이 순간 임주원의 뇌리에는 권법의 요체를 전하는 청학 도장의 음성이 시시각각 스며들고 있었다. 일급 이상의 고수만 할 수 있다는 전음입밀이었다.

임주원은 태극권에 몰입됐다. 청학 도장 역시 가르침에 집중됐다. 둘의 그런 모습은 사부가 제자에게 비기를 전하는 과정과도 같았다.

시간이 한참 흘렀다. 어쩌면 한 식경이 지나지 않은 짧은 시간이었는지도 모른다. 분명한 건 임주원이 시간의 흐름을 모를 정도로 태극권에 몰입되어 있었다는 것이다.

"기억했느냐?"

청학 도장의 인자한 말이었다.

임주원은 무릎을 꿇고 절을 했다.

"스승님의 은혜가 하늘처럼 높고 바다처럼 깊습니다."

"후후."

한줄기 진기가 임주원에게 전해졌다. 임주원은 그 자신의 의지가 아닌 청학 도장의 진기로 인해 몸을 일으켰다.

"주원아, 명심해야 할 게 있다. 오늘 있었던 일은 후일 내가 사문의 절차를 밝기 전까지는 비밀로 해야 한다. 알겠느냐?"

사문이 무엇인지, 절차는 또 무엇인지 그런 건 잘 모른다. 다만 임주원에게 청학 도장은 이제 학문 스승 이상의 존재가 되어 있었다.

"제자는 스승님의 허락 없이는 절대로 입을 열지 않겠습니다."

"또 명심할 게 있다."

"말씀하십시오."

"너는 지금 정상적인 몸 상태가 아니다. 그게 무엇 때문인지는 후일 소상히 알려주겠다. 네가 원래의 몸으로 돌아가려면 앞으로 새벽, 정오, 자정, 하루 세 번씩 꾸준히 태극권을 연마하여야 할 것이다. 힘들다고 하루를 건너뛴다면 본래의 몸을 되찾기까지 한 달이 더 걸릴 것이며, 귀찮다고 이틀, 삼 일을 쉰다면 그땐 영원히 상승무공을 익힐 수 없을 것이다. 알겠느냐?"

"제자는 스승님의 말씀을 명심, 또 명심하겠습니다."

임주원의 눈이 빛났다. 불행하기만 하였던 그의 삶에 비로소 한줄기 서광이 비치고 있었다.

스승과 제자의 오고 가는 눈빛은 저 멀리서 들려오는 고함으로 인해 깨졌다.

"임주원! 임주원! 물을 떠오라고 했지, 누가 놀러 가라고 했느냐!"

무술 일교관 채염의 성마른 음성이었다.

"그만 가보도록 해라. 그리고 당분간 매일 정오마다 이곳 우물로 나오도록 해라."

"네."

임주원은 공손히 목례를 하고는 물통을 들고 연무장으로 뛰어갔다.

청학 도장은 그런 임주원을 흐뭇하게 바라봤다.

무당산에 조만간 올라가야 할 이유가 생겼다.

무당파로의 복귀는 아니다.

임주원에게 전수한 태극권은 임시방편이다.

삼첩중인지에 금제된 임주원의 몸은 흐른 세월만큼 기맥이 굳어버려 외부에서 타통해 준다고 해도 완치되지 않는다. 해결 방법은 안으로의 타통, 즉 임주원이 상승의 내가심법을 익혀 스스로 기맥을 뚫어야 하는 것이다.

그는 그런 내가심법을 알고 있다. 당장 전수해 줄 수도 있다.

태청무허심약도결.

하지만 그건 사문의 승인 없이는 전수가 불가능하다.

어쩌면…….

어쩌면 그는 그로 인해 다시 검을 잡을 수 있을지도 모른다.

그의 꿈을 대신할 새싹에게 부끄럽지 않은 모습이 되기 위해.

무당파의 좌절을 극복해 줄 제자에게 사부의 당당한 모습을 보여주기 위해.

第四章

이화촌의 난(亂)

이화촌의 난(亂)

앞으로 강호의 어떤 단체도 일천 명 이상의 무인을 거느릴 수 없다. 또한 무림의 전술무기는 전부 소각될 것이며…….

남무제의 청무사조로 가장 큰 혜택을 본 대상은 다름 아닌 명 제국이었다. 무림의 위세에 눌려 오십 년도 넘게 허수아비 황권을 지속했는데, 청무사조의 선언으로 말미암아 눈엣가시 같은 무림의 강성 단체들이 차례로 해체되어 버린 것이다.

게다가 무림 단체 해체에 들어가는 제반 경비와 반발 조직의 문제는 전부 남무제를 따르는 청무조가 감당했으니, 이건 그야말로 어부지리요, 손 안 대고 코를 푼 격이었다.

천하에서 유일하게 남은 강성 무력 조직은 명나라 군부.

북경 황실은 청무 선언 초기 시절엔 강성 무력을 천하에 표방하지 않았다. 대신 황제의 외척인 사천당가를 중심으로 은밀히 세력을 모으며 무림 제압의 때를 기다렸다. 그 기간이 무려 십 년. 제국이 그렇게 오랜 세월을 보낸 이유는 남무제의 건재가 두려웠고, 또 남무제를 따르는 들꽃무인들이 다시 연합할까 염려한 때문이었다. 그러다가 남무제의 은거가 거의 확실해진 시기, 동정호 일검쟁위에서 남무제가 불참한 일을 보고, 북경 황실은 본격적으로 강호무림 장악에 들어갔다.

황실과 무림은 대륙 변란 상황이 아닌 한 서로 관여하지 않는다.

강호의 불문율이다.

때문에 북경 황실은 표면적으로 무림 장악에 나서지 않았다.

대신 명나라 조정에 별도의 무림 조직을 만들어 강호무림과 맞서게 했다.

이른바 명부.

명부 안에는 주씨 일족, 황제의 외척, 권문세가, 동창, 서창, 군부의 무장 가문 등 황실의 세력가들이 총망라되어 있었다.

당시 이들의 권력이 얼마나 대단했는지 조정의 대신들이

아침 문안 인사를 자금성이 아닌 명부의 곤명궁으로 갈 정도
였다.

그래서 세간에서는 자금성 황실을 대명부, 승천문 광장 앞
에 새로이 건축된 곤명궁을 소명부라고 불렀다.

소명부의 고위 서열은 이렇다.

서열 일위, 일태상 현왕(賢王) 주윤.

서열 이위, 이태상 독로(毒老) 당천갈.

서열 삼위, 문상 창왕(敞王) 주강.

서열 사위, 무상 마독(魔毒) 당염.

현왕과 당천갈은 소명부 결성 당시의 문상과 무상이다. 창
립 초기 제국의 문무대신을 장악한 이들의 드높은 능력이 아
니었다면 소명부는 역대의 대무림 황실 단체가 그러했듯 그
저 그런 단체로 전락하고 말았을 것이다.

현재의 문상 주강과 무상 당염은 각기 전임자의 이세대로,
대략 십 년 전에 그 자리를 넘겨받았다. 소명부의 위세가 이
대에서 더욱 강성해졌으니 그들의 능력은 충분히 증명된 셈
이다.

소명부 조직은 크게 세 단체로 구분된다.

대정보 단체 북창.

대무림 단체 제천궁.

대전투 단체 북명천기군단.

북창은 문상이 관리하고, 황실에 포섭된 무림 거물들이 활

동하는 제천궁은 무상이 최종 지휘한다. 북명천기군단은 특급 변란 시국 대명의 안전에 심각한 위협이 있을 때만 출현하는데, 이런 북명천기군단의 강호 투입은 무상과 문상의 결의에 황제가 최종 승인하는 것으로 되어 있다.

올해로 소명부 발족 이십 년.

소명부는 대륙에 반명 투쟁의 기미가 보이면 민중 결집 초기에 무자비하게 진압해 버렸다. 지난 세월 대명의 폭정에 분연히 일어났던 민중 봉기의 대부분이 그렇게 봉기 초 소명부에 의해 무참히 진압당했다.

한편 소명부는 유수의 무림문파들을 집중적으로 감시했다. 감시 통제를 넘어서는 단계에 이르면 자금력 압박과 무력을 동원하여 그 문파를 해체하였다. 이 일에 타협이란 없었다. 그들도 조직의 사활을 걸고 일 처리에 임했다. 무불련의 경우에서 보듯 무림이 집결하면 명 제국의 안전에 위협을 받는 것이다.

현 강호엔 무불시대 같은 강성 무림 단체는 없다. 기존의 강호 대문파도 그 시절에 비하면 십분의 일로 세력이 약화되어 있었다. 상황이 이러니 소명부에 맞서기는커녕 제천궁과 맞설 단체도 강호엔 마땅히 없다고 할 수 있었다.

그렇다고 소명부가 강호무림을 마음대로 재단할 수 있는 건 또 아니었다. 무림인은 무불시대를 두려워하면서도 한편으로는 동경하고 있었다. 강호엔 그런 무림인들을 요동치게 할 잠재적 거물들이 다소 있었다. 그들이 어떤 계기로 무림의 결집을 부르짖는다면 아마 그다지 길지 않은 시간에 소명부와 맞설 강성 무림 단체가 결성될 것이다.

소명부는 곧 대명부.

따라서 그런 상황은 곧 제국전쟁이란 말과도 같다.

분명한 건 명나라가 폭정을 거듭하고 있는 한 대륙쟁란의 시기가 머지않았다는 것이다.

*　　　*　　　*

청조산장 제이십이 감찰 보고

작성자:소명부 북창 십팔영반 여사보.

일시:사월 오일

내용:청조산장에서 칠 인 회동. 회동자는 신기정사 협정, 전백화룡 상관용, 흑사천래 위지건, 공동일검 우학, 마라포추 허석, 철혈여장 장화란, 사요능지 장소란, 이상 칠 인.

특이:청조 결집 모의 추정. 정보 신뢰 팔 할.

조치:소명부 감숙 북기대 청해성으로 전진 배치.

청조산장 제이십오 감찰 보고

작성자:소명부 북창 십구영반주 독무랑.

일시:사월 이십일.

내용:청조소왕 장소아, 감숙 이화촌에서 거주 추정. 정보 신
뢰 칠 할.
　조치:이화촌으로 북창 첩밀대 투입. 정보 확인 중.
　특이:용무학관 대관주, 청조 시절 질풍대 구조 조장 유적상으
로 확인. 정보 신뢰 십 할.

"장소아의 흔적이 발견되었다고?"

"그렇습니다. 감숙 이화촌입니다."

"확실한 정보인가?"

소명부 곤명궁 천왕전 실내에서 두 사람이 긴밀한 대화를
하고 있었다. 태사의에 앉은 소명부 문상 주강과 그 앞에 기
립해 상황 보고를 하고 있는 소명부 북창 총독 위가소였다.

"청조산장에 세작으로 나가 있는 북창대원들의 첩보입니
다. 세 번이나 확인했으니 이번엔 틀림없다고 사료됩니다."

"으음."

주강이 태사의에서 일어났다. 그가 일어나자 옷자락에서
두 마리 용이 비상하는 듯 꿈틀댔다. 주강은 현재 무엄하게도
황제의 의복 곤룡포를 입고 있었다.

"무상께서도 장소아 건에 대해 알고 있나?"

"제천궁 삼장이 현재 무상에게 따로 보고 중인 것으로 알
고 있습니다."

주강은 천왕전 대전을 천천히 걸었다. 위가소가 고개를 숙

인 채 그를 뒤따라 걸었다. 주강의 걸음은 천왕전 입구 앞에서 멈추었다. 그는 두 손으로 문을 활짝 열어젖혔다. 열린 문 안으로 눈부신 햇살이 쏟아져 들어왔다.

주강이 돌아섰다. 주름 하나 없는 삼십대의 얼굴이었다.

"감숙의 군사 일만을 지원해 줄 테니 이화촌을 철통같이 포위해. 그런 다음 각 가정을 샅샅이 수색해서 찾아. 문제가 생긴다면 그땐 이화촌 주민을 모두 죽여도 좋아."

"으음."

위가소가 눈살을 지그시 찌푸렸다. 햇살 때문이 아니다. 보고에 따르면 이화촌 주민은 대략 오천. 전쟁 상황도 아닌데 민간인 오천을 몰살시킨다면 그건 권력자의 살인이요, 또 후세에 두고두고 씹힐 논제거리가 된다.

주강이 무표정한 얼굴로 말을 이었다.

"고작 오천이야. 꺼리지 마. 그대로 방치했다가 후일 청무조가 결집되기라도 한다면 그땐 오천이 아닌 오십만도 넘게 죽을 거야."

틀린 말이 아니다. 민중 봉기와 무림 봉기는 차원이 다르다. 굳이 청무조가 아닌 지역 무림만 결집해도 진압이 여의치 않다. 그 경우 조직의 희생이 막대할 것은 불문가지다. 이미 그런 경험을 몇 차례 한 적이 있다.

위가소가 꺼렸던 심정을 접고 포권했다.

"복명! 장소아를 반드시 찾아내겠습니다."

"됐어. 할 일이 많을 테니 가서 일 봐."

주강이 그만 나가보라고 고갯짓을 했다. 위가소가 포권을 하고 천왕전을 빠져나가자 주강은 태사의로 돌아가 앉았다. 앉은 이후에는 아무런 미동 없이 천왕전 바닥만 응시하고 있었다.

주강.

전임 문상 현왕 주윤의 다섯째 아들로서 자타가 공인하는 황실 최고 기재다. 권력의 최정상 인근에 머물고 있지만 그는 황제 자리에는 욕심이 없다. 권신들과의 알력과 암투로 평생을 보내야 하는 그런 용상은 그냥 줘도 안 가진다. 그가 원하는 자리는 강호 일인자의 자리. 그는 태양 아래의 용상보다 어둠 속의 일인자로 세상을 지배하길 원한다. 예전 지상 최강의 단체 무불련의 무력일세처럼…….

*   *   *

임주원이 태극권을 수련한 지 어느덧 일 년여가 지났다. 그 또래가 대개 그렇듯 그는 이 기간 동안 하루가 다르게 신체가 발육됐다. 외형적으로 보이는 키만 해도 예전보다 한 뼘은 넘게 자랐다.

단순히 체형만 성장한 건 또 아니었다. 그는 태극권을 수련한 이후 이전처럼 그렇게 권법 수련에 무능한 모습을 보이지 않았다. 전에는 오래달리기를 하면 무조건 맨 꼴찌였는데, 최근엔 적어도 뒤에 서너 명은 남겨두고 달리고 있었다. 허리에 힘도 착착 붙어 권을 내지르면 나름의 초식 자세가 나오고 있었다. 외형만큼 내실도 그렇게 튼튼해지고 있는 것이다.

임주원의 이런 장족의 발전은 수련생들과 교관들을 모두 놀라게 하였다. 교관들이 '미꾸라지, 산삼 먹고 용 됐다'라며 악의없는 놀림을 할 정도였다. 단짝 왕필이나 태극권을 전수한 청학 도장 등 그와 친분이 있는 이들은 그의 이런 발전된 모습에 모두 기뻐했는데, 그중에서도 누구보다 고무적인 이는 다름 아닌 임주원 자신이었다.

어머니에게 인정받으리라. 그래서 내가 바보가 아니란 것을 보여 드려 어머니의 얼굴에서 웃음꽃이 피게 하리라.

그의 기쁨은 그런 생각과 연결되어 있었다. 그는 학관 수업을 마치면 임하정의 방을 괜히 기웃거렸고, 어쩌다가 어머니가 방을 나올 때면 그 주변에서 그날 배운 권법 초식을 수련하는 모습을 보였다.

안타깝다면 그의 이런 신체 변화를 임하정이 몰라준다는 것이었다. 그녀는 아들을 접할 때면 생기 잃은 시선으로 슬쩍 건너다보고는 말없이 그냥 뒤돌아 방으로 들어가 버렸다.

솔직히 속상하고, 착잡하고, 답답하다.

임주원은 그런 심정을 애써 참았다. 그리고 언젠가는 어머니가 자신을 알아주리란 생각으로 더욱 태극권 수련에 열중했다.

올 초에 청학 스승이 그에게 한 말이 있었다.

"유월까지 태극권 수련에 전념해라. 그때 가서 몸이 만들어졌다고 판단되면 네게 큰 선물을 내리겠다."

선물이 무엇을 말하는지는 그도 이젠 알고 있었다. 청학 스승의 말에 따르면 자신의 몸은 어릴 때부터 기맥이 금제되어 있다고 하였다. 선물은 아마 금제된 기맥을 뚫어주는 것이 될 터이다.

"일당백의 용사가 되어라. 그래서 할아버지처럼 불의의 무리와 맞서 싸우는 훌륭한 장군이 되어라."

오래전, 어머니가 가문의 내력을 비밀리에 전하며 한 말이었다. 그 말의 실체에 대해서는 잘 모른다. 하지만 그는 정상인의 몸이 된다면 어머니가 그렇게 원한 장군이 될 생각이었다. 어머니의 꿈은 그에게 곧 삶의 전부였다.

한편 임주원은 이 무렵 왕필과 피를 나눈 형제처럼 가까워져 있었다. 학관에서도 종일 붙어 있었고, 집으로 돌아갈 때도 늘 같이 행동했다. 뿐이랴. 강으로 수영을 하러 갈 때도 같이 갔고, 산으로 나무를 하러 가거나 저자로 놀러 가거나 할 때도 언제나 함께 붙어 다녔다. 이런 둘을 보고 주위에서는 사내끼리 연애질을 한다고 쑤군댔다. 물론 둘은 그런 말에 개의치 않았다. 함께 있으면 배를 쫄쫄 굶고 다녀도 그냥 이유 없이 즐겁기만 하였다.

형제 같은 둘의 사이는 왕필의 부모도 인정하였다. 왕필의 부모는 저자에서 잡다한 일상 용품을 파는 만물상을 운영하고 있었다. 왕필의 부는 육십이 조금 넘었고, 모는 육십이 아직 안 되었는데, 두 사람 모두 겉으로 보면 사십대 후반처럼 젊어 보였다.

가게 상호는 대충 봐서는 이해가 곤란한 '불사조'였다. 왜 그렇게 어려운 이름을 지었느냐고 물어보자 왕필은 불사조는 아버지의 추억이 담긴 명호라고 할 뿐 세세한 사정은 잘 모르고 있었다.

임주원은 이런 왕필의 집에 가길 싫어하지 않았다. 왕필의 아버지는 그가 갈 때마다 아들 친구가 왔다며 호탕하게 반기고는 임주원의 집안 생활에 필요한 생필품을 선물해 주었다. 또한 왕필의 어머니는 그를 마치 친아들처럼 대해주며 맛있는 음식을 해주었다.

활기찬 아버지, 자상한 어머니, 안정되고 화목한 가정.

임주원에게는 참 부러운 가정이었다. 그의 집은 왕필의 집과는 여러모로 비교됐다. 그의 어머니는 자상함과 거리가 멀며 또 몇 년째 병석에 누워 있었고, 그의 아버지는 새벽 일찍 일을 나가면 자정이 되어서야 돌아올 정도로 고된 생활을 하고 있었다. 그는 집에 있을 때면 밝은 웃음은 일체 기대할 수 없는 절간 같은 고요의 시간을 보내야 했다.

그래서 왕필의 집에 다녀올 때면 그는 더 우울하고 더 착잡한 밤을 보냈다. 마음 한편으로는 언젠가는 그도 왕필처럼 화목한 가정에서 살겠다는 꿈을 가졌다. 물론 그러기 위해서는 첫째도 둘째도 그가 먼저 어머니에게 인정을 받아야 한다는 사실을 모르지 않았다.

아무튼, 임주원은 오늘도 단짝 친구 왕필과 함께 학관을 나와 저자로 향하고 있었다. 평소엔 일단 집으로 가서 밀린 집안일을 끝낸 다음 시간을 내서 왕필과 따로 놀았지만, 오늘은 왕필의 생일인 탓에 일찍 집에 갈 수 없는 입장이었다.

"어제 아버지에게 물어봤어. 불사조가 대체 뭐냐고."

"그래, 뭐라 그러셔?"

"그게 말이지, 예전 동서대전 초기에는 불행을 몰고 다니는 사인조란 뜻으로 불렸는데, 나중엔……."

"나중엔?"

"킬킬, 말 그대로 절대로 안 죽는 조직 명칭이 되었대."

저자로 가는 동안 왕필은 줄곧 가족사를 이야기했다. 가족사의 태반은 왕필의 아버지가 지난 전쟁에서 겪은 이야기였다. 솔깃한 부분도 있었지만 전쟁이니 뭐니 하는 용어 자체가 어려워 임주원은 거의 한 귀로 듣고 한 귀로 흘려버렸다.

"어어, 저건 뭐냐?"

이런저런 말을 하다 보니 둘의 걸음은 어느덧 저자 입구에 다다라 있었다. 그런데 눈에 보이는 저자의 광경이 평소와 사뭇 달랐다. 창검으로 무장한 관병들이 저자 입구에 도열해서 사람들의 보행을 감시, 통제하고 있었다. 가끔은 오와 열을 맞추어 어디론가 급히 뛰어가는 관병들도 있었다.

"어디서 난리가 났나?"

왕필이 호기심 어린 눈으로 주위를 돌아봤다.

"왕필아, 무, 무섭다. 우리, 빨리 가자."

임주원은 왕필과 다르게 주변의 광경이 무섭게 느껴지고 있었다. 행인들을 살피는 관병들의 날카로운 눈빛. 그 눈을 보고 있자니 오래전 산길에서 마주해 본 늑대의 눈빛이 떠오르고 있었다.

"사내자식이 이깟 일로 쪼냐. 난 궁금한 건 절대 못 참는단 말야."

왕필은 임주원의 말을 무시하고는 좀 전 관병들이 급히 달려간 저자의 우물가 방향으로 걸어갔다. 임주원은 주위를 돌아본 후 조심스레 왕필을 뒤따라갔다. '강호의 의리는 살아 있다. 우리는 삶도 죽음도 함께한다'. 평소 두 사람이 입버릇처럼 하는 말이다.

우물가 앞에는 관병뿐이 아닌 일반인들도 많이 모여 있었다. 그들은 하나같이 못 볼 것을 본 듯 인상을 찌푸리고 있었다. 개중 어떤 이는 손으로 입을 가린 채 구역질을 하고 있었다.

"뭐야?"

임주원과 왕필은 사람들 사이를 파고들어 우물가 앞으로 나갔다.

남녀 한 쌍이 우물 옆에 누워 있었다.

"우읍! 우읍!"

임주원은 그들을 보자마자 구역질이 올라왔다. 시체였다. 그냥 시체가 아닌, 살갗이 벗겨진 얼굴, 고름과 피가 범벅된 진물, 그 속에서 꿈틀대는 구더기, 코를 찌르는 역한 냄새. 지옥에서나 볼 것 같은 흉물스런 사체였다.

"왕필아, 그만 가자."

임주원은 왕필의 손을 잡았다. 왕필도 이번엔 임주원의 말에 두말없이 뒤돌아섰다. 자칭 사나이인 그도 더는 시체를 보고 있기 어려운 모양이었다.

그들이 밀집되어 있는 군중 사이를 막 빠져나왔을 때였다.

척척척척척!

저자 저편에서 백 명은 족히 넘는 관병들이 우물가로 걸어오고 있었다. 일반 관병이 아니었다. 전쟁터에서나 만날 법한 완전무장한 군병들이었다.

우물가에 당도한 군병들은 그 주위를 철통같이 막아서고는 굵은 새끼줄로 사방 오 장을 돌려 막고 있었다.

새끼줄로 둘러막은 네모진 공간이 완성되자 지휘관으로 보이는 관인이 그 앞에 이런 팻말을 세웠다.

출입 통제! 역병 발생!

새끼줄로 출입 통제된 공간은 비단 우물 주위만이 아니었다. 임주원과 왕필이 불사조 상점으로 돌아간 반 시진 후에는 저자가 몽땅 새끼줄로 둘러싸였고, 그로부터 다섯 시진 후에는 이화촌 전체가 새끼줄로 외부 마을과 출입이 단절되었다.

이화촌이 외부와 고립된 후, 난주지사의 공식적인 포고가 있었다.

역병이 돌고 있다. 별도의 포고가 있기 전에는 누구도 이화촌을 나갈 수 없고 또한 어떤 외부인도 이화촌으로 들어올 수 없다. 만약 이를 어기는 주민이 있다면 그 즉시 황명으로 처단한다!

*   *   *

"자, 시장하겠다. 우리 늦둥이하고 주원이는 어서 밥을 먹으렴."

왕필의 어머니가 정성껏 차려진 생일상을 들고 와 말했다.
왕필과 임주원은 건성으로 대답하고는 젓가락을 들었다. 밥
맛이 있을 리가 없었다. 밥상에 놓인 고기를 보니 우물가에서
본 시체가 자꾸만 생각나고 있었다.

"필이 아버님은요?"

임주원이 고기를 한 점 집다 말고 물었다.

왕필의 어머니 유소희가 말했다.

"그 양반은 아마 시전을 돌아보고 있을 거야. 원래 이런 일
이 있으면 괜히 어슬렁대는 성격이거든."

왕필이 젓가락을 밥상에 내려놓고 적잖이 걱정스런 얼굴
로 말했다.

"출입 통제라던데 그러다가 관병들에게 붙잡혀 가면 어떡
해요?"

유소희는 별일 아닌 듯 씩 웃으며 답하였다.

"후후, 녀석. 그렇게 살고도 네 아버지를 모르느냐? 그런
오합지졸의 위협에는 눈도 깜짝하지 않을 사람이다."

왕필의 아버지도 그렇지만 가만 보면 그 어머니도 보통 여
자가 아니다. 저자에 관병이 수도 없이 돌아다니고 있거늘 남
편을 전혀 걱정하지 않는다. 게다가 군사들을 보고 오합지졸
이란다.

왕필이 투덜댔다.

"하여간 두 사람은 못 말린다니깐. 대체 무슨 배짱으로 그

렇게 세게 나가는 거유?"

아들이 어미에게 할 언사가 아니다. 하지만 이 가정에서는 그런 거친 말이 일상다반사다. 아들의 말에 유소희가 묘하게 웃으며 말했다.

"호호, 이보다 백배 더 무서운 곳을 굴러다니다 보면 자연히 간이 부어오르게 된단다."

"하면 어머니도 그때 같이 돌아다녔슈?"

왕필의 물음에 유소희가 눈을 반짝했다. 그러더니 갑자기 말문을 와르르 열어놓았다.

"말이 나왔으니 하는데, 사실 네 아비는 나보다 한참 밑에서 놀았단다. 처음엔 상대조차 안 해주었지. 재수없는 불사조였거든. 그러니까… 그때가……."

유소희가 한참 과거사를 털어놓고 있을 때 왕필이 임주원의 손을 잡고는 방을 조용히 빠져나왔다. 이런 이유였다.

"과거 이야기를 한번 꺼내면 끝도 없어. 아마 반 시진은 저렇게 중얼댈걸."

불사조 가게를 나온 임주원은 왕필에게 내일 학관에서 보자는 인사를 하고 곧장 집으로 향했다. 초조한 심정이었다. 혹여 군사들이 집에 들이닥칠까 괜한 걱정도 들었다.

집에 도착하니 사위가 어둑어둑해져 있었다. 언제나 그렇듯 소등이 된 집에서는 절간 같은 고요가 휘돌았다. 집에 온 그는 어머니의 방문을 조금 열고 인사부터 하였다.

"어머니, 소자 주원입니다. 왕필이 생일인지라 오늘은 조금 늦게 왔습니다."

방 안, 어둠 속에서 두 눈이 한차례 반짝였을 뿐 아무런 응답도 없었다. 그는 조용히 문을 닫고 착잡한 마음에 한숨을 내쉬었다. 왕필이의 집처럼 어머니의 다정한 환대는 기대하지 않는다. 그냥 '주원이 왔냐' 이 말 한마디면 그는 충분히 만족한다.

'휴우, 이게 다 나 때문인걸.'

그는 고개를 설레설레 흔들고는 집안일을 돌보기 시작했다. 우선 오늘 새벽에 해놓은 나무를 어머니 방 아궁이에 질러 넣고 불을 피웠다. 불을 피운 후에는 가마솥에 쌀을 넣고 저녁거리를 준비하였으며, 다음으로 집 주변을 청소하기 시작했다.

더는 할 게 없자 그는 집 앞에 아무렇게나 앉아 아버지가 오기를 기다렸다. 우울하고 착잡한 심정이 들면 학관에서 배운 노래를 흥얼댔다. 그래도 마음이 무거우면 그땐 태극권을 연마했다.

자정이 가까워 올 무렵, 어둠 저편에서 귀에 익은 발걸음 소리가 들렸다. 어깨에 천근의 바위를 짊어진 것처럼 무겁게 들려오는 발소리. 그의 아버지 철우의 발소리였다.

"늦으셨네요."

그의 인사에 철우가 씁쓸히 웃고는 임하정의 방문 앞으로 걸어가 문을 조금 열었다. 그가 그렇듯 철우 역시 집으로 오면 가장 먼저 하는 일이었다.

"나 왔습니다. 그래, 몸은 좀 괜찮습니까?"

철우는 임하정을 대할 때 항상 경어를 사용하였다. 이 탓에 이웃 주민들로부터 팔불출이라고 핀잔도 많이 들었다. 물론 철우는 그런 말에 일체 개의치 않았다.

"……."

임주원의 경우가 그랬듯 방 안에서는 아무런 응답이 없었다. 철우는 조용히 문을 닫고 오늘 약방에서 사온 약재를 달여 그녀의 방에 밀어 넣었다. 그 후로는 부엌으로 가서 임주원이 차려놓은 저녁을 홀로 쓸쓸히 먹고, 먹은 후론 곧장 부엌 한편에 있는 작은 골방으로 들어가 잠을 청했다.

어미도 말이 없고 아비도 말이 없다.

이게 그가 살고 있는 가정의 일상이었다.

비정상적인 가정. 꼭 이렇게 살아가야 하는지 의문스럽지만, 그는 어디에서부터 그의 가정이 삐뚤어졌는지 잘 알고 있었다.

"바보로다, 바보! 사지육신이 멀쩡한 바보 중에 상 바보로다! 임씨 가문에 어찌 저런 바보가 태어났을꼬. 이게 다 사내의 씨를 잘못 택한 어미의 업보로다, 업보!"

임하정이 언제인가 그와 철우를 앞에 두고 통곡을 한 바로 그 시점부터였다.

그 후로는 어미도 아비도, 그리고 임주원도 모두 정상적으로 살지 못하였다.

가정을 정상적으로 돌릴 방법은 오직 하나.

그가 어머니에게 임씨 가문의 당당한 핏줄임을 인정받는 것이었다.

어느덧 자정이다.

그는 울적한 심정을 삭이며 태극권을 수련했다.

어머니에 당당히 보여주리라.

꼭 보여주고 말리라, 내가 임씨 가문의 핏줄임을.

그토록 울지 않으려고 했는데 그는 태극권 수련 도중 자신도 모르게 눈물을 뚝뚝 흘리고 있었다.

날이 밝았다. 상황은 어제보다 훨씬 더 나빠졌다. 이화촌 일대를 장악한 무장 군사들은 주민들의 사소한 통행마저 철저히 검문, 통제하고 있었다. 이 과정에서 주민들이 반발하면 불문곡직하고 무자비한 폭행을 가했다. 흉흉한 말이 저자에 떠돌았다. 간밤 이화촌을 탈출하려는 주민들이 집단 떼죽음을 당했다는 소식이었다. 뜬소문으로 여길 상황이 아니었다. 이화촌 외곽 지역에서는 피비린내가 코를 찔렀다. 더불어 하늘엔 피 냄새를 맡고 온 독수리들이 무수히 날아다니고 있었다.

역병 발생, 군사 투입, 그리고 도시 통제.

아무리 생각해도 의문스런 일이었다. 전염병이 돈다면 당
국에서는 군사 통제에 앞서 의원을 먼저 현장으로 투입해 역
병에 관한 조사를 해야 옳았다. 그런데 의원은커녕 의료품 하
나조차 지원하는 모습을 보이지 않았다.

이 의문과 부당한 군사 통제에 직접적으로 부딪쳐 본 위인
은 이화촌의 실력자 공손표국주도 아니며, 이화촌 제일거부
인 금씨세가주도 아닌, 저자의 '불사조' 만물상을 운영하는
왕평이었다.

왕평은 서슬 퍼런 군사 통제에 이화촌의 실력자들이 모두
숨죽이고 있던 그때, 홀로 가게를 나와 역병의 발원지인 우물
가로 향하였다.

관계자 외 출입 엄금! 승인없이 접근하는 민간인은 이유 불문
하고 국법 조치함!

우물 주변은 그렇게 철저히 통제되고 있었다. 왕평은 그런
조치에도 개의치 않았다. 자신이 옳다고 생각되면 그 일에 목
숨을 건다. 그건 그의 인생관이기도 하였다.

"정지!"

우물 앞에서 경계를 하고 있던 관병들이 왕평의 걸음을 막
았다.

"누구냐? 승인은 받았느냐? 호패를 보이고 신분을 밝혀라!"

관병의 날카로운 물음에 왕평은 품에서 무언가를 꺼내 건넸다.

"자."

"……?"

관병이 눈을 멀뚱댔다. 왕평이 건넨 것은 호패하고는 거리가 먼 동전 한 냥이었다.

"까라면 까는 쫄짜인데 니들이 뭔 죄가 있겠냐. 저기 저자로 가서 국밥이나 한 그릇 하고 와라. 돈이 모자라면 불사조 이름으로 달아놓고."

왕평은 태연히 말하고 관병들 사이를 비집고 우물 앞으로 걸어갔다.

"뭐, 뭐야, 저 영감탱이는?"

관병들이 뜨악한 눈으로 서로를 마주 봤다. 그러다가 문득 얼굴을 구기곤 왕평에게 우르르 뛰어가 양쪽에서 그의 허리를 잡았다.

"어? 니들 지금 뭐 하는 거야? 실수한다?"

왕평이 고개를 돌리며 중얼댔다. 돌린 그의 얼굴로 묘한 미소가 피어난다 싶더니 그의 머리가 좌우로 번개처럼 움직였다.

빡! 빡!

박치기 공격에 왕평의 좌우에 있던 관병들이 눈알을 해롱대며 그대로 주저앉았다. 왕평은 돌발적인 공격을 한 번에 그치지 않고 이번엔 그의 앞에 포진하고 있는 관병들을 향해 날 듯이 뛰어들었다.

파파파파팍!

순식간에 관병 다섯이 바닥에 드러누웠다. 그들이 창검도 뽑아보지 못했을 정도로 왕평의 공격은 재빨랐고 또 사나웠다.

"험, 험, 별것도 아닌 것들이 영감이니 뭐니 개소리를 해대고 있어."

왕평은 손을 아래위로 툭툭 털고는 그를 멍하니 바라보고 있는 나머지 관병들을 향해 씩 웃어 보였다.

"니들로는 안 돼. 더 센 놈을 데리고 와. 얼른!"

'얼른'이란 그의 음성은 관병들의 고막을 터뜨릴 만큼 드셌다. 관병들이 서로 눈치를 봤다. 허리를 올곧게 편 왕평을 보고 있자니 만만한 영감이 아닌, 전장을 헤쳐 나간 중년 무장의 모습이 떠오른다. 관병들은 급히 뒤돌아 어디론가 달려갔다. 상급자에게 보고하기 위함이리라.

"역병이라……."

관병들을 물린 왕평은 가마니로 덮어놓은 남녀 시체로 가까이 다가갔다. 가마니를 들어 올리자 역한 냄새가 코를 찌른다. 왕평은 왼손으로 코를 막고 다른 한 손으론 시체를 검시했다. 오른손에는 미리 준비해 온 검시용 장갑이 착용되어 있었다. 시체는 부패가 심해 얼굴을 알아볼 수가 없었다. 시체의 얼굴을 뒤덮은 고름을 손으로 파헤쳐 보았다. 구더기가 검시용 장갑에 붙어 꿈틀댔다. 그렇게 파헤쳐 보기를 잠시, 그의 눈이 반짝했다.

살! 변색되지 않은 생생한 살.

피! 역병에 걸려 죽은 피가 아닌, 순도가 맑은 피.

시체의 속살에서 역병과 관련없는 사인이 발견되고 있었다.

그는 시체의 옷을 찢듯이 벗겨냈다. 검붉은 고름이 진득한 얼굴과는 달리 시체의 몸은 역병에 걸린 흔적, 반점 따위는 일체 보이지 않았다.

"역병? 흥! 웃기는군."

왕평은 의원이 아니다. 또한 그에게 의학 지식 같은 건 없다. 하지만 드러난 사인으로 그는 한 가지를 확신할 수 있었다.

타살!

이 시체는 역병이 아닌 목이 졸려 죽은 것이었다. 시체들의 목에 줄처럼 그어진 피멍이 그 점을 잘 증명하고 있었다.

'이놈들이 대체 무슨 작당을 하려고 이런 무서운 짓을 벌였을까?'

암만 생각해도 이해가 안 되었다. 명나라 폭정이야 하루 이틀이 아니지만 그렇다고 마을 주민들이 역적 모의를 한 것도 아닌데 군단 병력을 출병시켜 한 도시를 이렇게 철저히 봉쇄 통제할 순 없었다.

'다음 수순은 무엇인가? 왜 마을을 봉쇄했을까?'

왕평이 그런 생각을 하고 있을 때였다.

"나리, 바로 저놈입니다! 저놈이 승인도 없이 현장으로 뛰어들어 우리 애들을 저렇게 만들었습니다."

그의 등 뒤로 일단의 병력이 몰려오고 있었다.

왕평은 생각을 접고 앉은 자세에서 뒤를 돌아보았다. 그때 그의 눈빛은 매서웠고, 온몸의 근육은 달려나가기 직전처럼 팽팽히 긴장되어 있었다. 전투 본능. 전장을 떠난 지 오래되었지만 그의 몸은 그렇게 아직도 위기 대처 본능을 잊지 않고 있었다.

'새로 나타난 적은 오십. 그중 위험한 놈들은 후방에 일렬로 정렬한 열 명. 관병 같은 오합지졸이 아니다. 검사 수업을 받은 일류 칼잡이들이다. 대처는?'

"나는 북창의 십칠영반주 표영호다! 너는 어찌하여 감히 국법을 어기고 관병들을 해쳤느냐? 당장 무릎을 꿇고 오라를 받아라!"

위험하다고 판단한 무인 열 명 중 우두머리로 짐작되는 남색 관인이 왕평을 향해 소리치고 있었다. 왕평은 이때 그 말에는 상관치 않고 후속 상황 판단을 하고 있었다.

'정면 대결 불가. 열 명의 칼잡이가 만만치 않을뿐더러 혹여 내가 잡혀 버리면 그땐 이화촌 주민 전체가 위험해진다. 그렇다면 최선은?'

왕평은 눈만 굴려 주변을 빠르게 살펴봤다.

우측!

관병 삼십 명 포진. 일급무인은 보이지 않는다.

상황 판단 끝. 이제 행동만 남았다.

"호오, 북창? 이제 보니 대명부의 작당이 아니라 소명부 짓거리구나!"

왕평은 적의 우두머리 표영호를 노려봤다. 둘의 눈이 마주치는 순간 표영호가 흠칫했다. 왕평에게서 지옥의 전장을 전전한 노병의 모습을 보았던 것이다.

"쳐, 쳐라!"

표영호가 소리쳤다. 그러자 관병은 물론이요, 북창 소속으로 보이는 뒷줄의 무인 열 명까지 일제히 칼을 뽑아 들고 왕평에게 달려들었다.

왕평의 대항 조치가 그들보다 좀 더 빨랐다. 왕평은 표영호와 눈이 마주치는 순간 손을 뒤로 더듬어 시체의 얼굴을 몸에서 뜯어냈다. 그런 다음 달려나오는 적들에게 그 머리통을 냅다 집어 던지고 마주 달렸다.

"깍! 뭐, 뭐야!"

갑자기 날아오는 시체의 머리통!

관병들이 달려나오다 말고 본능적으로 주춤할 때, 왕평은 그중 한 명의 목을 달리던 속도 그대로 손날로 쳐버렸다. 나이 먹은 손이지만 그 손에는 아직도 젊은이 못지않은 힘이 펼펄 살아 있었다.

"끄윽."

관병이 목에 손날을 맞고 꼬꾸라지자, 왕평은 그 관병이 들고 있던 창을 뺏어 들고 크게 휘둘렀다. 서너 명의 관병이 창의 궤적에 걸려 피를 뿌리며 쓰러졌다.

"하압!"

왕평은 창을 굳게 잡고 허리 위로 들었다. 그리고 창을 그에게 날 듯이 달려나오는 열 명의 북창 무인을 향해 던졌다. 공간을 가르는 창. 대상은 열. 표적은 하나. 표영호가 그의 최종 표적이었다.

"어엇?"

표영호가 날아오는 창을 보곤 깜짝 놀라 허리를 비틀었다.

순간적으로 생겨난 빈 공간!

왕평은 그 안을 들소처럼 뚫고 나가 저자 속으로 곧장 달렸다.

"쫓아! 쫓아!"

달아나는 왕평의 뒷모습을 보며 표영호가 악에 받친 음성을 토했다.

"와아아아아!"

관병들이 함성을 지르며 왕평을 뒤쫓았다. 뒤이어 삐익, 삐이익 하는 날카로운 피리 소리가 마구 울어댔다. 상황 발생을 알리는 경고음이다. 이 피리 소리에 저자의 무장 군병들이 모두 왕평을 주목했다. 주목 다음엔 누구 하나 할 것 없이 칼을 빼 들고 왕평을 추적했다.

"와아아아아!"

달리는 왕평! 그를 뒤쫓는 군사들!

처음엔 오십 명 정도의 규모였거늘 반 각도 되지 않아 일백이 넘었고, 일각이 되자 무려 오백이 넘는 병력이 왕평을 뒤쫓았다.

불사조.

왕평의 달리기는 어느새 불사조 가게 앞을 지나고 있었다. 마침 저자의 일대 소동을 구경한다고 가게 앞으로 나와 있던 왕필의 어머니 유소희가 그걸 보고는 소리쳤다.

"거기 선두에서 열나게 달리고 있는 양반, 혹시 왕필이 아버지 아니유?"

천연덕스럽다. 상황 파악이 충분히 되건만 긴장은커녕 농을 하듯 말을 건네고 있다. 그건 그녀의 물음에 답하는 왕평 역시 마찬가지였다.

"헥헥, 오랜만에 달리자니 이거 죽갔구만. 보쇼, 마눌. 그렇게 보고만 있지 말고 물이나 한 병 던져 주시구려."

획!

유소희가 물병을 던졌다. 왕평은 물병을 받아 목에 콸콸 들이부은 후 다시 소리쳤다.

"필이는 어디에 있소?"

"그야 학관에 갔지요."

심드렁하게 대답한 그녀는 이어서 왕평을 뒤쫓는 관병들을 눈짓하며 물었다.

"한데 무슨 짓을 했기에 저놈들이 당신을 쫓는 거요?"

"헥헥! 그 참, 말 많네. 마눌, 이건 양귀비야! 양귀비 상황이라고!"

양귀비 상황.

이는 그 부부만이 알고 있는 전장의 용어다.

"하면 난 어떡하고?"

유소희가 눈을 반짝하며 소리쳤다. 왕평은 이때 그녀의 앞을 막 지나치며 달리고 있었다.

"뭘 어떡해, 간만에 실력 발휘해야지! 나중에 공손표국에서 보자고."

그 음성을 끝으로 왕평은 저자 저 멀리까지 달려갔다.

"와아아아아! 쫓아! 쫓아!"

곧 일단의 군사들이 불사조 가게 앞을 지나갔다. 그런데 그중의 한 무리가 갑자기 멈추어 서서는 불사조 가게 앞에 자리한 유소희를 손짓하며 소리쳤다.

"저년도 잡아! 한 패거리다!"

한 무리의 관병들이 불사조 가게 안으로 쳐들어갔다.

"어어어어어?"

퍼퍼퍼퍼퍽!

불사조 가게 안으로 들어간 관병들은 들어간 순서대로 튕겨져 나와 바닥을 굴렀다. 하나같이 얼굴이 작살나 있었다.

"뭐, 뭐야? 저년은 또 뭐야?"

관병들이 어안이 벙벙한 눈으로 유소희를 쳐다봤다.

"짜식들, 뭐긴."

그녀가 가게 밖으로 걸어나왔다. 손에는 부엌칼이 들려 있었다. 그녀는 바닥을 뒹굴고 있는 관병들 앞에 서서 부엌칼을 휘휘 돌리며 말했다.

"아줌마지. 아.줌.마."

*   *   *

용무학관.

이화촌을 뒤덮은 불안의 먹구름은 용무학관이라고 해서 예외는 아니었다. 정확히 말하면 용무학관은 이화촌의 어느 곳보다 심각한 위험에 처해 있었다. 용무학관 사방 백 장은 무장 관병들로 완전히 포위되었고, 다른 곳에서는 볼 수 없는 인사들, 척 보기에도 범상치 않은 관리들과 고위급 무장들이 시시각각으로 출현하고 있었다. 이 점은 하나를 의미했다. 용무학관이 무장 군병들의 주 목표라는 것이었다.

용무학관 내의 사정도 긴박하게 돌아가고 있었다. 학관생들의 수업은 중단되었고, 용무학관 대관주 유적상을 필두로 제일교관 채염, 제이교관 나승채, 제삼교관 증자개 등 용무학관의 간부들이 전원 연무장에 모여 대책 회의를 하고 있었다.

"미치겠군! 대체 대명의 군사가 왜 우리 학관을 포위하는 것입니까? 우리 학관엔 역병에 걸린 수련생이 없지 않습니까?"

제일교관 채염의 말이었다.

틀린 말이 아니었다. 교관들이 알기로 용무학관이 군사들에게 포위당할 이유가 없었다. 더욱 답답한 사실은 연유를 알아보고자 용무학관 밖으로 나가 무장 군사들의 지휘부와 접촉하면 그들은,

"수련생을 학관 연무장에 전원 집결시켜라! 아울러 이 시각부터 한 명의 수련생도 학관을 빠져나갈 수 없다! 이는 황명이다!"

원인도 설명도 없는 이런 말만 되풀이한다는 것이었다.

"대명부가 아닙니다. 좀 전에 밖을 나갔을 때 보니 소명부의 북창 영반들이 상당수 자리해 있었습니다. 따라서 이는 소명부의 작당입니다."

제이교관 나승채의 말인데, 이 말은 용무학관 간부들에게 아무런 위안도 주지 못했다. 오히려 이전보다 더욱 심각한 압박을 주고 있었다.

북창.

대명부의 동창이나 서창보다 다섯 배는 더 규모가 크고 열

배는 더 잔인하다는 소명부의 무림 정보 조직. 그런 공포 단체의 일선 수장들이 무더기로 용무학관에 모습을 나타낸 것이다. 보통 경우엔 북창 영반 하나만 나타나도 한 마을이 얼어붙는다. 그런데 지금은 열에 가까운 숫자의 영반 출현이다.

"제길, 대명부나 소명부나 알고 보면 다 같은 놈들이 아니요. 민초의 피를 빨아먹는 더러운 새끼들!"

삼교관 증자개가 노한 얼굴로 소리쳤다. 대명부를 욕함은 곧 황제를 욕하는 것이다. 하지만 간부들은 이런 그를 슬쩍 쳐다보는 것 외에는 아무런 표현도 하지 않았다. 그 말이 맞는 것이다. 굳이 오늘 일이 아니더라도 평소의 심정대로 하자면 그들 역시 하루 종일 황제를 욕하고 싶다.

"자자, 대명부든 소명부든 현재 우리에겐 그게 중요하지 않습니다. 우리는 앞으로 어떻게 대처하면 옳겠습니까?"

대관주 유적상이 흩어진 논의의 중재를 모았다. 유적상은 동서대전에서 청무련의 질풍대 구조 조장을 역임했던 위인이다. 평소에는 성정이 부드럽지만 전날의 질풍대가 그랬듯 전투 상황에 돌입하면 그때부턴 퇴각을 모르는 일당백의 용사로 변한다.

채염이 말했다.

"현재로선 다른 방법이 없습니다. 일단은 놈들의 속셈이 무엇인지 알아야 우리도 그에 따른 대처를 할 수 있다고 판단됩니다."

그 말에 아무도 이의를 제기하지 못했다. 기본적으로 옳은 말인 것이다.

"일단은 한 번 더 놈들과 접촉해 봅시다. 대체 무엇을 원하는지… 그리고 이건 노파심인데, 만약……."

나승채의 말이었다. 그는 용무학관 본관 앞에 모여 있는 아이들을 바라보며 단호한 의지를 드러냈다.

"놈들의 목적이 저 아이들이라면 그땐 절대로 굴복이란 없습니다."

이 말에 교관들의 안색이 어두워졌다. 말을 안 해서 그렇지 그들 또한 나승채처럼 그런 최악의 경우를 염려하고 있었다.

학관엔 역적모의하는 무인들도 없고 역적모의에 뒷돈을 대주는 숨겨둔 재산도 없다. 있다면 오직 하나. 내일의 세상을 살아갈 새싹들뿐이다. 분명한 건 나승채의 말처럼 어떤 이유에서든 아이들을 놈들에게 내어줄 수 없다는 것이다. 남녀노소 불문하고 이제까지 소명부에 끌려간 사람치고 제대로 살아 돌아온 경우가 없었다.

"현재 아이들은 누가 돌보고 있지요?"

대관주 유적상이 착잡한 안색으로 물었다. 표정이 조금 묘했다. 왜인지 교관들에게 숨기는 사안이 있는 것 같은 모습이었다.

"오교관과 청학 도장이 돌보고 있습니다. 아무래도 오교관 혼자서는 수련생들을 보호하기 버거울 것 같으니 육교관과

칠교관을 그곳에 보낼까요?"

청학 도장이 있다는 말에 유적상은 고개를 저었다.

"아뇨. 충분합니다. 그분이 계신다면 우린 더 가봐야 별 도움이 안 됩니다."

뜻 모를 말을 하는 유적상이었다. 교관들이 의문스런 눈길을 던졌지만 유적상은 더는 말해주지 않았다. 사실 재차 물어볼 상황도 아니었다. 용무학관 정문으로 북창의 영반들이 수백 명의 관병들과 함께 들어오고 있었다.

선두의 삼십대 남색 관인이 소리쳤다.

"나는 북창 칠영반 손개세다! 용무학관 거주자는 모두 오체투지하고 황명을 받들라!"

이 명에 유적상을 시작으로 교관들이 무릎을 꿇고 머리를 조아렸다. 내키지 않지만 그렇게 하지 않고는 도리가 없는 일이다.

"이화촌에 역병이 돌았다! 자애로우신 우리 황상께서는 새싹들이 혹여 못된 역병에 감염될까 걱정하시어 무엇보다 우선 아이들의 안전을 돌보라는 명을 내리셨다! 하니, 금일부로 용무학관의 모든 아이들은 소명부 감숙지부로 전원 이동 조치, 격리된다! 이를 따르지 아니하는 불손한 무리들은 황명으로 엄히 다스리겠다!"

염려하던 일이 실제로 벌어졌다. 유적상이 고개를 들어 반박했다.

"역병이라니? 그 무슨 얼토당토않은 말이오? 우리 학관에는 역병에 걸린 환자가 없소. 또한 이화촌 거주민들이 역병에 걸렸다는 공식적인 증거도 확인되지 않았소. 우리는 역병이 확인될 때까지 수련생들을 용무학관 외의 어떤 곳으로도 보낼 수 없소이다."

창!

손개세가 검을 뽑아 들었다.

"감히 일개 학관 주제에 황명을 거역하는 것이냐!"

"황명 때문이 아니라 이치가 그렇지 않소. 역병이 확인도 되지 않았거늘 자기 아이들의 삶을 남에게 맡기는 부모가 세상천지에 어디에 있겠소. 내 말이 틀렸소?"

유적상은 물러서지 않았다. 고개를 당당히 쳐 올렸고, 분명한 시선으로 손개세를 노려보고 있었다.

유적상에 이어 채염이 고개를 들고 말했다.

"이게 어찌 황명이란 말이오! 북창의 영반들이 나타났으니 소명부의 작당이 아니오! 우리는 아이들을 절대로 보내지 못하오!"

이번엔 증자개가 분한 표정으로 벌떡 일어나 말했다.

"대명부의 작당이든 소명부의 짓이든 이따위 엉터리 명을 받들라니! 그러고도 자금성의 황제가 만백성의 어버이더냐!"

증자개의 말이 끝났을 때였다.

피이잉!

초록 빛살! 북창 관병들의 뒤편에서 녹광이 번쩍인다 싶더니 무언가가 공간을 가로질러 그대로 중자개의 목에 처박혔다.

툭.

중자개의 목이 허무히 떨어졌다. 땅에 떨어진 중자개의 얼굴은 왜 목이 잘렸는지도 모르고 있는 표정이었다.

"이, 이, 이놈들!"

유적상이 벌떡 일어났다. 녹광을 뿌리며 날아가는 원반을 보았지만 그땐 이미 상황이 끝나 있었다. 그는 원반을 날린 자를 분노한 시선으로 쳐다보았다.

"킥킥킥. 웃겨, 아주 웃겨."

삼십대의 홍의인. 너무 말라 뼈가 붙은 것 같은 체형과 얼굴. 그 마른 사내가 칼칼한 음성을 흘리며 무리 앞으로 걸어 나오고 있었다.

"이것들이 이제 보니 황명을 엿장수의 말로 여기는구나."

"으으음, 녹사반!"

유적상이 마른 사내의 정체를 확인하고는 무거운 신음을 흘려냈다.

녹사반주 당적.

현 당가 가주의 일곱째 아들. 소명부 제천궁의 수호오장이자 무림십삼비 중의 구비.

유적상이 대적할 수 없는 절정무인의 등장이었다.

                    *   *   *

공손표국.

"자, 모두 들어갑시다!"

왕평이 공손표국의 정문으로 걸어갔다. 그의 뒤로는 제법
건장해 보이는 주민들이 낫이나 망치, 톱, 또는 칼을 들고 따
라오고 있었다. 왕평의 뜻에 동조한 모양이었다.

"멈추시오!"

무장한 주민들의 출현이다. 정문 앞에서 번을 서고 있던 표
국의 표사들이 급히 정문을 막아섰다.

"비켜라, 이놈들!"

왕평은 막아선 표사들을 몸으로 확 밀치고 안으로 들어갔
다.

그가 표국 내로 당차게 들어오자 표국 안의 모든 표사들이
무슨 사단이 난 줄 알고 창검을 든 채 우르르 몰려왔다.

왕평은 뛰쳐나온 표사들의 모습에도 전혀 기죽지 않았다.
그는 우렁찬 음성으로 자신이 온 이유를 밝혔다.

"불사조의 왕평이 오늘 옛 전우를 만나고자 하오! 하니, 공
손표국의 국주 공손혁은 당장 이 자리에 나오시오!"

왕평의 느닷없는 방문 음성에 이화촌 군사 통제 건으로 표
국의 간부들과 회의를 하고 있던 공손혁이 집무실 밖으로 급

히 나왔다.

대비되는 두 사람이다. 왕평은 촌부 같은 복장인 반면 공손혁은 휘황찬란한 금포를 입고 있다.

공손혁이 적잖이 짜증난 눈으로 왕평을 보며 물었다.

"왕 형께서 우리 표국에는 어쩐 일이오? 평소에는 돈독이 오른 전우라며 나와는 상종도 하지 않았잖소."

개인 감정을 논할 상황이 아니다. 왕평은 안건을 바로 꺼냈다.

"나는 지금 공손 형과 시시콜콜한 감정 싸움을 할 생각이 없소. 또한 현재 나는 공손표국의 국주가 아닌, 그 옛날 불의의 무리와 맞서 싸운 열혈의 전우를 만나러 왔소이다."

왕평의 표정이 사뭇 진지하다. 공손혁도 이에 정색을 하고 왕평에게 물었다.

"대체 무슨 일인 게요? 저 사람들은 또 뭐고?"

왕평은 뒤에 있는 주민들을 슬쩍 돌아보고는 답했다.

"역병이 돈다는 당국의 포고가 있었소. 그로 인해 현재 이화촌 전체가 군사 통제 안에 있소."

"나도 알고 있소이다. 그래서 나름의 대응조치를 모색하고 있는 중이었소."

"하나 당국의 그 발표는 새빨간 거짓이오. 내 손으로 직접 역병에 걸린 사체를 조사해 보았소. 그건 역병이 아닌 타살이었소."

거짓말할 상황이 아니다. 공손혁은 왕평의 말을 즉각 알아들었다.

"하면 군사 통제는?"

"소명부의 작당이오. 공손 형도 작년 겨울에 있었던 구현리 마을 사건을 기억할 것이오. 놈들은 현재 우리 이화촌을 제이의 구현리로 만들고자 하오."

구현리 사건.

구현리 주민 백삼십 명이 하룻밤 만에 몰살된 사건이다. 처음엔 역병 때문이라고 하였는데, 후에 밝혀지길 소명부 무인들의 집단 학살로 드러났다.

공손혁이 왕평의 말을 생각해 보곤 고개를 저었다.

"역병이 돈다는 포고가 거짓이라는 건 나도 충분히 믿소이다. 하나, 그렇다고 현 상황을 어찌 구현리와 비교할 수 있겠소. 구현리는 겨우 백삼십 명이지만 이화촌은 파악된 주민만 해도 오천 명이오. 소명부 놈들이 아무리 잔인무도하다고 해도 인간의 탈을 쓰고 어찌 오천 명의 무고한 주민들을 살육할 수 있겠소. 왕 형의 말은 지나친 기우에 불과하오."

공손혁의 말도 그다지 틀리게 들리지 않는다. 함께 온 주민들이 그 주장에 웅성대자 왕평이 강한 음성으로 말했다.

"참으로 딱하시오! 작당을 부린 단체가 소명부요! 그런 무도한 권력자들이 언제 우리 같은 하층민을 인간 취급 했소이까! 한 명이 죽든 백 명이 죽든 그런 놈들에겐 아무런 의미가 없소! 공손 형께서는 진정 잊으셨소이까, 동서대전의 권력 다툼에 의미없이 죽어나간 사람들을?"

공손혁은 낮은 신음을 흘려냈다. 왕평의 말이 맞다. 문제는 숫자가 아니다. 소명부가 개입한 일이다. 황권과 연관된 사건이 벌어졌다면 오천이 아닌 십만도 하루 만에 죽어나갈 수 있다.

"하면, 왕 형은 이제 어쩌자는 것이오?"

"맞서 싸워야지. 이화촌은 우리가 지켜야 하오."

"상대가 소명부요. 다시 말해 대명부, 명나라란 말이오. 역적모의를 하자는 것이오?"

"역적이 아니지. 내 것을 강탈하려는 강도들과 싸우자는 것인데 거기에 무슨 역적 놀음을 말하시는 게요."

확고한 뜻이었다. 왕평은 그렇게 맞서 싸운다는 단호한 의지를 드러내고 있었다.

"아무리 그래도 이건 아니오. 싸운들 우리에게 무슨 대항 방법이 있겠소. 전멸의 시기만 앞당길 뿐이오."

기세 꺾인 공손혁의 말에 왕평이 문득 크게 웃었다.

"핫핫핫핫! 칼 한 자루 들고 수만의 적진으로 돌격하던 전날의 용사는 어디로 갔는가! 청조의 이상을 위해 열혈을 태우던 나의 전우는 진정 어디로 갔는가! 우리는 들꽃전사! 비록 흐른 세월에 백발이 되었다 할지라도 어찌 가슴에 담아놓은 의기가 꺾이리오!"

들꽃전사라는 말에 공손혁이 눈매를 파르르 떨더니 하늘을 올려다보며 깊은 생각에 들어갔다. 고민하고 갈등하는 것이리라. 생각을 끝낸 공손혁은 표국을 이리저리 둘러보며 고개를 무겁게 저었다.

"왕 형의 의지는 알겠소. 솔직히 그 마음, 존경스럽소. 하나, 나는 왕 형의 주장을 따를 수 없소이다. 나 혼자만의 결정으로 표국을 망칠 수는 없소. 이 표국에는 많은 이들의 생계가 달려 있소이다. 굴복이지만, 그래서 죽을 만큼 괴롭지만 나는 가족을 위해 그들에게 머리를 숙이겠소."

진정이 담긴 공손혁의 말이었다. 왕평은 실망한 표정이 되긴 했지만 더는 자신의 뜻을 강요하지 않았다. 목숨을 걸어야 하는 사안이다. 최종 결정은 어디까지나 당사자가 해야 함이다.

왕평이 그런 심정으로 뒤돌아설 때였다.

"가족을 지킨다. 맞지요. 그래서 우린 놈들과 싸워야 하지요."

표국의 정문으로 유소희가 들어왔다. 치열한 전투를 한 듯 그녀의 옷은 피로 홍건히 젖어 있었다. 한편 그녀는 혼자 들어오지 않았다. 소명부의 간부급으로 보이는 무인 하나를 똥개 데리고 오듯 발로 툭툭 차며 몰아오고 있었다.

"꿇어!"

그녀는 간부를 강제로 무릎 꿇게 하고는 말을 이었다.

"아까 내게 했던 말, 그대로 뱉어내. 토씨 하나 틀리면 그 땐 죽어! 니들, 여기 왜 왔어?"

간부가 겁을 잔뜩 먹은 얼굴로 말했다.

"열 살 어림의 아이들, 그러니까 아홉 살부터 열다섯 살 사이에 있는 아이들을 포획하러 왔습니다."

"잡아서 뭘 할 건데?"

"격리한 후 모두 죽인다는 명이 있었습니다. 주민들이 반발하면 그땐 이화촌 백성 전부를 몰살시킨다는 명도 있었습니다. 거기까지입니다. 그 이유에 대해서는 전 모릅니다. 정말입니다."

간부의 말에 표국의 모든 사람들이 눈을 번쩍 떴다.

"으응?"

아이들을 죽인다? 이건 상황이 아주 다르다.

유소희가 공손혁을 묘하게 바라보며 말했다.

"공손 오라비도 남의 일이 아닐걸요? 우리 필이 또래가 있는 것으로 아는데?"

공손혁이 얼굴을 확 붉히곤 표사들에게 명했다.

"염마도(炎魔刀)를 가져오라! 당장!"

표사들이 그의 애도 염마도를 들고 와 건네자 그는 한 자 폭의 칼날을 단숨에 빼 들고는 소리쳤다.

"놈들이 내 목을 원한다면 줄 수도 있다! 재산을 뺏기는 것도 참을 수 있다! 하나, 미래의 희망이 될 새싹들을 죽이는 짓

은 절대로 용납할 수 없다! 표국의 형제들아! 가자, 용무학관
으로!"

공손혁이 표국을 뛰쳐나갔다. 그 뒤를 표사들이 와르르 달
려갔다.

왕평이 그 모습을 보곤 씩 웃었다.

"후후, 이제야 혈염마도 공손혁답군. 안 그래, 마눌?"

"아니, 당신은 우리 늦둥이가 걱정도 안 되우? 가만 보니
이 상황을 즐기는 것 같아."

유소희의 핀잔 같은 물음에 왕평은 시큰둥하게 답했다.

"내가 불사조야. 그러면 내 아들도 불사조야. 우린 절대로
안 죽어."

불사조는 대를 이어나간다.

죽음의 전장을 수없이 통과한 왕평이 아니고는 주장할 수
없는 논리다.

第五章

태청비상(太淸飛翔)

태청비상(太淸飛翔)

초록의 원반, 사신의 녹반(綠槃), 저주의 녹광(綠光).

당문 육종 암기 중 하나인 녹사반(綠死槃)을 지칭하는 어구들이다.

녹사반은 사정거리 십 장 안의 모든 생명체를 잘라 버린다. 가공할 위력의 암기이긴 한데 시전자 역시도 녹사반의 살상 반경 안에 들어가는 위험성 때문에 당문에서 이백 년도 넘게 애물단지 취급을 받았다. 녹사반 수련에 다음이라는 기대치는 없다. 무조건 대성하고 녹사반을 날려야 한다. 완벽하게 제어할 수 없다면 녹사반은 사용자의 목을 자르는 최고의 무기가 된다.

이런 녹사반이 당금 무림에 출현했다.

당적!

당가 가주의 칠남. 그가 가문에서 버려진 암기나 다름없던 녹사반을 들고 강호로 나온 것이다. 그는 다른 당가 형제들과 달리 독공에 아주 미숙하다. 여타의 암기도 소유하고 있지 않다. 그는 녹사반만 소지하고 또 그것만 사용한다.

강호의 무론 중에 잡다한 무공보다 확실한 하나의 무공이 낫다는 설이 있다. 그는 그것을 증명이라도 하듯 그 하나로 당문의 삼대고수로 올라섰고, 나아가서는 강호 대문파의 무수한 경쟁자들을 제치고 무림십삼비의 한자리를 차지했다. 그러고 보면 녹사반만큼 그도 두려운 존재다.

슈아아아— 악!

녹사반이 네 번째로 비행했다. 이전의 세 번 비행에서 정확히 교관 셋의 목을 잘랐다. 한 번의 녹사반 비행에 목숨 하나. 이것은 당적이 강호로 나온 후 거의 지켜져 온 철칙이다. 예외는 오직 다섯 번. 그가 무림십삼비 급의 무인들과 대적했던 경우다.

카캉!

녹사반과 칼날의 충돌! 초록빛이 요란하게 튕기더니 녹사반이 공간을 휘돌아 당적에게 돌아갔다. 당적이 마주 선 상대, 용무학관의 대관주 유적강을 비스듬하게 쳐다봤다.

"호오, 이걸 대체 어떻게 설명해야 하지? 백도관일(白刀貫日) 유적강이 무림십삼비 급의 실력을 숨긴 고수라고 해야 하나, 아니면 내 녹사반이 그냥 접시에 불과한 것이라고 해야 하나?"

"갈! 교만한 입으로 청조의 선배를 비하하지 말라! 내 오늘 너에게 청조의 용사가 어떤 의미인지 분명히 알려주리라!"

유적강이 분연한 표정으로 당적에게 칼날을 견주었다. 그의 칼날은 조금 전 녹사반과의 충돌로 절반만 남아 있었다.

"흥! 꿈을 못 깨는군. 이봐, 선배. 당신들이 이름을 날리던 청무조 시절은 이제 아득한 옛날이야. 그러니 제발 그때 시절은 좀 잊으라고. 난 청조만 들어도 신물이 난다고."

"이놈! 용서치 않겠다!"

유적강이 노한 음성을 토하며 당적에게 달려들었다.

당적은 무슨 생각인지 녹사반을 날리지도 않고 맞서지도 않았다. 당적의 의도는 곧 드러났다. 그는 서너 걸음 뒤로 물러나 주변에 포진한 군병들에게 공격을 지시하고 있었다. 그렇게나 자랑스럽게 여기는 청조의 용사가 개 떼들에게 물려 죽는 비참한 모습을 보고 싶은 것이다.

"와아아아!"

당적의 지시에 따라 무장 군병들이 유적강을 포위해 공격했다. 전위 군사만 오십 명이 넘었다. 유적강은 군병들의 이런 집단 공격에 물러나기보다 용맹스럽게 맞서 싸웠다. 개인 무력의 차이가 현저한 탓에 얼마 지나지 않아 그의 주변에는 군병들의 시체가 수북이 깔려 버렸다.

"캬, 청조가 뭔지 정말 징그럽군. 그걸 맹신하는 인간들을 하나같이 저렇게 징그럽게 만들다니 말이오."

당적의 옆으로 손개세가 걸어와 말했다.

"흐음."

당적은 눈앞의 전장을 보며 고개를 끄덕였다. 그의 생각도 같았다. 용무학관을 포위한 군사만 일천이다. 반면 용무학관 교관들은 유적강을 포함해 겨우 열 명 남짓이다. 대적 자체가 안 되는 상황이건만 어떻게 된 일인지 이들은 도무지 두려움을 모른 채 맞서 싸우고 있었다.

"두고 보자니 피해가 너무 많아. 이젠 끝을 봐야겠어."

손개세가 눈살을 찌푸리며 말했다. 시선은 전방, 성난 호랑이처럼 군사들을 몰아붙이는 유적상에게 향해 있었다.

당적은 자신의 뜻과 어긋나는 말이지만 반대하지 않았다. 생각보다 유적상이 오래 견디고 있고, 또 군사들의 피해가 심했다. 두고 보다가는 놈의 비참한 죽음을 보는 것이 아닌, 청조의 용맹만 더 확인하는 일이 될 수 있었다.

스릉.

당적은 녹사반을 허리 아래로 낮추어 잡았다. 한 방에 끝낸다. 칼날만 부러뜨린 아까 같은 경우는 만들지 않는다는 각오였다.

"녹사반주, 잠깐!"

당적의 출수를 손개세가 문득 말렸다. 손개세는 퀭하게 쳐다보는 당적에게 희미한 웃음을 보이며 말했다.

"이번엔 북창에 기회를 주시오. 그래야 공평하지 않겠습니까?"

손개세는 북창 서열 팔위, 칠영반이다. 북창은 오십영반 중 십영반까지가 실세이다. 대내의 정보에 의하면 십영반의 개인 무력은 무림의 특급고수에 능히 비견된다고 한다. 물론 워낙 비밀이 많은 집단이라 이제껏 그들의 무공 실력을 제대로 본 사람은 없다.

"좋으실 대로."

당적이 녹사반 출수를 멈추고 한 발 물러났다. 시선 방향은 손개세. 북창 칠영반의 실력을 이 기회에 견식할 참이다.

"초검대(初劍隊)!"

손개세가 손으로 유적상을 가리켰다. 그의 뒤에 정렬해 있던 남색 관복의 무인들, 북창의 초검대가 바람처럼 뛰쳐나가 유적상을 가운데에 두고 포진했다. 일반 군병들은 그들의 개입에 맞추어 뒤로 물러나고 있었다.

"으음."

당적이 그 광경을 보고 적잖이 실망한 표정을 지었다. 일대일이 아닌, 전문 칼잡이가 투입된 일 대 다수의 전투다. 이래서는 손개세의 진정한 실력을 알 수 없다.

"후후, 실망스러운가 보군요?"

손개세가 당적의 그런 심정을 읽은 듯 묘한 웃음을 지으며 말했다. 당적은 가타부타 답하지 않았다.

"북창은 강호의 무림 단체와 다르지요. 우린 적에게 기회를 주는 그런 어리석은 싸움은 안 합니다. 가장 능률적으로 적을 처단할 뿐이지요. 아, 물론 제천부 수호오장의 기대도 있고 하니 우리 애들과 유적강이 사생결단하는 장면은 보여 줘야겠지요. 대활궁!"

손개세가 말 이후 어깨 위로 손을 들었다. 그러자 그의 뒤에 있던 북창 대원이 반 장 크기의 고동색 활을 그에게 건넸다.

"기대해도 좋습니다. 늙은 호랑이가 얼마만큼 분노하는지 잘 보십시오."

모호한 말이다. 당적은 손개세의 의도를 모르고 있었다. 이윽고 손개세가 활에 시위를 걸어 유적상에게 천천히 맞추었다. 전방의 전투는 중단됐고, 유적상은 이 순간 몹시 긴장한 표정으로 손개세의 활시위를 노려보고 있었다.

휘익!

한순간 손개세가 유적상에게 맞춘 활시위 표적을 다른 방향으로 돌렸다. 돌린 표적은 유적상의 우측, 학관 건물 앞에 모여 있는 아이들이었다.

당적이 눈살을 찌푸렸다. 손개세의 의도를 이제야 알아챈 것이다.

"우우! 네 이놈! 당장 그 패악한 활을 돌리지 못할까!"

유적상도 이 의도를 알았다. 그는 울부짖으며 손개세에게 달려갔다. 초검대가 저지하자 그땐 자신의 몸도 돌보지 않는 광분한 모습으로 마구 칼날을 휘둘렀다.

손개세가 그 모습을 보고는 씩 웃었다.

그리고,

피─웅!

화살이 날아갔다. 표적은 아이들이었다.

*   *   *

무장 군사들이 몰려오자 용문학관 수련생들은 초급반, 중급반, 상급반 구분없이 모두 불안에 떨었다. 심약한 아이들은 엄마를 찾으며 엉엉 울기까지 했다. 상황이 그러하니 아이들 통제가 당연히 제대로 되지 않았다. 오교관 설붕이 나름으로 다독거려 주고 또 용기를 심어주는 말을 하였지만 매번 그때 뿐, 뒤돌아서면 아이들은 다시 오들오들 떨며 울어댔다. 사실 오교관 설붕도 상황이 두렵기는 마찬가지였기에 아이들을 어떻게 통제, 관리해야 옳은지 판단이 서지 않고 있었다.

불안에 떠는 아이들을 어느 정도 진정시킨 사람은 청학 도장이었다. 청학 도장은 흩어진 아이들을 우선 한곳으로 모은 다음 서로 손을 맞잡게 하여 무리에서 이탈되지 않도록 하였다. 소수가 아닌 단체 의식을 심어준다는 뜻인데, 그런 한편 그는 인자한 표정과 부드러운 음성으로 아이들의 심정을 편하게 해주는 말을 하였다.

"걱정 마라. 너희에게는 아무런 해가 없다. 역병이 돈다고 했으니 아마도 저들은 우리 학관에 환자가 있는지 파악하러 온 모양이다. 여기 역병 걸린 사람 있으면 손 들어봐. 봐라. 아무도 없지 않느냐? 하니 교관들이 잘 처리해 주리라 믿고 마음을 편히 가지거라. 군사들은 곧 물러갈 거다."

학문 수업에서 매우 엄격했던 청학 도장이다. 골방샌님이라는 별명도 그래서 생겨났다. 그런 청학 도장이 교관들마저 두려워하는 위험 상황에서 그렇게 평소와 다른 모습으로 아주 잘 대처하고 있었다.

아이들은 차츰 진정됐다. 그래도 불안해하는 아이들이 있자 청학 도장은 직접 곁으로 다가가 어깨를 두들겨 주며 용기를 심어주었다.

중급반에 이름이 '소아'라는 한 아이가 있었다. 용무학관에 들어온 지 대략 삼 개월 정도 되었는데, 입교할 때부터 특별히 잘 돌보라는 대학관의 지시에 교관들이 무척 애지중지하며 교육하던 아이였다. 대학관의 거처에 기거하는 그 아이는 이름 외에 알려진 사실이 거의 없었다. 출석률도 아주 저조해 청학 도장 역시도 이제까지 겨우 열 번 정도 소아와 대면했을 정도이다.

그 아이, 소아가 현재 울고 있었다. 그 옆에 있던 임주원이 소아의 손을 꼭 잡아주며 나름으로 진정하라는 말을 계속 건네주는 데도 무엇이 그리 무서운지 오들오들 떨며 눈물을 뚝뚝 흘리고 있었다. 청학 도장이 보다 못해 소아에게 직접 다가가 머리를 쓰다듬으며 달래어보았지만 별 소용이 없었다.

단지 군사들의 위협이 두려워 울고 있는 것만은 아니니라. 아이 나름으로 말 못할 사연이 있으리라.

청학 도장은 그런 생각이 문득 들었고, 그래서 측은한 심정에 소아를 가슴에 안아 등을 가볍게 두들겨 주었다. 이때 그의 시선 방향은 군사들과 정반대였다. 다시 말해, 그가 소명부 관인들의 움직임을 놓치고 있다는 것이다.

피이잉!

한줄기 선이 아이들에게 날아왔다.

그는 문득 그것을 감지하긴 했다. 하지만 그가 뒤돌아섰을 때는 뭘 어떻게 해보기도 전에 이미 끔찍한 상황이 벌어져 있었다.

팟! 팟! 팟!

검은색 화살 한 발이 아이들 셋의 몸을 연달아 관통했다. 화살을 맞은 아이들은 눈을 끔뻑이다가 고개를 힘없이 꺾었다.

"꺄아아악!"

이를 본 아이들은 비명을 터뜨렸고,

"마, 맙소사! 이 개놈의 새끼들아!"

오교관 설붕은 화살이 날아온 방향으로 확 돌아서서 분노의 음성을 토하였다.

"어, 어떻게, 어떻게……."

청학 도장은 소아를 내려놓고 화살을 맞은 아이들에게 뛰어갔다. 가슴이 관통당한 아이들. 절망적이었다. 파들파들 떨며 미약한 숨을 내쉬고 있긴 해도 살아날 가능성은 일 푼도 없었다.

"아아아아!"

청학 도장은 죽어가는 아이들을 끌어안고 눈물을 줄줄 쏟아냈다. 아무리 인류가 똥통에 처박힌 세상이라지만 이래서는 안 되었다. 이건 범죄이며, 용서받지 못할 죄악이었다.

"꺄아악! 꺄아아악!"

겨우 진정되었던 아이들이 공포와 불안에 휩싸여 동시에 울음을 터뜨리기 시작했다. 이번은 쉽사리 진정이 안 되는 경우였다. 진정시킬 사람도 마땅히 없었다. 아이들은 아무런 위험이 없다는 청학 도장의 말을 기억하고 있었고, 그래서 또 그를 원망스레 보며 울고 있었다.

청학 도장 역시 좀 전 아이들에게 한 말을 기억하고 있었다. 과정이야 어찌 됐든, 의도야 어찌 됐든 그는 아이들을 속인 것이었고, 또 아이들의 여린 마음에 큰 상처를 준 것이었다. 그는 아이들의 눈빛을 차마 마주할 수 없을 정도로 괴로워했다.

척척척척척척척!

화살 발사 후 상부에서 모종의 명이 떨어진 듯 무장 군사들이 아이들이 있는 곳으로 몰려왔다. 전위의 병사만 일백이 넘는 규모였다.

"이놈들아, 우리 제자들은 안 된다! 차라리 내 목을 베어가라!"

오교관 설붕이 칼을 뽑아 들고 군사들의 전진을 저지했다. 제자 셋의 돌연한 죽음에 이지를 상실한 모습이었다.

픽!

설붕은 무장 군사와 채 십 합도 맞서지 못하고 목이 떨어졌다. 설붕의 무공이 삼류라서가 아니었다. 무공 실력으로 하자면 설붕은 용무학관에서 다섯 손가락 안에 들어갔다. 설붕의 목을 벤 무인이 일류고수, 그것도 손개세에 버금가는 직책, 북창의 구영반인 때문이었다.

구영반 모진상이 군사들에게 명했다.

"한 명의 아이도 놓쳐서는 안 된다! 만약 도망가면 그 즉시 참수하고 목을 증거품으로 가져온다!"

이 명령이 옳지 않다고 생각하는 무장 군사도 있었다. 하지만 그들은 현장 투입되면 그땐 상부의 명령에 철저히 죽고 사는 기계가 되어야 한다고 교육을 받았다. 무장 군사들은 곧 모진상의 명에 따라 포승줄을 꺼내 들고 아이들에게 와르르 달려갔다. 어떤 군사는 포승줄 대신 칼을 빼 들고 달려갔다.

"갈! 물러가라!"

노한 음성이 있었다. 그리고 무형의 기운, 대해의 흐름 같은 장엄한 경력(勁力)이 그 음성을 뒤따랐다.

"어어어어어!"

선두로 달려온 군사 이십여 명이 태풍에 휩쓸린 것처럼 한꺼번에 뒤로 밀려나 엉덩방아를 찧었다. 바닥을 구르는 그들은 자신들이 밀려난 이유를 잘 모르고 있었다.

"불허한다! 절대 불허한다! 내 아이들에게는 한 발도 접근할 수 없다!"

이유는 곧 밝혀졌다. 경력 발출의 장본인. 청학 도장이 군사들을 밀어낸 후 아이들 앞에 우뚝 서서 단호한 음성을 터뜨리고 있었다.

"뭐, 뭐야, 저 영감은?"

뒤늦게 상황을 깨달은 군사들이 청학 도장을 쳐다보며 어이없다는 표정을 지어냈다. 청학 도장의 모양새를 보면 영락없는 시골의 고집 센 노학사이다.

"미, 미친 영감 아냐? 쳐라!"

군사들이 다시 아이들에게 와르르 달려갔다. 이번엔 거의 백 명에 가까운 집단 돌격이었다. 달리면서 그들은 좀 전의 경우는 우연이라고만 믿었다. 하지만 그들의 그런 심정을 비웃기라도 하듯 같은 현상이 또 벌어졌다.

"갈! 아니 된다고 경고하지 않았느냐!"

음성은 고막을 찢을 정도로 컸고, 음성 다음으로 몰아쳐 온 경력은 선두 군사들을 단박에 십 보도 더 멀리 튕겨내 버렸다.

"으으으."

바닥을 구른 군사들은 혼비백산한 얼굴로 청학 도장을 바라봤다. 우연이 아니다. 이건 내가진기의 발출. 따라서 상대는 영감탱이 시골 훈장이 아닌, 내공을 발출하는 무림고수다.

군사들이 그렇게 멍한 심정에 빠져 공격을 못하고 있자 이 과정을 뒤에서 지켜본 모진상이 날카롭게 소리쳤다.

"훈장이든 무인이든 놈의 목을 잘라 황명의 지엄함을 알린다! 전위대 공격!"

"와아아아아!"

모진상의 공격 명령에 군사들이 칼을 뽑아 들고 청학 도장에게 달려들었다. 이전처럼 무조건적인 밀고 나가기 식이 아닌 대인 척살 전술에 따른 집단 공격이었다.

"백 명이 아닌 천 명이 몰려온 데도 내 아이들을 해칠 수는 없도다!"

청학 도장이 두 손을 가슴에 모은 자세에서 웅후한 숨결을 토해냈다. 곧 칼을 든 군사들이 그의 삼 보 가까이 접근해 칼을 날리기 시작했다. 그때 그는 호들갑스레 물러나지도 않았고 빠르게 피하지도 않았다. 물러나고 피하기는 했지만 그 동작은 마치 만년설이 오랜 시간을 두고 햇살에 녹아가는 것처럼 장엄하게 진행되고 있었다. 의아한 일이라면 군사들의 사나운 칼질이 그의 이런 느리고 부드러운 동작을 따라잡지 못한다는 것이었다. 아니, 이건 단순히 따라잡고 말고 할 차원이 아니었다.

밀고 당기는 손은 흐름의 멈춤 없이 언제나 되돌아온다. 허리는 무희의 움직임처럼 부드럽게 돌아가고, 발과 무릎은 지루하다 싶을 정도로 느리게 움직인다. 각각의 동작엔 바위를 일거에 깨버릴 것 같은 파괴력도, 고수들의 번개 같은 움직임도 잘 보이지 않는다.

외관상 싸움이 아닌 무용 같은 청학 도장의 이런 권격술에 칼을 든 군사들이 추풍낙엽처럼 타격당해 스러지고 있었다. 군사들의 칼질은 청학 도장의 옷자락도 베지 못하였고, 난투의 극단적인 방법, 청학 도장의 몸을 끌어안으려는 행위는 군사들이 그것을 시도해 보기도 전에 청학 도장이 일으킨 무형의 경기에 튕겨 나가 버렸다.

"아아, 저것은!"

군사들 중 권법에 나름의 조예가 있는 이들은 그때서야 알아챘다. 청학 도장의 부드러우면서 느린 저 동작에 대적 상대의 가슴뼈를 일거에 함몰시키는 내력, 발경(發勁)이 담겨 있음을.

손가락 끝에서 팔꿈치 정도에 이르는 거리 타격을 척경(尺勁)이라 하고, 손가락 마디 하나의 거리 타격을 촌경(寸勁)이라 하며, 촌경의 십분지 일 타격을 분경(分勁)이라 한다.

그 모두를 발경이라 하는데, 청학 도장은 지금 분경을 넘어선 무경(無勁), 즉 거리가 없는 상태에서 대적 상대에게 발경타격을 가하고 있다.

강공을 제압하는 부드러움의 미학. 빠름을 초월하는 느림의 미수(美手).

이건 취권이 아니다. 취권엔 이런 아름다움이 없다. 부드러움의 끝에서 나오는 발경. 천하에 이런 권법은 오직 하나, 바로 무당의 태극권이다.

오늘날의 태극권은 예전 장삼봉이 태원에서 원나라 일천 병사와 격투할 때 발휘한 위력을 보이지 못하고 있다. 후대의 무당파가 태극권보다 검공을 더 우선했고, 또한 무당파가 도풍을 천하에 날리고자 태극권을 일반화하여 건강 보양, 도인지술로 대중에게 널리 알렸기 때문이다.

그러나 지금 실전된 것이나 마찬가지인 초기 태극권, 장삼봉이 발휘한 태극무량권이 청학 도장의 몸에서 완벽하게 재현되고 있다.

퍼퍽! 퍼퍽! 퍼퍽!

걸리면 걸리는 대로, 당기면 당기는 대로, 밀면 밀리는 대로 병사들은 청학 도장의 발경 타격에 이끌려 피를 토하며 스러진다. 대적 불가! 전위의 무장 군사 삼십 명이 바닥을 구르기까지 일각도 걸리지 않았고, 후방의 병사 오십 명이 또 대적 불능의 상태가 되기까지 한 식경이 되지 않았다.

"말, 말도 안 돼!"

모진상이 불신의 음성을 토했다. 아무리 이류라지만 그래도 군사 교육을 받은 정예병이다. 일인에게 저리도 허무하게 당하는 건 일찍이 접해보지 못하였다.

"북창! 초검대! 나가! 나가서 저 영감을 죽여 버려!"

모진상은 후방에 정렬한 북창의 초검대에 다급히 명령을 내렸다. 초검대 이십여 명이 검을 뽑아 들고 청학 도장에게 달려나갔다. 청학 도장과 오 장 거리로 좁혀지자 그들은 일제히 지면을 박차고 올라 검을 쭉 뻗은 자세에서 그대로 허공을 달리고 있었다.

이번에는 영감의 목을 자를 수 있으리라.

초검대는 실망시키지 않으리라.

모진상의 그런 생각은 머리에 박히자마자 산산이 부서져 버렸다.

전방, 표적에게 날아간 이십 개의 검!

"오오오오옵."

청학 도장이 손바닥을 활짝 펼쳐 내밀자 무형의 경기, 장풍이 발출됐고, 그 장풍에 초검대는 날아간 속도만큼이나 빠르게 튕겨 땅바닥에 머리를 처박고 말았다.

돈다, 돌아. 저건 또 뭔가? 저것도 요상한 춤 같은 권법인가?

모진상은 그렇게 미쳐 버릴 것 같은 심정으로 뒤돌아 마구 소리를 질러댔다.

"중검대! 니들도 나가! 아냐! 전부 나가! 모조리 나가서 저 영감의 목을 잘라!"

"꺄아아아아아아!"

모진상의 통솔을 받는 군병들이 한 덩어리가 되어 청학 도장에게 뛰쳐나갔다. 그 안에는 북창의 일급검사도 전원 포함되어 있었다. 머리 숫자만 오백이다. 일급에 준하는 칼잡이는 거의 칠십 명에 다다른다.

이번엔 정말 끝이야. 저기서도 살아남는다면 저 영감은 인간이 아닌 무신이야.

모진상은 그런 믿음으로 전방을 주시했다. 그러나 이전에도 그러했듯 그의 그런 믿음은 순식간에 불신과 경악으로 바뀌어 버렸다.

오백의 돌진!

그중 선봉의 검사들은 원거리 검기 공격!

세찬 검기가 휙휙 날아오자 청학 도장의 얼굴에서 처음으로 긴장하는 빛이 스쳤다. 그 자신의 몸이 염려되어서가 아니었다. 그의 뒤에 있는 아이들이 걱정된 것이었다.

사생결단으로 나오는 적. 피할 수 없다. 현 자리를 고수해야 한다. 장권 박투로는 더는 무리다. 그렇다면 이제 대응 수단은 하나다. 미루어왔던 결정을 해야 한다.

펅!

청학 도장은 결단과 동시에 손날을 옆으로 그었다. 그 손날 치기에 돌격 선봉에서 달리던 초검대 검사의 목이 뒤로 꺾였다. 목이 꺾인 검사와 그가 몸을 맞댄 순간 잠깐의 동작 정지가 있었고, 그 순간 그에게 수십 가닥의 검기가 쏟아졌다.

"하아압!"

그는 파상적인 검기 공격에 몸을 연속적으로 돌렸다. 그건 회전이었고, 회전이 많아질수록 그는 하늘로 솟구쳤다. 일 장, 이 장, 삼 장. 삼 장까지 치솟은 그는 도약의 정점에서 오른손을 하늘로 올린 채 천천히 하강하였다.

"우웁, 우우웁, 우우우웁!"

군병들이 가슴을 부여잡고 비틀댔다.

하강하는 청학 도장에게서 숨이 막히는 압박이 흘러나오고 있었다.

압박의 정체는 눈부심.

눈부심의 정체는 청학 도장의 오른손에 들려 있는 검이었다.

척.

청학 도장이 착지했다. 그는 검을 대지로 비스듬하게 내리고는 말했다.

"돌아가서 황제에게 전하라. 오늘의 일을 사죄하지 않는다면 후일 내가 반드시 그 죄를 묻는다고."

황제란 명칭을 점소이 부르듯 말했고, 또 황제에게 감히 죄를 묻는다고 했다.

시골의 훈장이 할 언사가 도저히 아님에도 불구하고 이 순간 청학 도장의 말은 군병들에게 심각한 무게감으로 다가왔다.

원인은 역시 청학 도장이 들고 있는 검.

그가 검을 들자 시골 훈장의 모습은 간 곳 없고 대항 불가의 절대 초인처럼 보이고 있는 것이다.

물론 그 점을 애써 부인하는 무리도 있긴 했다. 모진상이 그중 하나였다.

"감히 황상을 능멸하다니! 대명의 군사들아, 저 역적 놈의 사지를 잘라라! 당장!"

모진상의 명령에 선뜻 따르는 군병은 없었다. 북창의 초검대마저도 극히 조심스럽게 행동하고 있었다.

"이놈들이 진정!"

모진상의 눈에 핏대가 섰다.

"항명한다면 내 검에 죽으리라! 공격해! 어서!"

모진상이 사납게 검을 휘두르며 소리쳤다. 군병들은 모진

상의 살벌한 기세에 마지못해 청학 도장에게 접근했다. 이전
같은 돌격전은 감히 벌이지 못하고 있었다.

"으으음."

청학 도장은 그들의 접근에 낮은 신음을 흘렸다. 두려움 때
문도 아니요, 긴장 때문도 아니었다. 그의 적은 눈앞의 대상
이 아닌 뇌리 속에 박혀 있는 화산의 검이었다. 그는 군병들
의 접근에 개의치 않고 뒤돌아섰다. 아이들이 그를 주목하고
있었다. 지금까지의 격투 과정을 숨죽이며 지켜본 아이들이
었다. 골방샌님은 이제 그들의 영웅이며 신이 되어 있었다.

청학 도장이 아이들을 차례로 돌아보며 중얼댔다.

"자하를 극복하기 전에는 검을 들지 않겠다고 다짐했다.
또한 천하에 일검을 우뚝 세울 자신이 없다면 절대로 검을 들
지 않으리라 맹세했다. 하지만."

청학 도장은 다시 군병들에게 돌아섰다.

"오늘 나의 눈앞에서 어린 생명들이 죽었다. 나는 그 아이
들을 속였고, 그 아이들은 아마 죽기 전 나를 몹시 원망하였
을 것이다. 나는 이제 더는 아이들을 속일 수 없다. 이건 분명
잘못된 일이며, 이 일은 용서가 안 된다는 것을 아이들에게
직접 보여주겠노라."

툭.

말 이후 청학 도장은 검으로 도포 앞깃을 잘라냈다. 잘라낸
깃으로 그는 자신의 눈을 가리고 군병들 앞에 섰다.

"으응?"

군병들이 접근하다 말고 눈을 휘둥그레 떴다. 대적을 앞두고 눈을 가리다니? 상식적으로 도무지 이해가 안 되는 행위였다.

"허, 미친 영감. 이제 보니 완전히 돌았군."

모진상이 어이없다는 표정으로 코웃음을 쳤다.

"가! 죽고 싶어 안달이 난 영감인데 확실하게 죽여줘!"

모진상의 공격 지시에 군병들이 다시금 칼을 움켜잡았다. 이번엔 상황이 다르다. 상대는 눈을 가리고 있다. 그들은 전의를 태우며 다가갔고, 그러다가 어느 순간 일제히 함성을 지르며 청학 도장에게 달려들었다.

눈을 가렸다. 제아무리 강한 무인이라도 이건 대응 방법이 없다. 이제는 끝났다. 정말로……

모진상은 그렇게 생각하며 다소 편하게 전방을 관전했다.

하지만 모진상은 이번 역시도 아찔한, 아니, 이번엔 십 년 전에 먹은 음식의 찌꺼기가 튀어나올 정도로 경악스런 상황을 목격하고 말았다.

"와아아아아!"

처음 집단 공격을 할 때만 해도 군병들은 자신감으로 무장된 고성을 질렀다. 그런데 청학 도장이 가볍게 휘두른 일검에 전위 군사 열 명이 뭘 어떻게 해보지도 못하고 피를 토하자 그만 고성이 신음으로 변해 버렸다. 그리고 상대가 눈을 가린 점을 이용해 몰래 옆으로 접근해 검을 날리던 초검대의 검사들이 오히려 청학 도장의 벼락 같은 반격, 측면 가로 베기에 집단 어육이 되어버리자 비로소 상황의 심각성을 깨달았다.

이건 맹인 검사의 흉내가 아니다.

두 눈을 뜬 그들보다 더 정확하고 더 빠르게 상황 대처를 하고 있는 청학 도장인 것이다.

쉬익, 쉬익, 쉬이이익!

"크으윽!"

오백 대 일. 공수의 입장이 바뀌었다. 하나가 오히려 오백을 몰아붙이고 있었다. 청학 도장이 검을 휘두를 때마다 군병들의 사지가 하나씩 툭툭 떨어졌다. 이 과정에서 초검대의 검기 공격은 아무런 위협이 되지 못했다. 청학 도장이 일으킨 검막에 튕겨 나가거나 허무하게 흡수되어 버리고, 때로는 튕겨 나간 검기가 도리어 초검대의 숨통을 노리는 위협이 되고 있었다.

"이, 이, 이건 꿈이야. 인간이 어찌 저럴 수가……."

모진상이 덜덜 떨며 말했다. 인간이 아닌, 검귀처럼 보이고 있는 청학 도장이었다. 모진상은 곧 최후 수단을 들고 나왔다.

"궁수! 궁수들 집결!"

모진상은 후방에 배치된 궁수들을 불렀다. 오십 명의 궁수가 그의 뒤로 달려와 일렬 정렬하자 그는 다급히 전방 조준을 명했다.

투투투투투투!

궁수들이 활시위를 당겼다. 표적은 청학 도장. 그러나 그들은 활시위를 놓지 못했다. 난투 상황이다. 화살을 발사한다면 청학 도장이 아닌 아군이 몰살당할 것이다.

"이런, 제기랄."

모진상도 뒤늦게 그 사실을 알았다. 그의 표정이 한순간 살벌하게 변했다. 눈은 청학 도장이 아닌, 아이들에게 맞추어져 있었다.

"표적 변경! 용무학관 수련생!"

궁수들이 그의 말에 표적을 옮겼다. 아이들이 조준된다. 껄끄럽지만 어쩔 수 없다. 궁수들은 눈살을 찌푸리며 시위를 당겼다.

모진상이 소리쳤다.

"발사!"

핑! 핑! 핑핑핑핑핑핑핑!

첫발과 동시에 오십 개의 화살이 와르르 날아갔다.

끝? 아이들의 몰살?

아니었다. 그것을 절대로 용납 못하는 이가 있었다.

"으응?"

군병들을 밀어붙이고 있던 청학 도장이 문득 멈칫했다.

느낌.

보는 것보다 더 빠른 직감이 그의 뇌리를 확 스친다.

"하아아아!"

청학 도장의 발이 붕 떠올랐다. 그는 떠오른 자세에서 검을 크게 휘둘러 군병들을 그의 행동 반경 바깥으로 물리쳐 버리고, 휘두른 동작을 뒤따라 화살이 날아간 방향으로 몸을 돌렸다.

툭.

몸을 돌리자마자 그는 검을 손에서 놓았다.

그리고,

슈우우우웅!

날았다!

검이.

"아아아!"

군병 중 누군가가 그것을 보고 가슴 떨리는 신음을 쏟아냈다. 또 누군가는 그것을 보고 흥분에 찬 음성을 토해냈다.

"어, 어검이다!"

어검 출현! 어검 비상!

믿기지 않지만 어검이 용무학관의 하늘에 출현했다. 환상이 아니었다. 그것은 상승외검의 절정 경지 이기어검이었다. 정확히는 무당산의 푸른 매. 무당파가 자랑하는 절정의 이기어검술, 태청검의 비행이었다.

슈우우우우웅!

툭툭툭툭툭툭!

분명 화살이 먼저 날아갔다. 하지만 어검은 인간의 시선을 초월하는 가공할 속도로 비행해 화살과의 벌어진 거리를 단박에 잡아버리고는, 잡아버리자마자 가지치기하듯 오십 개의 화살을 잘라 버렸다.

화살을 쏘고, 그것을 청학 도장이 감지하고, 그가 어검을 날려 화살을 잘라낸 과정은 전부 한 호흡 안에서 끝난 일이었다. 누군가가 말한 어검이라는 소리가 화살이 가지치기당한 다음에 들려왔을 정도이다.

"으으으으으으."

모진상은 눈앞의 상황에 바들바들 떨었다.

그냥 어검 발휘가 아니다.

당금 강호에 누가 있어 눈을 가린 채 어검을 날린단 말인가.

굳이 찾는다면 남무제, 북천작, 서독후, 동검존, 중마불로 대변되는 중주오성.

청학 도장은 이로써 그냥 절정고수가 아닌, 중주오성 급의 초절정고수이다.

이 사태는 또 유적상을 죽음으로 몰아넣던 현장의 무인들까지 몽땅 얼어붙게 해버렸다. 손개세는 말할 것도 없고 당적마저 아연해져 버렸다. 단언컨대 녹사반이 아무리 강력한 암기라도 청학 도장이 날린 어검과는 비교가 안 된다. 어검은 일반 무공과 차원이 다른 무학인 것이다.

고오오오오!

화살을 가지치기한 어검은 청학 도장에게 돌아오지 않았다. 스스로 사고하는 생명체처럼 창공을 마음껏 비행하고 있었다.

청학 도장이 손을 들었다. 어검은 그때서야 청학 도장에게 날아와 그의 머리 위 허공에 멈추었다. 그가 말했다.

"살생이 싫어 여태껏 사지 중 하나씩만 잘랐도다. 하나 이제부터는 살계를 열겠노라. 경고하건대 살고 싶은 자는 모두 달아나라!"

고오오오오!

그의 말 이후 어검이 다시 비상했다. 비상한 후에는 검봉을 군병들에게 맞추고 푸른빛을 발산했다. 그건 곧 날아간다는 신호였다.

와르르르!

군병들이 뒤로 돌아 앞 다투어 달아나기 시작했다. 그 안에는 모진상도 포함되어 있었다. 대적? 자존심? 황제 능멸? 그딴 건 현 상황에서 모두 개소리다.

"이런, 이런, 젠장!"

청광을 발산하는 어검. 달아나는 오백의 군병. 손개세가 후방에서 그 광경을 보고 얼굴을 구겼다. 이러지도 저러지도 못한다. 공격을 명하고 싶지만 그 자신 역시도 어검이 두렵기는 마찬가지다. 손개세는 문득 당적을 쳐다봤다. 당적도 쉽게 단안을 못 내리고 있었다.

"칠영반님!"

그들이 머뭇거리고 있을 때 이화촌 저자에 배치되어 있던 표영호가 다급히 뛰어와 심각한 표정으로 무언가를 보고했다.

"뭐라? 고작 주민들 따위에게 돌파를 당했다고?"

"일반인들이 아닙니다. 그 안에는 집단 난투전에 능한 들꽃무인들이 다수 있었습니다."

표영호의 보고 이후 손개세는 눈짓으로 당적에게 의사를 물었다.

당적은 두말없이 돌아섰다.

"일단 퇴각한다. 여긴 현재 정상적으로는 상황 설명이 안 되고 있다. 어쩌면 이건 청조의 함정일 수도."

말뜻을 알아들은 손개세는 곧 전체 군병을 향해 퇴각 명령을 내렸다.

"대명부 군병, 소명부 관인, 현 시각 전원 퇴각한다! 퇴각! 대원들은 현 위치에서 오백 장 물러나 전열을 재정비한다!"

第六章

잠룡화로(潛龍火爐)

잠룡화로(潛龍火爐)

"골방샌님 최고! 아니, 우리 청학 스승님이 최고!"

군사들이 물러가자 용무학관 수련생 전원이 청학 도장에게 달려갔다. 불안에 떨었던 이전의 모습은 간 곳 없었다. 아이들은 흥분과 설렘이 가득한 얼굴로 청학 도장을 바라봤고, 그런 한편 청학 도장이 군사들을 물리친 과정을 마치 자신들이 해낸 일인 양 뿌듯한 표정으로 어깨를 펴고 있었다.

"후후, 녀석들."

눈을 가린 깃을 풀어낸 청학 도장은 주변에 있는 아이들을 둘러보며 인자한 미소를 지었다. 이럴 때의 모습은 군사들과 맞서 싸우던 일당천의 초인이 아닌, 영락없는 시골 훈장이었다.

아이들 다음으로 소명부 관병들과 악전고투를 하였던 유적상과 교관들이 청학 도장에게 걸어와 감사의 포권을 전하였다. 살아남은 교관들은 일교관, 이교관 이렇게 둘뿐이었다.

유적상이 말했다.

"청학 도장님의 은혜가 하늘과 같습니다. 청학 도장님이 아니었다면 용무학관은 강호 민중에 영원토록 씻을 수 없는 죄를 지었을 것입니다."

청학 도장은 아이들을 돌아보던 시선을 유적상에게 맞추었다. 인자한 미소가 사라진 엄중한 표정이었다.

"유 관주께서는 나에게 따로 설명해 주어야 할 일이 있는 것 같은데……."

오늘의 사태에 대해 설명하라는 뜻이었다.

이미 일이 터졌다. 더는 비밀을 감추고 말고 할 사안이 아니다. 유적상은 길게 한숨을 쉬고 입을 열었다.

"제가 어찌 청학 도장님을 속이겠습니까. 이 모든 일은 청조의 재건과 관련되어 있습니다."

"청조?'

청학 도장 역시 그 시대를 살아간 무인. 청조가 무엇인지는 충분히 알고 있다. 하지만 그렇다고 청조와 감숙 외지의 용무학관이 무슨 연관이 있단 말인가. 청학 도장의 반문은 그런 뜻이었다.

"삼 개월 전 신기정사께서 저에게 은밀히 일을 맡기셨습니다. 워낙 사안이 중요했던지라 청조산장에서도 극소수의 사람만 알고 있는 일이었습니다. 그 일은……."

이어지는 말은 음성이 아닌 전음으로 전달됐다.

"청조소왕 장소아를 당분간 용무학관에서 맡아달라는 것이었습니다. 청조가 재건되기 전에 혹여 모를 소왕의 암살을 염려했던 모양입니다. 실제 소왕은 이제까지 스무 차례가 넘는 암살 위협을 받았습니다. 청조산장 안에서도 암살 시도가 있었을 정도로 적은 집요했는데……."

청학 도장은 전음을 듣는 동안 장소아를 주목하며 무거운 숨결을 흘려냈다. 청조 재건에 관한 사안이다. 성공과 실패를 떠나 자칫하면 천하는 또다시 피로 덮일 수 있다.

전음을 모두 들은 후 청학 도장이 문책하듯 말했다.

"신기정사가 어찌 일을 그렇게 가벼이 처리했는가. 장소아의 호위무인도 보내지 않다니……."

"그분께서도 오랜 고민 끝에 결단한 일입니다. 경호무인을 보내면 또 정보가 새어나갈 것이고, 그땐 이전처럼 적들이 집요하게 암살 시도를 할 것입니다. 그리고… 그분께서 용무학관에 소왕을 맡긴 것은 저를 믿은 때문이 아닙니다. 천하가 퇴보검사라고 비웃어도 신기정사께서는 청학 도장님을 여전히 믿고 계셨던 겁니다."

유적강의 끝말에 청학 도장은 아무런 반문을 못했다. 신기정사 협정은 동서대전에서 명성을 드날린 천재 전술가이자 현 강호제일의 전략가이다. 확신이 없었다면 장소아를 용무학관으로 보내지 않았을 것이다.

"하면, 이젠 어떻게 할 생각인가?"

"적은 소왕의 목숨을 절대로 포기하지 않을 겁니다. 때문에 소왕을 일단 청해성 서북 경계 도시인 악도(樂都)로 피신시켜야 합니다."

"악도? 청해의 청조산장이 아니고?"

"네. 신기정사께서 말씀하길, 소왕의 위치가 드러나면 그땐 청조 재건을 앞당겨 악도에서 군사를 크게 일으킨다고 하였습니다. 현재 악도에는 청조오대봉공이 머물고 계십니다. 하니 일단 그곳으로 소왕을 피신시켜야 합니다."

"장소아만 피신? 하면 이화촌 사람들은?"

청학 도장의 반문에 유적상은 바로 답을 못하고 가늘게 떨었다. 그러다가 돌연 땅바닥에 무릎을 꿇고 간절한 표정으로 말했다.

"군사께서 또 말씀하시길, 그땐 청학 도장님에게 소왕의 안전을 부탁하라고 하셨습니다. 이 유적상, 엎드려 간곡히 부탁드리오니 부디 소왕을 악도까지만 인도해 주시옵소서."

유적상의 말은 청학 도장의 반문에 대한 답이 아니었다. 그 뜻을 모르지는 않는다. 청학 도장은 눈을 지그시 내리감고 무언가를 한참 생각한 후 말했다.

"청조가 이 일을 얼마나 중요하게 생각하는지 알고 있다. 하나 나는 그럴 수 없다. 장소아의 삶을 보장코자 어찌 다른 아이들과 또한 이화촌민들의 희생을 모른 척할 수 있을까. 나는 여기에 남아 이화촌 백성들의 목숨을 우선적으로 지킬 것이다."

청학 도장의 말에 유적상은 바닥에 머리를 쿵쿵 찧으며 소리쳤다.

"약속하건대 이화촌은 제가 목숨을 걸고 지키겠습니다! 부디 청조를 저버리지 마시옵소서! 소왕을 악도까지 인도해 줄 사람은 오직 청학 도장님밖에 없습니다!"

유적상의 간곡한 뜻을 안다. 하지만 청학 도장은 고개를 무겁게 저었다. 청조도 중요하지만 그렇다고 대의를 외면할 순 없다. 민중과 함께하는 삶. 전날의 삶이 그랬고, 그의 남은 인생이 또한 그럴 것이다.

청학 도장이 그렇게 유적상의 간곡한 청을 거절하고 있을 때다. 칼과 창으로 무장한 수백의 주민들이 용무학관 정문으로 들어왔다. 선두에는 왕평과 유소희, 그리고 공손혁이 자리해 있었다.

그 세 사람은 유적상과 남모를 연이 있다. 비록 오늘의 삶은 달라도 한때 청조의 형제로 전장을 뛰어다닌 사이다. 유적상에게 나름의 자초지종을 전해 들은 후 왕평이 무릎을 꿇고 청학 도장에게 말했다.

"이 일은 이화촌 주민에 국한된 일이 아닙니다. 만백성이 현재 명의 폭정에 눈물을 쏟고 있습니다. 부디 크게 보시어 만백성을 위한 길을 걸어주십시오."

왕평에 이어 공손혁이 무릎을 꿇고 말했다.

"살 만큼 산 인생들입니다. 하찮은 우리 목숨이 무에 그리 중하다고 희생을 하시려 하십니까. 우리의 늙은 목숨보단 새싹들의 삶이 백 번 더 소중합니다. 부디 새싹들을 청조로 인도하시어 맑은 세상에 바탕이 되는 재목이 되게 하시옵소서."

용무학관 수련생들을 먼저 악도로 피신시킨다.

사 인이 최종적으로 내린 합의였다. 비단 사 인만의 합의가 아니었다. 유소희를 시작으로 주민 모두가 청학 도장 앞에 무릎을 꿇고 아이들을 보호해 달라며 청을 하고 있었다.

"흐으음."

청학 도장의 입에서 어쩔 수 없다는 숨결이 흘러나왔다. 이화촌민들의 얼굴에서 진정성을 본 것이다.

"좋소. 그리하리다. 어떤 난관이 있더라도 아이들을 안전하게 악도로 보내겠소."

청학 도장의 수락에 이화촌민들이 얼굴을 활짝 펴며 일어났다. 조만간 그들에게 찾아올 죽음의 칼날은 전혀 두려워하지 않고 있었다.

앞으로의 일을 따져 봐야 한다.

"언제 출발하지?"

공손혁이 문득 그 점을 생각해 보고 말했다.

"머뭇거릴 사안이 아니지. 지금 즉시 떠나야 해. 소명부 놈들이 다시 쳐들어올 때는 이번보다 열 배는 더 군사가 많을 거야."

왕평의 말이었다. 이 말에 주민들이 웅성댔다. 준비되지 않은 이별. 먼 길 가는 자식들에게 따뜻한 밥 한 끼 먹여주고 싶은 게 부모 마음이다.

유소희가 말했다.

"저 양반의 말이 맞아요. 이별이 슬프지 않을 부모가 어디 있을까만, 아이들의 안전을 위해 우리는 지금 결단해야 해요."

생각해 보면 지금 떠나야 하는 게 옳았다. 장소아의 존재가 확인된 이상 소명부는 이화촌이 아닌 감숙성 전체에 경계령을 내릴 것이다. 아마 그땐 일만이 아닌 십만도 넘는 병력을 동원할지 모른다.

주민들은 최종 합의 후, 아이들을 무사히 탈출시킬 세부적인 전술을 짰다. 아이들과 함께 떠날 주민은 모두 백 명. 그 안에는 유적상과 두 교관이 포함됐다. 유적상이 자신은 이화촌에 남아서 항전하겠다고 하였지만, 왕평이 그 뜻을 냉정히 반대했다.

"유 형은 아이들을 끝까지 돌볼 책임이 있소. 아이들에게 문제가 생긴다면 두고두고 유 형을 원망할 테니 최선을 다해 악도로 가시길 바라오."

공손혁도 왕평의 말을 거들었다.

"유 형은 큰 걱정 마시오. 우리가 누구요? 이보다 백배 더 험한 전장에서 살아남은 전사가 아니오. 아무 걱정 말고 악도로 먼저 가시오. 훗날 보거든 술이나 한잔 사주시구려."

왕평과 공손혁의 말에 유적상은 뜻을 굽혔다. 탈출에 따른 모든 계획이 끝나고 아이들은 부모와 마지막이 될지도 모를 인사를 나누었다.

왕평과 유소희도 이때 아들 왕필과 짧은 인사를 주고받았다.

"아부지, 살아야 해. 죽으면 제사도 안 지내줄 거야."

"껠껠, 걱정 마라, 이놈아. 이런 곳에서 죽을 운명이었다면 이 아빈 오래전에 골로 갔다."

"늦둥이, 아버지하고 엄마 없다고 멋대로 말썽 피우고 다니면 나중에 크게 혼날 줄 알아."

울고 짜고 하는 다른 집에 비해 확실히 특이한 집안이었다.

한편, 아이들이 부모와 이별 인사를 하고 있을 때 임주원은 무리의 한편에 홀로 떨어져 착잡한 숨결을 흘리고 있었다.

청학 도장이 그 모습을 보고 가까이 걸어가 말했다.

"주원아, 너도 가야지?"

임주원은 고개를 저었다. 울 것 같은 표정이었다.

"아뇨. 전 떠나지 않겠어요. 떠날 수 없어요."

"왜?"

"병석에 누워 계신 어머니를 내버려 두고 갈 수 없어요. 아버지가 있긴 하지만, 그래도 이렇게 제가 말없이 떠날 수는 없어요. 한평생 저만 보고 살아오신 분인데……."

임주원의 눈에서 굵은 눈물이 뚝뚝 떨어졌다.

이건 임주원의 인생이다. 결정은 어디까지나 당사자가 해야 한다.

청학 도장은 안쓰러운 눈으로 임주원을 바라보다가 문득 품에서 낡은 도패를 꺼내 임주원에게 건넸다.

"스승님, 이건?"

승천하는 청룡이 양각된 도패다. 임주원은 의문스런 눈길로 도패와 청학 도장을 연이어 바라봤다.

청학 도장이 말했다.

"부모를 우선하는 너의 착한 마음을 내가 알고 있거늘 어찌 나의 욕심만 부릴 수 있겠느냐. 그것은 무당파의 청자배 도패다."

"무당도패?"

"그래, 이다음에 어머니를 돌보는 일이 끝나면 너는 무당산에 올라 상청궁으로 들어가라. 들어갈 때 누가 보내서 왔느냐고 물어오면 그것을 보여주며, 나 청학, 아니……."

청학 도장이 임주원을 진하게 쳐다보며 말을 이었다.

"청산, 청산 초운학이 보냈다고 하거라."

청산 초운학.

그 이름을 듣는 순간 임주원은 왜인지 모르게 가슴이 찡했다. 그는 무당도패를 품속에 고이 갈무리하고 청학 도장에게 공손히 절을 올렸다.

"자자, 이별은 그만하면 됐고, 어서 애들을 보냅시다."

어디선가 왕평의 음성이 들려왔다.

이화촌 탈출.

청조의 샛별로 미래를 찬란히 밝힐 용무학관 아이들의 여정이 그렇게 시작됐다.

여기에서 예외는 임주원.

오직 그만이 쓸쓸히 남았다.

*　　　　*　　　　*

임주원은 용무학관 수련생들이 악도로 떠나기 전에 먼저 용무학관을 빠져나왔다. 걸어가는 그의 눈에서 눈물이 뚝뚝 흘러내렸다. 왕필을 비롯한 학우들과 이별의 인사를 할 땐 별일 아닌 듯 미소를 지었지만, 막상 무리에서 이탈되어 홀로 남고 보니 자꾸만 처량한 심정이 들고 있었다.

그렇게 얼마 가지 않아 그의 뒤를 왕평이 급히 따라왔다.

임주원을 집까지 직접 데려다 주라는 청학 도장의 청이 있었고, 또 친구를 걱정한 왕필의 간곡한 부탁이 있었던 것이다.

집으로 가는 길에 임주원은 왕평에게서 앞으로 벌어질 이화촌 상황에 대해 여러 가지 주의 사항을 들었다. 주의의 핵심은, 당분간 집 밖으로는 일체 나오지 말되 만약 온 마을이 불타는 상황이 되면 지체없이 어머니와 함께 산속 깊은 곳으로 달아나라는 것이었다.

임주원은 왕평의 말뜻을 알아들었다. 그에게 부담을 주지 않으려고 돌려 쉽게 말했지만, 마을이 불탄다는 그 말은 결국 소명부 군사들이 이화촌민들을 나이 불문, 성별 불문하고 몰살시킬 수도 있다는 경고였다.

집에 거의 다다랐을 무렵 임주원은 왕평에게 내심 궁금했던 것을 물었다. 언제인가 왕필에게서 들었던 들꽃무인이란 명칭에 대해서였다. 왕평의 설명은 이러했다.

"들꽃무인은 약육강식의 강호를 그 홀로 뚫고 나가는 잡초 인생들, 다시 말해 강호 대문파에 소속되지 않은 일반 무인들을 지칭하는 말이야. 강호는 강자존을 지향하지만, 그 속내를 보면 그건 개인의 강자존이 아닌, 혈연이나 지연 등으로 결집된 파벌이 우선하는 세상이지. 강호 대문파로 흔히 알고 있는 정도구대문파, 마도십대문파, 오대세가 등, 강성 파벌로 결집된 그들은 배타성이 강해 그들 외의 소규모 세력이나 개인은 여간해서 자신들과 같은 선상에 오르는 것을 인정하려 않지.

개인은 소외되고 소외된 개인은 결국 험난한 도산검림을 칼 한 자루에 의지해 홀로 헤쳐 나가지. 이 과정에서 무수한 들 꽃무인들이 강성 단체가 만들어놓은 벽을 뚫고 나가려다가 희생되었지. 그런데 말이야, 힘들긴 해도 만약 이런 들꽃무인 들이 어떤 매개체로 인해 결집되면 그땐 기존의 강성 단체들 을 일약 능가하는 세력이 되지. 역사를 바꾸어놓은 전대의 사 건들을 보면 대부분 들꽃무인들의 결집이 있었지. 멀게는 원 나라와 맞서 싸운 명교가 그러했고, 가까이는 강호를 통일한 전대의 무불련이나 청무조가 그러했지. 그래서 강호 대문파 는 들꽃무인의 결집을 언제나 주의해서 보고 있지. 이들의 결 집은 곧 그들이 지배하는 세상의 추락을 의미하는 것이니까. 이런 노래가 있지. 바람 불면……."

바람 불면 꽃잎이 떨어지리니,
꽃잎은 바람을 타고 일만 리를 날아가리라.
봄은 머물지 않으며 버들은 서로 얽혀 하늘을 가리니,
갈대꽃에 바람 일면 대지는 비에 젖고,
강물이 만 리를 흐르면 구름은 십만 리를 뒤덮으리라.
그대 돌아올 길 세월만큼 기약하기 어려워라.

설명 말미에 왕평이 들꽃전사들의 노래를 불렀다. 이상하 다면 한 번 들었음에도 그 노래가 임주원의 뇌리에 못이 박히

듯 새겨져 버렸다는 것이다. 임주원은 걸어가면서 홀린 듯 홍
얼댔고, 그 모습을 본 왕평이 '너도 천생이 들꽃이구나'라며
크게 웃었다.

어느덧 임주원의 집에 도착했다. 왕평은 집 밖 출입을 삼가
라는 주의를 단단히 주곤 이화촌 주민들이 모여 있는 곳으로
돌아갔다.

그의 집은 여전히 절간처럼 조용했다. 이화촌이 군사들과
주민들의 충돌로 온통 벌집이건만 이곳만은 소란에서 예외
인 것 같았다. 임주원은 집에 온 후 언제나 제일 먼저 하던
일, 임하정의 방문을 조금 열어 학관에 다녀온 인사를 하였
다.

"어머니, 소자 주원이입니다. 학관에 일이 생겨 오늘은 평
소보다 좀 일찍 왔습니다."

임하정이 침상에 누워 있던 자세에서 고개만 돌려 임주원
을 퀭하니 건너다보았다. 그뿐이었다. 그녀는 아무런 말 없이
다시 원래 보고 있던 벽으로 시선을 돌렸다.

임주원은 문을 닫고 부엌으로 갔다. 아궁이에 불을 지핀 다
음 가마솥에 쌀을 씻어 담았다. 간소한 저녁거리 준비가 끝나
자 더는 할 게 없었다. 평상시 같으면 나무를 하러 가거나 집
밖을 청소하였겠지만 현재는 그럴 형편이 아니었다.

임주원은 부엌 구석에 앉아 아버지를 기다렸다. 시간이 흘
러 사위가 어둠으로 물들었다. 어둠 속에서 귀에 익숙한 발소

리가 들려왔다. 평소보다 이른 시간에 집으로 온 철우였다. 그는 내심 아버지를 걱정하고 있었기에 부엌을 뛰쳐나가 반갑게 인사했다.

"아버지, 무사하셨군요. 소자는 걱정하고……."

임주원의 말은 이어지지 못했다. 철우가 눈을 부릅뜬 채 임주원의 뺨을 후려쳤다.

짝!

"아버지, 왜?"

태어나서 처음으로 맞아본 아버지의 매다. 아파서라기보다는 왠지 모를 서러움에 임주원은 눈물 젖은 눈으로 아버지를 바라보았다.

철우가 화난 음성으로 말했다.

"어찌 네가 여기에 있느냐?! 왜 수련생들과 함께 이화촌을 떠나지 않았느냐?!"

학관에서 일어난 일을 알고 있는 모양이었다. 평소보다 이른 귀가 시간인 점을 감안하면 어쩌면 철우는 학관에 들렀다 온 것인지도 모른다.

"그, 그건……."

"이 어리석은 놈아! 네가 진정 어미를 걱정했다면 넌 뒤도 돌아보지 말고 떠났어야 했다! 내 말이 틀렸느냐? 말해보라!"

임주원은 대답하지 못했다. 철우의 다그침에 그냥 눈물만 줄줄 쏟아냈다.

퉁.

안방 문이 열렸다. 임하정이 방문 앞에서 묘한 시선으로 철우와 임주원을 건너다보고는 낮은 음성으로 말했다.

"주원이 아범, 잠시 들어오세요."

철우는 곧 임하정의 방으로 들어갔다. 방문이 닫히고 두 사람은 한참 동안 이야기했다. 아마도 이화촌에서 벌어진 일에 대해 얘기하고 있는 것이리라.

임주원은 부엌으로 갔다. 그리고 아궁이 앞에 쪼그리고 앉아 멍하니 시간을 보냈다. 그렇게 대략 한 식경이 지났을 때 철우가 임하정의 방을 나와 부엌으로 왔다. 그런데 뜻밖에도 철우의 뒤에 임하정이 서 있었다.

"주원인 안방으로 들어가라."

그리웠던 음성. 임주원이 거의 삼 년 만에 처음 들어보는 어머니의 음성이었다.

임주원은 반은 기쁘고 반은 두려운 심정으로 안방으로 들어갔다. 안방 역시 실로 오랜만이다. 방 안 곳곳엔 어머니의 냄새가 배어 있었다.

드륵.

임하정이 안방으로 들어왔다. 그녀의 손에는 저녁상이 들려 있었다. 임주원은 낯선 광경에 몸을 가늘게 떨었다.

"시장하겠다. 이리 와서 먹도록 해라."

임하정이 밥상을 놓고 그를 불렀다. 찬은 보잘것없지만 세상 어떤 음식보다 맛있어 보인다. 그는 곧 젓가락을 들고 허겁지겁 먹기 시작했다. 그러다가 그는 문득 임하정을 바라봤다.

"어머니는요?"

"난 됐다. 너나 많이 먹으렴."

임하정이 씁쓸히 미소 지었다. 그 미소를 본 그는 급히 고개를 숙여 밥을 퍼먹었다. 어머니에게 강인한 모습을 보이고자 그렇게 노력했건만, 밥알 위로 그의 눈물이 뚝뚝 떨어지고 있었다.

밥을 먹고 난 다음 그가 밥상을 들고 밖으로 나가고자 할 때였다.

"나갈 필요 없다. 오늘은 여기서 자도록 해라."

임하정의 음성이 그의 움직임을 잡았다. 비단 동작만 멈추게 한 것이 아니었다. 그 순간 그는 정신까지도 그대로 굳어 버렸다.

이건 뭔가.

나에게 왜 이런 행복한 일이 벌어지고 있는가.

이날 밤, 그는 어머니의 침상에서 편한 수면에 들었다. 꿈이었을까, 누군가 그의 옆에 누워 있다는 생각이 드는 것은. 그리운 냄새가 난다. 그는 잠결에 그 품에 안겨 눈물을 훌쩍였다.

날이 밝았다.

잠을 깬 임주원은 아침거리를 준비하고자 안방을 나와 부엌으로 갔다. 그가 할 일은 없었다. 임하정이 이미 부엌에서 아침상을 준비하고 있었다.

철우는 이날 시전에 나가지 않았다. 나갈 수도 없었다. 아침부터 이화촌 전 지역에 걸쳐 군사들이 뛰어다니고 있었다. 간간이 병장기 부딪치는 소리가 들려오기도 했다. 상황이 심각해지자 철우는 집 앞에서 칼을 들고 종일토록 밖의 동정을 살폈다.

그렇게 하루가 더 지났다. 이날도 임주원은 임하정의 방에서 밥을 먹고 잠을 잤다. 어제도 그러했듯 잠결에 그는 꼭 누군가가 옆에 있는 것 같은 기분이 들었다.

삼 일째 되던 날이었다. 왕평의 경고가 현실이 되었다. 온 마을이 불에 활활 타고 있었다. 더불어 군사들은 마을 곳곳을 수색하며 집에 숨어 있는 주민들을 닥치는 대로 살상하고 있었다. 노인이나 병든 환자라고 해서 인정을 베푸는 일은 일체 없었다. 이화촌민을 몰살시키라는 황명! 이화촌은 이제 역병이 휘도는 곳이 아닌, 역적 봉기를 한 지역으로 변해 있었다.

임주원의 집도 예외는 아니었다. 정오 무렵, 창검으로 무장한 군사들이 들이닥쳤다. 이때 군사들의 수는 넷. 철우는 가족을 지키고자 목숨을 도외시하고 악귀처럼 군사들에게 달려들었다. 결국 악전고투 끝에 군사 둘을 죽이고 나머지 둘은 쫓아버릴 수 있었다.

달아난 군사들은 반드시 되돌아온다. 그땐 한두 명이 아닌 최소 열 명이 될 것이다. 임주원의 가족은 몸만 간신히 집에서 빠져나와 이화촌 남쪽의 외산으로 몸을 급히 피신했다.

외산으로 가는 길은 여의치 않았다. 그간 집에만 있었던 탓에 마을 밖의 사정을 잘 몰랐는데, 이제 보니 온 마을이 전쟁터가 되어 있었다. 주민들은 물론이요, 군사들의 시체가 걸어가는 길 곳곳에 널려 있었다.

군사들에 의해 장악된 이화촌이었다. 임주원의 가족은 마을 어귀의 폐가에 숨어 낮 시간을 보내고 밤이 깊었을 무렵, 외산으로 다시 향했다.

밤이라고 해서 이화촌 탈출이 만만하진 않았다. 군사들이 횃불을 들고 여기저기를 순찰하고 있었다. 외산으로 향하기까지 군사들과 두 번의 충돌이 있었다. 철우의 혈전이 아니었다면 외산으로 가기도 전에 임주원 가족의 삶은 끝이 났을 터이다.

천신만고 끝에 외산에 당도했다. 하지만 임주원의 가족은 산에 오르지도, 돌아서 가지도 못하는 문제에 부딪쳤다. 군사들이 외산 초입에 철통같은 진을 치고 있었다.

진로를 망설이고 있는 철우에게 임하정이 단호한 표정으로 말했다.

"오르세요. 가족을 위한다면 죽어도 오르세요."

철우는 두말없이 임하정의 뜻에 따랐다. 오래전, 임하정이 철우에게 한 말이 있었다. 가족의 안전을 위해 목숨을 걸어라. 그날 이후로 그것은 곧 철우의 인생이 되어 있었다.

산으로 올라갈 때, 철우도 결연했지만 임하정 역시 삶에 초연한 표정을 하고 있었다. 임주원은 그런 아버지와 어머니가 내심 두려웠다. 무언가 일이 벌어질 것만 같았다.

예상대로 산 중턱을 오르기 전에 군사들이 임주원 가족을 발견하곤 따라붙었다. 철우는 군사들과 결사적으로 싸웠다. 한평생 소나 돼지만을 잡은 칼이지만, 가족을 위한다는 각오에서인지 그의 칼 솜씨는 전장의 어느 무인 못지않게 날카로웠다. 산 중턱에 올랐을 때 철우의 의복은 피로 완전히 물들었다. 적의 피도 있지만 거의 대부분은 그 자신의 몸에서 흘러나온 피였다.

산 중턱.

노란 물결의 향연.

설련화가 산등성이 가득 피어나 있었다.

임주원의 가족은 그곳에서 걸음을 멈추었다. 임하정의 뜻이었다.

"하악! 하악!"

철우가 바닥에 주저앉은 채 거친 숨을 흘려냈다.

임하정은 그런 철우를 가만히 바라보며 물었다.

"가족을 위해 살아야 한다는 말을 기억하나요?"

"……."

"일각이면 돼요. 할 수 있겠죠?"

그녀의 말에 철우는 가늘게 떨었다. 비록 사랑으로 맺어진 관계는 아니더라도 오랜 세월 그녀와 살을 부대끼고 살았다. 그녀가 무엇을 원하고 있는지는 눈만 마주해도 충분히 알 수 있었다.

"미안합니다. 이게 다 내가 못나서……."

철우는 말을 잇지 못하고 일어나 무거운 걸음으로 산 아래로 내려갔다.

철우가 시야에서 사라지자 그녀는 가는 한숨을 내쉬며 소매로 눈가 주위의 눈물을 훔쳐 냈다. 그 다음으로 짧은 침묵이 있었고, 그녀는 침묵 속에서 임주원을 가만히 바라봤다.

"임씨 가문의 아들로 인정받고 싶은 게냐?"

침묵을 깨는 낮은 음성. 임주원은 고개를 끄덕였다.

"네."

"나와 한 가지 약속을 해라. 그러면 내 너를 임씨 가문의 핏줄로 인정하마."

"약속을 하겠어요. 어떤 일이 있더라도 지키겠어요."

임주원은 어머니의 얼굴을 똑바로 보며 답했다.

임하정은 이전과 달리 임주원의 시선을 피하지 않았다. 아니, 아들의 모습을 뇌리에 영원히 심어두려는 듯 진하게 바라보고 있었다.

"최근 네가 많이 변했다는 것을 안다. 기뻤지. 너무 기뻐 이 어미 혼자서 많이 울기도 했단다."

"아!"

임주원은 가늘게 탄성했다. 그간의 고되고 외로웠던 과정 이 그 말 한마디에 몽땅 씻겨 나가는 것 같은 심정이었다.

"하지만 난 너와 네 아비, 그리고 세상 사람들을 마주할 자신이 없어 방을 나올 수 없었다. 그건 내가 지난 세월 너무나 굴욕의 삶을 살았기 때문이다."

임주원은 귀로 들리는 말보다 임하정의 눈빛에 정신을 집중했다. 말보다 백번 더 진실한 어머니의 눈빛이었다.

"너의 할아버지가 명나라와 맞서 싸우다가 분연히 돌아가셨다. 때문에 우리 가문은 역적의 죄로 식솔들이 모두 형장의 이슬이 되었다. 마지막으로 어머니의 죽음을 접했을 때, 그때 내게 남은 건 처절한 독기뿐이었다. 어머니의 주검 앞에서 맹세했지. 아무리 굴욕의 삶을 살더라도 반드시 명나라와 맞서 싸워낼 임씨 가문의 후예를 키우겠다고."

그녀의 눈에서 눈물이 줄줄 흘러내렸다. 그것을 본 임주원의 눈에서도 눈물이 주룩주룩 흘러내렸다.

"그 후 이 어미는 임씨 가문의 자존심은 물론이요, 여자의 자존심마저 내버리고 한목숨 건지고자 남자들의 노리개로 살았다. 굴욕의 삶이 죽을 만큼 괴로웠지만 그땐 훗날을 위해 살아간다는 나름의 위안이 있었기에 견뎌낼 수 있었다. 하나 세월이 한참 지나 네가 태어난 후 나는 비로소 내가 얼마나 멍청한 생각을 했는지 깨달았다. 이 세상은 고작 여자 하나의 독기로 바뀔 만큼 작지도, 만만하지도 않다는 사실을 말이다. 지난 세월 남자의 노리개로 살아간 내 독기는, 그러니까 내 목숨을 연장한 추잡스런 짓거리에 지나지 않았단 거다. 난 그 사실이 너무나 부끄럽고 너무나 분해 세상으로 차마 나올 수가 없었다."

그녀는 눈물을 소매로 닦아냈다. 눈물을 지워낸 그녀의 눈동자에는 임주원의 모습이 가득 담겨 있었다.

"이제 너에게 한 가지를 말하마. 그것만 지켜줄 수 있다면 나는 너를 임씨 가문의 아들로 인정하겠다. 자, 나의 아들아, 이리 오너라. 이 어미는 널 안아보고 싶구나."

그녀가 양팔을 활짝 펼쳤다. 언제인가 그녀의 어머니도 삶의 마지막에서 그렇게 행동했다.

"어머니!"

임주원은 그녀의 품속으로 뛰어들었다. 그녀는 임주원의 머리를 부드럽게 쓰다듬으며 말했다.

"주씨와 싸우지 않아도 된다. 명나라를 적대하지 않아도 된다. 이 어미가 너에게 바라는 것은… 진정으로 하고픈 말은… 주원아, 굴욕스럽게 살 바에는 차라리 죽어라!"

말과 함께 그녀는 임주원을 와락 껴안았다. 임주원은 그녀의 뜻밖의 행동을 이해하지 못했다. 그의 뇌리로는 그녀의 음성이 영혼의 떨림처럼 반복되고 있었다.

주원아, 굴욕스럽게 살 바에는 차라리 죽어라! 굴욕스럽게
살 바에는 차라리 죽어라! 굴욕스럽게 살 바에는…….

문득 춥다. 어머니의 음성이 들려오지 않는다. 임주원은
어머니의 품에서 빠져나오고자 고개를 들었다. 그 순간 그의
얼굴 위로 뜨거운 선혈이 와르르 쏟아졌다.

임하정은 목에 칼을 박고 있었다.

"어머니! 어머니!"

임주원은 울부짖으며 그녀를 마구 흔들었다. 그러나 한번
감긴 그녀의 눈은 다시 뜨여지지 않았다.

그토록 인정받고 싶었던 아들이란 말.

그러나 그건 처음이자 마지막 말이 되어버렸다.

"으어어어어어엉!"

임주원은 예고없이 찾아온 이별에 목 놓아 울었다.

이별.

가슴을 찢어놓는 아픈 이별은 비단 그뿐이 아니었다.

"휘어이! 휘어이! 휘어이!"

산 아래에서 철우의 음성이 들려오고 있었다. 철우의 뒤로
는 온 산이 불타고 있었다. 철우가 산을 올라오며 초목에 불
을 붙이고 있는 것이었다.

"아, 아버지!"

철우가 앞에 왔을 때, 임주원은 눈을 번쩍 떴다. 철우의 한 팔이 없었다. 잘린 그 팔에서는 피가 분수처럼 뿜어져 나오고 있었다.

철우는 아들의 앞에 서서 고통스런 표정 대신 씩 웃었다.

그 웃음.

차라리 고통의 신음을 토하는 것보다 열 배는 더한 아픔을 임주원에게 주고 있었다.

철우는 임하정의 시신을 가슴에 안았다. 그리고 삶을 정리하는 것 같은 퀭한 눈으로 임주원을 보며 말했다.

"나는 한평생 자격없는 남편으로 살았다. 네 어미에게 난 씨만 빌린 일종의 종자였지. 그 탓에 가족 내에서도 난 항상 외톨이요 남이었다. 네가 태어났을 때도 널 안아보기는커녕 부정 탄다고 네 어미에게 동구 밖까지 쫓겨났지. 그 후로 난 자격없는 남편의 삶과 더불어 무능한 아버지로 세월을 살았다. 하지만 말이다. 난 살아오며 한순간도 네 어미를 원망하지 않았다. 네 어미는 나에게 선녀였으며, 또한 새로운 세상을 살게 해준 은인과 다름없었다. 세월을 돌려 네 어미가 나에게 조건을 내밀던 그 시절로 돌아간데도 난 주저없이 오늘의 삶을 택할 거다."

철우는 그녀를 안은 채 주변의 설련화에 불을 붙였다. 곧 사방 일대가 불에 활활 타올랐고, 철우는 그 속에서 임주원에게 마지막 말을 전하였다.

"자격없는 이 아비가 주원이 너에게 전할 말은 딱 하나다. 주원아, 독하게 살아라. 이를 악물고 살아서 네 어미가 너에게 원래 원했던 것, 그것을 이다음에 해주도록 해라. 힘든 일이라는 거 안다. 비참하게 죽을 수도 있다. 하지만 죽을 때 죽더라도 네 어미가 옳았다는 것을 이 더럽고 추잡스런 세상에 증명해 주기 바란다. 자, 주원아, 가라! 뒤돌아 독기를 가슴에 담고 달려라! 어미와 아비가 불타는 모습을 가슴에 꼭꼭 담고 달려라! 어서!"

달려라! 독기를 가슴에 담고 달려라!

아버지의 음성이 귓가에 윙윙거린다.
임주원은 뒤돌아섰다.
그의 눈앞에서 불에 활활 타버린 아버지와 어머니.
그 모습, 그의 가슴에 문신처럼 새겨 넣었다.
"아아아아아아아아!"
그는 울부짖으며 산을 달렸다.

第七章

청조결집(清趙結集)

청조결집(清趙結集)

　　유월에 벌어진 이화촌 사건. 터무니없게도 역병이 하루아
침에 역적 도당의 봉기로 변해 버렸다. 정확히는 당국으로부
터 그렇게 취급받았다. 이화촌의 가옥은 불에 타버렸으며 주
민들은 역적의 죄명으로 무참히 살상당했다. 오천여 명의 주
민 중에 살아남은 사람은 고작 일천. 만약 그들이 칼을 들고
대명의 군사와 맞서지 않았다면 생존자는 일백도 채 되지 않
았을 터다. 제국은 처음부터 이화촌을 지도에서 깨끗이 지우
고자 작정을 한 것이다.

　　그러나 이화촌 사건은 소명부가 애초에 작심했던 범위를
훨씬 더 뛰어넘는 사태로 확산되고 있었다. 생존한 이화촌민

들은 독기로 똘똘 뭉쳐 대명의 무력 진압에 결사적으로 대항하였다. 이런 민중 투쟁은 당국의 철저한 정보 통제를 뚫고 나가 저자 인생들의 입에서 입으로 전파되어 감숙의 전 민중들에게 알려졌다.

정의를 아는 학자는 저자로 뛰쳐나와 이 사건의 부당함을 대중들에게 목 놓아 설파하였고, 의기가 있는 무인들은 칼을 분연히 뽑아 이화촌으로 달려갔다. 그리하여 이화촌의 역적 무리는 일천이 순식간에 삼천이 되고 삼천이 오천이 되었으며, 오천이 마침내 명의 폭정에 맞서는 일만의 민중봉기군이 되어버렸다.

대명부와 소명부는 이화촌 사태가 그 즈음에 이르자 역적의 무리를 초동 진압한다는 방침 아래 감숙 옥문관에 포진되어 있는 북방군 삼만을 이화촌 전장으로 회군시켰다.

소명부 군사 일만, 북방군 삼만, 총 사만 병력이 이화촌으로 진격할 때, 그들과 맞선 민중들은 제국의 창검에 무기력하게 당하던 이전의 그 만만한 백성들이 아니었다. 비록 백발이지만 전날의 들꽃전사들이 전장의 선봉으로 나와 노병의 건재를 알렸고, 들꽃의 후진들 또한 선배의 전의에 못지않게 불퇴의 각오로 전장 일선에 나왔다.

열흘 동안 전투를 벌였음에도 명의 군사들이 큰 전과를 못 올리고 그냥 이화촌 인근에 답보되어 있자, 대명부에서 감숙 병력을 총동원하라는 명을 내렸다. 그 수가 무려 십만. 이화촌의 봉기군이 아무리 열혈을 태운다고 해도 그 병력마저 전장으로 투입된다면 더는 대항할 방법이 없다고 할 수 있었다.

그러나 결과적으로 감숙 십만 병력은 이화촌에 투입되지 못하였다. 뿐만 아니라 이화촌 인근에 포진된 사만 병력마저 오백 리 후방으로 급히 퇴각해야 했다. 천하를 뒤흔들어 놓은 이 선언으로 인해서였다.

부끄러움을 모르는 북경의 주씨는 귀를 씻고 들을지어다. 전날의 남무제께서 주씨의 부덕함을 알고도 명을 정벌하지 않은 것은 오랜 전란에 피폐된 대륙 민중의 삶이 혹여 또 한 번의 전쟁으로 큰 피해를 볼까 염려했기 때문이다. 당시 그분의 그런 의지가 워낙 확고했기에 새로운 제국, 맑은 세상을 바라던 무수한 의인들은 분루를 삼키며 청조의 꿈을 접을 수밖에 없었다.

들어라, 주씨야!

전날의 의인들도 그렇게 대륙 민중의 삶을 위해 청조를 포기했거늘, 부덕하고 무능한 너는 어찌하여 뼈를 깎는 반성으로 민생을 돌보기는커녕 탐관오리 간신들과 놀아나며 백성을 해치는 폭정을 일삼느냐!

백성을 두려워할 줄 모르는 황제라면 녹림채의 무도한 괴수일 뿐이며 백성이 흘린 눈물의 참뜻을 모른다면 그건 형장의 개잡부와 같도다!

이에, 청조의 백만 형제들은 백성의 삶을 해치는 포악한 왕조를 더는 두고 볼 수 없도다! 일어나라, 청조의 형제여! 이제 때가 되었도다! 의기의 칼을 들고 다 함께 전진하여 이 땅에 천 년 동안 이어질 맑은 제국을 건설하자!

청조소왕 장소아.

청조일대봉공 신기정사 협정.

청조이대봉공 무림일기 흑사천래 위지건.

청조삼대봉공 무림오기 공동일검 우학.

청조사대봉공 무림일룡 전백화룡 상관용.

청조오대신장 무림육비 마라포추 허석.

청조육대신장 무림팔비 철혈여장 장화란.

청조칠대신장 사요능지 장소란.

이상 팔 인 외 청조 건국 십만 형제 공동 궐기.

이른바 청조의 건국 선언이었다. 단순한 선언이 아니었다. 선언문과 동시에 서북 변방의 무인들이 일제히 칼을 들고 일어나 청해성과 감숙의 명나라 관청을 습격하였다. 오랜 시간을 두고 궐기를 준비한 듯 습격할 당시 청조 무인의 수가 삼만도 족히 더 됐다.

그뿐이 아니다. 청조 선언이 천하에 알려지자 대륙 북반부 곳곳에서 협인들이 타도 명나라를 외치며 봉기하였다.

가자, 청해성 악도로!

각각의 지역에서 궐기한 봉기군은 서북으로 진격하며 서로 어울렸고, 그러면서 세력을 부풀렸다. 그들이 이화촌 봉기군과 합세해 목적지인 악도에 다다를 즈음이면 못 되어도 병력 규모가 십만은 족히 넘어갈 것이다.

십만의 봉기군.

일반 봉기군이 아니다. 청조 무인들의 봉기다. 이대로라면 서북 대륙에 청조와 명의 경계선이 그어지고 말 것이다.

청조와 명.

대륙에 두 주인은 있을 수 없다.

대란의 먹구름이 강북 지역에 몰려오고 있었다.

*   *   *

남무제는 청무선언 오 년 후, 신무림의 대사를 관장하던 강호 유일의 강성 무장 단체 청무조마저 해체하였다. 황금 무림 시절로 돌아가자는 그 자신의 선언 약속을 끝까지 지킨 셈이었다. 선언의 잘잘못을 떠나 그의 이런 초지일관함은 후대 강호의 귀감이 되기에 충분하리라.

청무조를 해체한 남무제는 그 길로 두 부인을 데리고 청해성 청조산장으로 은거했다. 당시 그의 나이 사십이 되지 않았으니 역대의 무림 일인자에 비하면 상당히 빠른 은거 시기였다. 이해가 안 되는 일은 아니었다. 그는 외강내유의 전형 같은 위인이었다. 종전 이후, 수십만이 죽은 동서전쟁을 직접 지휘했다는 것에 심적으로 큰 상처를 받았고, 그래서 강호 활동을 무척 꺼렸다. 게다가 그는 선천적으로 얽매이거나 구속받는 삶을 아주 싫어했다. 그가 은거 장소로 중원에서 까마득히 먼 청해성을 택한 것만 보아도 그의 성향이 어떤지 잘 알 수 있었다.

청조산장 은거 후에도 그랬다. 지인들이 찾아오고 남모른 청탁이 자꾸만 들어오자, 그땐 청조산장마저 떠나 강호 유랑의 삶을 택해 버렸다.

이런 남무제는 청조산장을 떠나기 전까지 첫째 부인인 종리연과의 사이에 두 딸을 두었다. 청조의 많은 인사들이 사내아이를 기다렸지만 하늘의 뜻인지 그건 원대로 되지 않았다.

청조산장을 떠날 때 남무제는 전대 무불련주의 유일한 딸, 이부인 조연을 데리고 갔다. 두 사람의 행선지에 대해서는 종리연도 몰랐다. 남무제가 따로 말을 남기지 않은 것이다. 종리연은 남무제의 이러한 유랑에 반감을 품지 않았다. 오히려 청조산장은 걱정 말고 건강이 안 좋은 조연을 잘 보살펴 주라는 부탁까지 했다. 남무제, 종리연, 조연. 세 사람의 굴곡 짙은 인생을 아는 이라면 그들의 그런 관계를 이해하리라.

남무제 은거 이십 년. 남무제의 은거가 워낙 깊었기에 세인들은 어느덧 남무제를 역사의 저편, 신화의 한 영웅으로 돌려놓았다. 더불어 그땐 청조산장도 세외의 한 신비지처가 되어 있었다.

그런데 남무제와 청조산장이 천하에 다시 조명받는 일이 생겨났다. 조연이 삶을 마치기 전에 사내아이를 낳아 은밀히 청조산장에 맡겼다는 뒤늦은 소식 때문이었다.

남무제의 이세다. 또한 무불련주 조자명의 직계이다. 특히 조자명의 직계라는 점에서 무림인들은 쌍수를 들어 그 아이를 환영했다.

오늘날 남무제는 무림인들에게 이전 같은 존경과 신뢰를 받지 못하고 있다. 그가 무인들의 이상인 무제국 건설과 어긋난 길을 걸어간 때문이다.

물론 청무 선언 이후 황금 무림이 지속되었다면 남무제의 신뢰가 또 달랐을 것이다. 하지만 안타깝게도 남무제 은거 이후 강호는 황금 시절이 아닌, 탄압과 폭정의 시대로 회귀해 버렸다. 때문에 무림의 일부 인사들은 남무제의 무림 단체 해체와 그 이후의 은거를 이상론자의 무책임한 현실 도피로 비판하기까지 했다.

이런 시기에 전대 무불련주의 딸인 조연이 남무제의 아들을 낳았다. 무림인들은 그 아이를 소왕이라고 부르며 자못 흥분했다. 자명이 못다 한 일, 남무제가 못한 일. 무림인들은 그 일이 소왕의 대에서 이루어지길 원하고 있는 것이었다.

소왕의 존재는 무제국이나 청조를 원하지 않는 이들에게 곧 심각한 잠재적 적이 된다. 소왕이 탄생 이후 늘 암살 위협에 시달린 것도 바로 그 때문이다.

소왕의 현재 나이 십오 세.

소왕이 원하던 원하지 않던 그의 운명은 파란의 상황을 불러오기 시작했다. 따지고 보면 이화촌 사태나 그 이후의 청조 궐기 선언도 그 여파라 할 수 있다.

청해(青海) 청조산장 대전략 집무실.

"소란아, 오늘까지 파악된 청조 병력이 얼마이더냐?"

"청조산장에 삼만, 악도에 육만, 이화촌에 이만, 모두 십일만이에요. 예상보다 훨씬 못 미치는 규모이지요."

"십일만이라… 하면 넌 얼마로 예상했지?"

전략 집무실 안에서 두 사람이 탁자 위에 대륙 지도를 펼쳐놓고 대화를 하고 있었다. 오십대 학사풍의 남자, 신기정사 협정과 이십대의 지적인 여성, 사요능지 장소란이었다.

"적어도 이십만은 집결하리라 보았지요."

장소란은 남무제의 이녀 중 둘째이다. 맏딸인 장화란은 아비의 능력을 고스란히 이어받아 일찍부터 강호로 나가 무장의 길을 걷고 있는 데 반해, 차녀인 장소란은 그와 달리 차분하고 지적인 어미의 성품을 닮아 이제껏 청조산장 내에서만 주로 활동하고 있다. 현재 그녀는 신기정사 협정과 사제지연을 맺고 있다.

"이십만을 기대하다니? 후후, 이제 보니 소란인 청조에 기대가 아주 컸던 모양이구나."

협정이 희미하게 웃으며 말했다. 세월은 어쩔 수 없다. 동서대전의 기린아가 어느덧 반백의 장년인이 되어 있었다.

"그럼 사부님은 처음 얼마를 예상했지요?"

"육만."

"너무하군요. 한때 일선 병력만 이십만을 헤아렸던 청무조예요. 세월이 많이 흘렀다곤 하나 청조의 힘은 아직 천하에 충분히 살아 있다고 봐요."

그녀의 말은 틀리지 않다. 청조가 동원할 수 있는 병력이 육만밖에 되지 않는다면 대명부가 지난 세월 청무조를 견제하지도 않았을 테고, 또한 일찌감치 화근을 제거해 버렸을 것이다.

"물론 청조의 힘은 아직 대륙에 남아 있다. 한마음으로 결집한다면 현재 십만이 아닌 오십만도 충분히 넘었을 것이다. 문제는……."

"문제는?"

"강호인들이 청조를 더는 신뢰하지 않는다는 것이다. 청조 용사 중 상당수도 이미 우리와 등을 돌린 상태다. 정확히는 우리가 아닌 남무제에게 실망했다고 할 수 있겠지."

"흐음."

장소란이 고개를 끄덕였다. 사실 그녀도 신기정사의 설명 이전에 그 점을 알고 있었다.

남무제 은거 이후 폭정을 거듭한 명나라를 응징할 기회가 여러 차례 있었다. 대륙에 민중 봉기가 일어났을 때, 청조 인사들은 한마음으로 남무제의 강호 출도를 기다렸다. 남무제가 결단의 칼을 들면 청조를 위해 한목숨 기꺼이 바친다는 각오였다. 그러나 남무제는 민중이 제국의 칼날에 처절하게 짓밟히는 상황을 알고도 출현하지 않았다. 제국의 무력 진압을 경고하는 어떤 선언도 하지 않았다.

남무제는 변했다! 그는 청조의 이상을 꺾었다!

그런 말들이 공공연히 강호에 떠돌았다. 기대가 크면 실망도 큰 법이다. 현 시점에서 남무제가 출현해 건국 선언을 한대도 청조 결집 인원은 청무조 전성기 시절에 비해 삼분의 일도 되지 않을 것이다.

"사부님께선 십만의 형제로 과연 명나라를 물리치고 청조를 세울 수 있다고 보세요?"

"명과의 전쟁은 당연히 안 된다. 전면전을 하면 우리는 오개월도 버티지 못할 것이다."

"하면, 이런 무리수를 둔 이유는 무엇인가요? 좀 더 때를 기다려 청조를 일으켜도 충분하지 않았나요?"

"그것은 지금이 아니면 청조를 일으킬 기회가 그나마도 사라지기 때문이다."

장소란이 협정을 묘하게 쳐다보며 침묵했다. 그냥 침묵이 아닌 협정의 말뜻을 생각해 보는 표정이다. 그녀가 침묵을 깨고 나왔다.

"어렵군요, 뜻이 무척……. 강남의 효웅들 때문인가요?"

"물론 그것도 이유가 되겠지. 하나 그 이유뿐이라면 나는 청조 궐기의 시기를 더욱 늦추었을 것이다."

협정과 같은 이들은 일반인들과 사고를 달리한다. 사소하게 건네는 한마디에도 함축적인 뜻이 담겨져 있다. 나이 아홉 살에 기재로 인정받아 협정의 제자가 된 장소란 역시 그 점에서는 크게 다르지 않다.

"혹시 소아 때문인가요?"

그녀가 눈을 반짝이며 물었다. 협정은 긍정도 부정도 하지 않고 씁쓸한 미소를 지어냈다.

사부의 저런 모습이 무엇을 말함인지 장소란은 알고 있다.

"그렇군요. 역시 소아 때문이었군요."

그녀의 단언에 협정은 가늘게 한숨지으며 입을 열었다.

"소왕의 나이가 올해로 열다섯이다. 이삼 년만 더 지난다면 소왕은 청조의 통제를 받으려 하지 않을 것이다. 그래서 이 사부가 서둘렀다. 전날 백만 형제가 청조를 위해 피를 쏟아냈거늘, 이대로 청조의 꿈을 포기할 수는 없지 않겠느냐."

"아버지가 가만있을까요? 승인도 없이 벌인 일인데?"

"남무제께선 이 일과 직접적인 연관이 없다. 청조 역시도 현 상황에선 남무제의 개입을 거부해야 한다. 남무제께서 관여한다면 그건 오히려 청조 결집에 큰 방해 요소가 될 것이다."

장소란은 잠시 생각하더니 고개를 저었다.

"하지만 적은 아버지의 개입이 없다고 판단되면 지금 당장이라도 청해성으로 쳐들어올 거예요."

"네 말이 맞다. 때문에 우린 적어도 청조가 독립적인 무력을 갖출 때까진 어떤 식으로든 남무제를 청조산장으로 모셔 와야 한다."

남무제를 청조에 합류시키되 청조의 대사에는 배제시킨다. 협정의 말뜻이다. 최상의 방책이긴 한데 남무제의 자유분방한 성향으로 미루어 실제로 그렇게 되기란 여간 어려운 일이 아니다.

장소란 역시 문제점을 잘 알고 있었다. 그녀는 한참 동안 그 점을 생각했고, 생각의 끝에서 진지한 표정으로 질의를 던졌다.

"사부님, 과연 이 땅에 청조를 세울 수 있는 기회가 또 올까요? 저는 솔직히 회의가 듭니다. 군사, 영토, 자금, 무기 등 모든 점에서 청조는 대명부에 비교가 되지 않습니다."

"그 또한 네 말이 맞다. 현 상황에선 설령 남무제께서 청조 일선에 자리한대도 청조 천하가 여의치 않다. 다만 가능성이 있다면…….”

“가능성?”

“그래, 청조의 대륙 통일은 강남의 영웅들이 얼마만큼 활약해 주느냐에 달려 있다.”

“강남의 활약?”

그녀가 눈을 반짝였다. 오늘 논제의 핵심이다. 소왕이 태어난 후 신기정사는 청조산장에서 기나긴 세월을 은인자중했다. 자신이 없었다면 청조 궐기를 주도하지 않았을 것이다.

“하면 강남 상황에서 우리에게 최악의 구도는 무엇인가요?”

“강남에 일국만 세워지는 경우이다. 천하가 삼국쟁패가 되면 그땐 청조가 제일 적이 될 것이니, 청조의 운명은 오 년 안에 끝나고 말 것이다.”

“최상의 상황은 또 무엇이지요?”

“강남에 이국이 세워지는 경우다. 천하가 사국쟁패가 되면 그땐 청조 천하의 기회가 다시 한 번 온다. 그 경우 우리는 어떠한 내부적 방해 요소가 있더라도 전날처럼 그렇게 쉽게 물러나지 않을 것이다.”

사국쟁패.

적어도 십 년 후를 내다보는 강호 구도인데, 협정 같은 이들이 아니라면 발상 자체가 어려운 일이다. 분명한 건 협정이 사국쟁패까지 내다보고 청조 궐기를 주도했다는 것이다. 이는 다시 말해, 현재 천하가 그런 흐름으로 흘러가고 있다는 것을 의미했다.

사국쟁패란 말 이후 협정과 장소란은 한동안 대화를 중단했다. 침묵하며 나름으로 그때의 상황을 뇌리에 그려보는 것이리라.

침묵을 먼저 깬 이는 장소란이었다.

그녀는 이전의 심각한 분위기에서 탈피하여 화사하게 웃고 있었다. 칙칙하던 집무실이 그녀의 미소에 만개한 화원처럼 밝아지고 있었다.

"참, 사부님, 궁금한 게 있어요."

"뭐지? 말해보렴."

"이화촌 사태가 정말 돌발적으로 발생한 일인가요?"

"하면, 네 생각엔 누가 장난이라도 친 것 같으냐?"

"글쎄요. 그게 너무 작위적이지 않나요? 그 이후에 약속이나 한 듯 궐기한 무인들도 그렇고……."

그녀는 말끝을 흐리며 묘한 눈으로 협정을 흘겨봤다.

"으음, 나야 잘 모르지. 암튼 오늘 전략회의는 이것으로 마치자구나."

협정은 그녀의 질의에 가타부타 대답 없이 집무실을 서둘러 빠져나갔다.

적도 모르고 아군도 모르는 전술.

소명부의 공격을 유도해 청조 궐기를 이끌어낸다!

협정이 이런 전술을 은밀히 펼쳤다면 전략가로서 대단한 능력을 발휘한 것은 맞는데, 그렇다고 남 앞에 자랑할 만한 전술은 결코 아니었다. 그 위험한 전술에 따른 희생자가 너무나 많다.

강호를 피로 물들이는 마인은 기껏해야 천 명을 죽인다. 하지만 협정과 같은 이들은 머리 굴림 한 번으로 일만을 간단히 죽인다. 전쟁 상황이 아닐 때 협정과 같은 이들이 왜 멸시되고 또 제일 먼저 처단되는지 알 수 있는 일이다.

아무튼,

사국쟁패!

십 년 후의 강호 상황을 내다보는 천재 전략가들의 논의가 오늘 청조산장에서 있었다.

第八章

무인지연(武人之緣)

무인지연(武人之緣)

"주원아, 굴욕스럽게 살 바에는 차라리 죽어라!"
"주원아, 달려라! 독기를 가슴에 담고 달려라!"

그날 이화촌 외산이 불타던 밤, 임주원은 체력이 완전히 소
진될 때까지 달렸다. 멈출 수가 없었다. 뇌리를 울리는 아버
지와 어머니의 음성이 그에게 계속 달릴 것을 요구하고 있었
다. 달리다 엎어지고, 다시 일어나 또 달리고, 그렇게 오직 달
리는 것만이 전부였던 그는 외산을 한참 벗어난 어느 야산의
등성이에서 마침내 한줄기 체력을 겨우 지탱해 주던 정신마
저 백지로 고갈되어 쓰러졌다.

그가 다시 깨어났을 때는 해가 중천에 위치해 있었다.

어디지?

나무를 하러 왔다가 태평하게 낮잠을 잔 건가?

처음 그는 시간과 공간, 그리고 기억이 혼재된 상태에 있었다. 그러다가 문득 불길에 타오르는 아버지와 어머니의 모습이 뇌리에 박혀들었다. 말도 안 돼. 그건 악몽이야. 내게 그런 일이 실제로 일어났을 리가 없어. 그는 그렇게 단언했다. 아니, 주장하고 싶었다. 그러나 그는 얼마 지나지 않아 낯선 공간 안에 외로이 홀로 남은 그 자신을 돌아보곤 통곡하기 시작했다.

"어머니! 아버지! 우어… 우어……!"

왜 우리 가족에게 그런 일이 벌어져야 했는가? 우리가 도둑질을 했던가? 살인을 했던가? 그는 아무리 생각해 봐도 타당한 이유가 떠오르지 않았다. 이런 의문은 비장한 심정과 뒤섞여 그의 가슴을 마구 비틀어대고 있었다.

통곡하고, 고함치고, 그러다가 멍하게 있다가 다시 통곡하고, 그렇게 그는 실성한 사람처럼 하루를 보냈다. 다음날도 역시 그랬다. 이틀 만에 현실을 딛고 일어서기에는 열셋 소년이 받은 상처가 너무나 컸다.

삼 일째 되던 날, 그는 통곡을 그치고 부모가 죽어간 외산을 향해 절을 올렸다. 다음으로 그는 두 손을 꼭 맞잡고 멀고먼 세상으로 떠나신 부모님에게 굳은 다짐을 하였다.

"소자는 살겠습니다. 반드시 살아서 이다음에 이화촌을 짓밟은 무리들을 응징하겠습니다."

다짐 후, 야산을 걸어나올 때 그는 어디로 갈 것인가 그다지 고민하지 않았다. 집도 없고 부모도 없다. 친구들도 모두 떠났다. 그에게 유일하게 남은 것은 무당도패였다.

"무당산에 올라 상청궁을 열어라!"

청학 스승이 그날 그렇게 말하며 도패를 주었다. 상청궁이 무엇인지, 또 무당파에 가면 무엇을 해야 하는지 그런 건 잘 모른다. 다만 그는 그날 단신으로 나서서 일천의 군사들을 모두 쫓아버린 청학 도장의 신위를 기억하고 있었다. 그건 무인의 힘, 무공이었다. 그는 그런 무공을 배우길 원했다. 강해질 것이고, 그래서 어머니가 그렇게나 원하던 훌륭한 장군이 되어 이화촌을 짓밟은 무리들을 처단할 것이다.

'무당산… 상청궁……. 배울 거야. 꼭 무공을 배울 거야. 청학 스승님처럼…….'

어떤 고난도 이겨낸다. 무당파의 제자가 못 된다면 남은 생도 의미가 없다. 무당산으로 떠나는 임주원의 각오는 그렇게 대단했다.

문제는 세상만사가 열세 살 소년이 마음먹은 대로 흘러갈 만큼 만만하지 않다는 것이었다. 그곳까지의 거리만 해도 그랬다. 이화촌에서 무당산까지는 작게 잡아 족히 이천 리. 그의 걸음으로 무당산에 가자면 하루 종일 걸어간다고 해도 최소한 석 달은 걸린다고 봐야 했다.

게다가 그는 이화촌을 벗어나면 길치나 다름없었다. 어릴 때 어머니의 손을 잡고 감숙성 지역 무파를 돌아다닌 적이 있긴 하지만 그땐 너무 어렸고, 또 그냥 아무 생각 없이 어머니를 따라다니기만 했을 뿐이다. 그러니 무당산이 어디에 있는지는 당연히 몰랐다. 그런 길치 상태에서 열세 살 소년이 이천 리가 넘는 길을 가고자 한다면, 두세 달은커녕 반년 안에 당도하기만 해도 참으로 억세게 재수 좋은 경우라고 할 수 있었다.

그리고 무엇보다 당장 그의 여정에 문제가 되는 사안은 무당산까지 갈 체력을 유지하는 일이었다. 쉽게 말해, 삼수갑산을 가더라도 일단 배를 채워야 한다는 거다. 주머니에는 땡전 한 푼 없었다. 돈을 융통할 재주도 없었다. 여정을 떠난 후로 그가 삼 일 동안 먹은 것은 냇물과 야생화, 산딸기 같은 초식뿐이었다. 토끼라도 잡아먹어 볼까 궁리해 봤지만, 쫓느라고 다리만 아플 뿐 그에게 잡힐 만큼 느려 터진 고깃거리는 없었다.

십 일째 되던 날, 뇌리가 핑핑 돌았다. 구름을 올려다보면 김이 모락모락 나는 쌀밥으로 보였고, 땅을 내려다보면 온통 토끼가 뛰어놀고 있었다.

이대로는 죽도 밥도 안 된다. 무당산에 좀 늦게 가더라도 일단 배를 채우고 봐야 한다.

그는 그런 생각으로 여정의 진로를 인근의 도시로 돌렸다. 기대했던 대로 도시의 저자에는 노점상과 음식점이 줄지어 자리해 있었다.

만두를 파는 노점상 앞에서 그는 한참 동안 서 있었다. 불쌍한 표정을 하고 간절한 음성으로 노점상 주인에게 구걸을 해야겠지만 그는 아무런 표현도 하지 못했다.

"가라! 거지새끼야! 재수없게 왜 여기서 알짱대고 그래!"

거지란 말을 들었다. 텁수룩한 머리, 찢어진 옷, 씻지 못해 풍기는 역겨운 냄새. 그의 현재 몰골로 보아선 충분히 그런 말을 들을 만했다.

"킥킥."

그는 거지란 말에 쓴 미소를 지으며 돌아섰다. 뒤돌아 걸어갈 때 노점상 주인이 이거나 먹고 다시는 오지 말라며 불량 만두 하나를 땅에 던져 주었다.

먹을까?

흙만 떨어내면 새것이나 다름없잖아?

고민은 짧았다. 그는 땅에 떨어진 만두를 집지 않았다. 배고픔의 유혹을 떨쳐 냈을 뿐만 아니라, 그 만두를 발로 밟고 길을 걸어갔다.

굴욕스럽게 살 바에는 차라리 죽는다.

이게 그런 경우인지 아닌지는 잘 모른다. 다만 그의 현 심정이 그랬다. 만두를 주워 먹는다면 그건 굴욕이며, 또 그것은 어머니의 유지를 어기는 일이라고 여겼다.

정상적인 생활을 해도 먹고살기가 빠듯한 세상이다. 어머니의 유지를 맹목적으로 따르는 그의 대처는 잘못된 일일 수 있다. 자존심을 버리고 구걸을 한다면 어린 그의 몰골을 가엾게 봐서 도와주는 이가 있을지도 모른다. 그도 그 점을 모르진 않는다. 그럼에도 그는 저자를 돌아다닐 때 일절 구걸하지 않았다. 결국 그는 하루 종일 돌아다녔지만 아무것도 못 먹었다.

깊은 밤, 그는 음식점이 있던 저자로 다시 나왔다. 그리고 각각의 음식점 주변에 있는 오물통을 뒤졌다. 구걸하지 않고 먹을 수 있는 것은 그게 유일했다. 처음엔 먹기가 쉽지 않았다. 냄새가 심하게 났고, 개중에는 부패한 것도 있었다. 하지만 막상 먹을 만한 것을 골라서 입에 넣고 보니 그다지 못 먹을 음식도 아니었다. 특히 뼈에 붙은 고깃덩이를 씹어 먹을 때는 맛있다 못해 아까워서 혀로 핥아 먹을 정도였다.

무당을 향한 긴 여정이 그렇게 다시 시작됐다. 길을 모르면 물어보았고, 배가 고프면 나름의 경험으로 구걸하지 않고 해결했다. 그로선 여러모로 도시로 나온 것이 잘된 일이라고 할 수 있는데, 다만 안 좋은 현상이라면 저자 생활을 하면 할수록 영락없이 거지가 되어간다는 것이었다.

여정 사 개월. 그는 무당산이 아스라이 내다보이는 호북성 북부에 다다랐다. 이 무렵 그는 영양 부족이 극심해 거의 뼈만 남아 있다시피 한 몰골을 하고 있었다. 개방 거지들도 기피할 정도의 상거지 꼴이었음은 두말할 것도 없다.

'힘내, 임주원. 이제 하루만 가면 돼. 무당산이 저기에 있다고.'

고된 여정의 끝이 보인다. 임주원은 천근만근인 육체를 스스로 채찍질하며 걸어갔다. 사실 전날보다 걷기가 한층 수월했다. 무당산이 가까워진 탓에 길이 아주 좋아졌고, 더불어 관도에는 도가의 성지를 참배하러 가는 사람들이 꽤 많이 걷고 있었다. 무리를 이루어 길을 걷다 보니 육체의 고됨을 잠시라도 잊을 수 있었다.

물론 그건 어디까지나 그의 입장이었다.

"어유, 냄새! 야, 저리 꺼져서 걸어!"

"거지면 저자로 가서 구걸이나 할 것이지 무당산은 왜 올라가고 그래!"

관도를 걷는 대부분의 사람들이 그를 기피하였다. 개중에는 눈을 부라리며 그를 위협하는 행인도 있었다.

'칫, 누군 처음부터 거지였나.'

임주원은 남들이 뭐라고 하든 말든 개의치 않았다. 오히려 그런 말을 들을수록 이다음에 어른이 되어서 보자는 오기가 생겨나고 있었다.

무당산 초입에서 참배객으로 보이는 한 무리가 관도 한편의 정자나무 아래에 자리를 잡고 음식을 먹고 있었다. 무당파까지 세 시진 남짓 거리이니 끼니때가 되긴 했다. 곧 다른 사람들도 근방에 자리를 잡고는 준비해 온 음식을 바닥에 풀어 놓고 먹기 시작했다.

꼬륵, 꼬르륵.

임주원의 홀쭉한 배가 주인 잘못 만난 투정을 마구 부렸다. 임주원은 그곳에 서 있기가 어색해서 인근의 냇물로 뛰어가 물속에 고개를 처박았다. 물로 배를 채운다. 배가 남산처럼 부어오르지만 허기는 가시지 않았다.

그때다.

"아이 씨, 더러워. 왜 여기 와서 물을 마시고 그래?"

냇물 하류에서 짜증난 음성이 들려오고 있었다.

임주원은 고개를 들어 소리가 들린 방향을 쳐다봤다.

열? 열하나?

아무튼 그 나이 정도의 계집아이가 물바가지를 들고 냇물 앞에 서 있었다.

"뭘 봐, 거지야? 더러우니까 그렇게 있지 말고 빨리 꺼져. 그도 아니면 나보다 더 밑으로 가서 물을 마시든가."

소녀는 댕기머리를 하고 있었는데, 동그란 눈에 오뚝한 코, 하얀 살결에 앙증맞은 입술. 임주원이 여태껏 최고로 예쁜 여자애라고 생각했던 용무학관의 공손지를 단번에 이순위로 밀어내 버리는 용모를 하고 있었다.

"난 닭대가리야 하고 한 번만 말해봐."

문득 용무학관 시절 그를 수치스럽게 한 공손지와의 일이 기억난다.

'쳇, 예쁜 애들은 입이 다 저렇게 더러운가?'

"야, 뭐라고 중얼대는 거야? 암튼 빨리 가, 물 담아가야 하니까!"

"아, 알았어."

생각에서 깨어난 임주원은 죄라도 지은 듯 머리를 긁적이며 댕기머리 여자애의 하류로 내려갔다.

여자애는 임주원이 하류로 내려갔음에도 바가지에 금방 물을 담지 않았다. 그냥 물을 휘휘 저으며 '더럽다' 란 말만 연발하고 있었다.

흘러가는 물이다. 설령 자신 때문에 물이 오염이 되었다고 해도 그건 아주 잠깐이지 않겠는가. 임주원이 그런 심정으로 여자애에게 말했다.

"이젠 깨끗해. 바가지에 물 담아도 충분해."

순간, 댕기머리 여자애가 그를 홱 째려봤다.

"흥! 남이야 뭘 하든 말든!"

임주원은 여자애의 눈을 마주하지 못하고 급히 고개를 숙였다. 이제까지 자신의 상거지 꼴을 크게 개의치 않았는데, 이상하게도 여자애의 시선을 접하자 그게 부끄럽게 생각되고 있었다.

"여취야, 무슨 문제라도 있는 거냐?"

여자애의 뒤로 사십대 중년인이 걸어왔다. 여자애가 뒤로 돌아보고는 방긋 웃으며 물 한 바가지를 담아 중년인에게 건넸다. 어딘지 모르게 얼굴 윤곽이 닮아 있는 두 사람. 부녀지간인 모양이다. 중년인은 아비 입장에서 딸이 웬 상거지 같은 놈과 말다툼을 하고 있는 모습이자 나름 걱정이 돼서 온 듯했다.

"저 거지가 물을 못 담게 자꾸 훼방 놓잖아요."

그녀의 말에 임주원은 눈을 동그랗게 뜨고는 손을 내저었다.

"내가 언제? 아저씨, 난 그런 적 없어요."

중년인이 물을 한 모금 마시고 나더니 가만히 임주원과 딸을 번갈아 쳐다봤다. 상황 파악은 금방이다. 딸의 평소 성정을 누구보다 아비인 자신이 잘 알고 있다.

"취아야, 그러면 못쓴다. 태어날 때부터 거지가 어디에 있겠느냐. 활신선의 도를 닦고자 무당파의 제자가 되려는 너인데 저런 아이를 보면 보살펴 주고 아껴주어야 하지 않겠느냐. 네가 먼저 사과하도록 해라."

중년인의 나무람에 여자애가 신기하게도 새침했던 표정을 싹 지웠다. 여자애는 임주원에게 고분고분한 모습으로 말했다.

"미안해. 그러고 보니 내가 심했던 것 같아. 난 백여취야. 넌 이름이 뭐야?"

"난, 난 임주원."

임주원은 떨떠름한 얼굴로 답했다. 표정과 말투가 자유자

재로 바뀌는 여자애. 어린 임주원에게 이건 거의 요물 수준이
었다.

"소형제, 보니 딱히 일행도 없는 듯한데 우리와 함께 자리
해서 참이나 들도록 하지. 자, 저리로 가자고."

중년인이 임주원을 데리고 일행이 있는 곳으로 향했다. 임
주원의 뒤를 여자애, 여취가 따라붙었다. 그의 귀로 독이 바
짝 오른 여취의 음성이 들려왔다.

"거지야, 울 아버지 말 믿고 까불면 죽어. 알겠어?"

말과 함께 여취는 혀를 살짝 내밀고는 뒤돌아 아버지에게
촐랑촐랑 뛰어갔다. 임주원은 그런 여취를 멍하니 쳐다봤
다.

여취 일행은 모두 삼남일녀였다. 여취가 아버지와 함께 있
듯 나머지 이남도 열서너 살 된 소년과 사십대 중년인으로 부
자지간처럼 보였다.

그들 일행은 현재 모닥불 위에 준비해 온 닭고기를 굽고 있
었다. 임주원이 모닥불 한편에 앉자, 여취의 아버지가 탐스럽
게 익은 닭다리 한 점을 그에게 건네주었다.

얼마 만에 접해보는 남의 살인가. 임주원은 닭다리를 받자
마자 정신없이 뜯어먹기 시작했다.

이런 그를 여취의 아버지 백춘추가 지켜보며 말했다.

"취아를 금번 무당파의 도요식(道要式)에 내보낼 생각이지.
변변히 내세울 것은 없는 처지지만, 녀석에게 천운이 있다면

무당파의 본산제자가 되는 영광을 얻을 수도 있겠지."

무당파는 예로부터 십 년에 한 번 정도로 강호 속가제자들을 본산에 정식으로 입문받는 도요식을 한다. 올해가 도요식이 있는 해인데, 강호 대문파가 대개 그렇듯 속가제자들이 본산에 입문하기는 여간 어렵지가 않다. 형식으로야 신분 차별을 두지 않는다고 하지만, 그게 실제는 그렇지 못했다. 역대로 막대한 금전을 본산에 기부한 가문의 자제나 강호무림에 나름의 배경이 탄탄한 가문의 자제들이 항상 우선되어 선발됐다.

"형님은 큰 걱정 안 해도 될 겁니다. 취아의 자질이야 남현땅에서 기재라고 정평이 났으니 본산의 어른들도 눈이 있다면 충분히 알아봐 줄 겁니다. 문제는 우리 평아지요. 이번엔 꼭 본산의 제자가 되어야 할 텐데……."

부자지간의 중년인, 이척경이 자신의 아들을 안쓰럽게 쳐다보며 말했다.

그의 아들은 한눈에 보기에도 몸이 무척 부실해 보였다. 핼쑥한 안색하며 축 처진 어깨, 앙상한 체격. 마치 임주원의 예전 모습을 보는 것 같았다.

"이 형도 큰 걱정 마시게. 비록 지금이야 화산에 다소 명성이 처진다고 하지만, 얼마 전까지만 해도 천하 도가의 으뜸으로 불리던 무당파가 아닌가. 만민을 구제하시는 그분들의 성품이라면 평아의 절맥을 알아보시고 본산의 제자로 받아들이는 은혜를 베풀어주실 거네."

백춘추가 위로의 말을 전했다. 하지만 그 말을 한 백춘추
도, 그 말을 들은 이척경도 안색이 안 좋기는 마찬가지였다.
일반인들의 사정을 다 들어줄 만큼 무당파의 입문이 그렇게
만만하지 않는 것이다.

백춘추가 말했듯 이척경의 아들 이평은 현재 절맥(絶脈)을
앓고 있다. 오음절맥이나 구음절맥 같은 불치병이라면 흔히
말하는 천고 기연이 아니고는 천하 어디를 가도 치료할 방법
이 없겠지만 일반 절맥으로 병을 앓고 있다면 그건 경우가 조
금 다르다. 예로부터 연단술과 상승의 내공심법을 수련해 온
도교 일맥, 이를테면 화산파, 무당파, 전진파 같은 도가의 큰
문파는 그런 절맥을 완치시키는 나름의 방책이 있는 것이다.
문제는 워낙 비전이라 본산의 제자 중에서도 상위의 대제자
가 아니고서는 그런 연단과 상승의 내공심법을 접해보지 못
한다는 것이다.

"형님이 그렇게 말씀해 주시니 그저 고맙기만 합니다. 암
튼, 이참에 무슨 일이 있더라도 평아를 무당파에 입문시킬 것
입니다. 삼대에 걸쳐 무당파의 속가로 살아온 이가장의 후예
가 저대로 반병신이 되어 살아갈 수는 없지 않겠습니까."

이척경이 굳은 의지를 내보이며 말을 마쳤다.

대화가 잠시 중단됐다. 이척경과 백춘추는 마땅히 시선을
둘 곳이 없어 임주원에게 고개를 돌렸다.

마침 임주원이 닭다리를 다 먹고 일어나서 포권을 하고 있었다.

"소생 임주원, 두 분의 은혜에 이렇게나마 말로써 감사드립니다. 비록 현재는 보잘것없는 몸이지만 훗날 능력이 된다면 반드시 오늘의 따뜻한 보살핌에 보답하겠습니다."

"으응?"

이척경과 백춘추가 서로를 의외라는 듯 쳐다봤다. 불쌍한 거지 아이라고 생각했는데 그게 아닌 것이다. 나름의 법도가 있는 언행이다. 또한 헝클어진 머리칼 사이로 보이는 임주원의 눈빛은 정기로 빛나고 있다.

백춘추가 말했다.

"작은 고깃덩이 하나 준 것이 무에 그리 큰 은혜란 말인가. 소형제는 너무 크게 고마워할 필요 없네. 우리가 더 부담된다네."

"아!"

임주원이 가늘게 탄성했다. 거지 행세를 한 후로 이제껏 많은 괄시를 당했다. 세상 인심이 몰인정하다고 여겼는데 그렇지 않은 사람들도 있는 것이다.

이척경이 문득 임주원을 이채롭게 보며 말했다.

"한데 소형제는 무당산에 왜 올라가려 하는가?"

임주원은 두 사람을 돌아보곤 꺼림없이 입을 열었다.

"무당파에 입문할 생각입니다."

이척경과 백춘추가 다시 한 번 서로를 돌아봤다. 이번엔 곤혹스런 눈빛이 오고 갔다. 정상적인 속가제자도 본산 입문이 버거운 일이거늘, 상거지 꼴을 해서 무당파로 간다? 이건 경우가 아니다. 필시 남모를 사연이 있을 것이다.

백춘추가 그런 심정을 숨기고 물었다.

"무당파 입문이라……. 좋지. 도학이라면 그런 꿈이 있어야겠지. 하면, 누구의 권유인가? 소형제 혼자만의 생각은 아니지 않겠는가?"

임주원이 잠깐 생각하고 답했다.

"청학 도장님요."

"청학 도장? 그분이 누구지?"

"용무학관 봉황삼반 스승님요."

청학 도장, 용무학관, 봉황삼반. 아무리 따져 봐도 무당파와 관련있는 용어가 아니다. 백춘추가 고개를 저으며 말했다.

"글쎄다. 내가 견문이 짧아서 그런지 네 말뜻을 도통 모르겠구나. 혹시 다르게 설명해 줄 수는 없느냐. 이를테면 어디서 살았고 그곳에서 또 무얼 했는가 하는 것 말이다."

"아하! 고향 말이죠? 전 감숙성 이화촌에서 자랐어요. 청학 스승님은 이화촌에서 제일 유명한 학관, 용무학관의 학방 스승님이시죠."

"으응, 이화촌? 지금 감숙 이화촌이라고 했느냐?"

백춘추가 깜짝 놀란 표정을 하였다. 그 말을 들은 이척경도 역시 그랬다. 청학이나 용무학관 같은 용어는 잘 모르지만, 감숙 이화촌이란 지명만큼은 어떤 의미인지 확실히 알고 있다. 이화촌. 최근 강호를 요동치게 한 청조 궐기의 시발점이 된 곳이다.

"그래, 청학 스승님은 어떤 분이시지? 널 이곳으로 보내고 자 했으니 단순한 학방 스승님은 아닐 게 아니냐?"

이번엔 이척경이 흥미롭게 물었다.

임주원은 손가락 하나를 내밀고 자랑스럽게 말했다.

"물론이죠. 우리 청학 스승님은 글뿐만이 아니라 무공도 최고예요. 스승님 혼자서 일천 명과 싸워 모두 물리쳤다고요. 뭐, 아저씨들은 못 믿겠지만 그때 스승님은 눈까지 가리고 싸 웠다고요."

"으음."

임주원의 말을 들은 두 사람은 약속이나 한 듯 무거운 신음을 흘렸다. 거지 꼬마의 입에서 당금 강호를 태풍처럼 몰아치고 있는 인물이 거론되었기 때문이다.

이화촌의 맹인 검사.

이화촌에서 청해성 악도까지 청조소왕을 무사히 인도한 절정의 검사!

인도 과정에서 북창의 일급영반들을 줄줄이 격퇴했고, 합양 강변에서는 제천궁이 보낸 척살단 묵검대마저 단신으로 궤멸시켜 버렸다.

강호는 현재 그 검사의 정체를 알아보기 위해 온통 난리법석이다. 혹자는 그 검사를 중주오성 가운데 한 사람이라고 주장할 정도이다.

백춘추가 긴장으로 자신도 모르게 침을 꿀꺽 삼키고 물었다.

"그래, 그분께서 네게 뭐라고 그러시던?"

"그게… 그게……."

임주원은 대답을 잠시 중단하고 두 사람을 바라봤다. 아무리 봐도 악한들하고는 거리가 멀다. 그는 곧 품에서 무당도패를 꺼내어 들고 말했다.

"이걸 가지고 무당산에 올라 상청궁을 열라고 하셨어요."

"상, 상, 상청궁!"

이척경과 백춘추의 입에서 동시에 놀란 반문이 튀어나왔다. 상청궁. 무당파 제자들의 각 항렬에서 삼제자까지만 들어갈 수 있는 무당파 최고의 비처다. 다시 말해, 무당파 차기 장문인에 오를 가능성이 있는 존귀한 제자만 들어갈 수 있는 곳이란 말이다. 속가제자들 입장에서는 그야말로 천상의 궁전이었다.

백춘추와 이척경은 길게 숨을 흘려내며 흥분된 마음을 진정시켰다. 그런 다음 임주원을 진중히 바라봤다. 이제 최종 확인만 남았다.

이척경이 말했다.

"내게 무당도패를 좀 보여줄 수 있겠느냐?"

"왜요?"

"하하, 내가 무당파 형제들과 연이 좀 있단다. 도패를 보면 혹시 네 스승에 대해 알지도 모르지 않겠느냐."

"아하, 하긴."

임주원이 무당도패를 이척경에게 건넸다.

도패를 받아본 이척경은 그만 손을 덜덜 떨었다.

무당도패에 양각된 문구.

靑一劍.

이건 '청' 자 항렬 중 일제자란 뜻이다.

당금의 무당파 장문인 청우는 '청이검'이다. 따라서 이 도패를 준 인물은 청우 장문인보다 예전에 더 존귀한 신분이란 말이 된다. 청우보다 더 앞선 무당의 제자는 딱 한 사람이다.

이척경이 너무 떨고 있어 말을 못하자 백춘추가 마지막 확인 과정을 밟았다.

"청학… 그분께서 도패를 줄 때 다른 말씀은 없었느냐?"

임주원은 주저없이 말했다.

"무당파가 물어보면 청학… 참, 그게 아니지. 스승님께서는 나 청산 초운학이 보냈다고 해라, 그렇게 말씀하셨어요."

"……."

백춘추가 입을 굳게 다물었다. 이척경도 한없이 침묵에 들어갔다. 침묵 일각. 두 사람은 침묵 속에서 묘한 눈빛을 주고받았다.

"자, 받아라. 도패를 봐도 면이 없구나. 내 생각엔 도패를 준 네 스승이 무당파와는 크게 인연이 없는 듯하구나."

이척경이 무당도패를 임주원에게 건넸다. 임주원이 도패를 받아 목에 걸 때, 그들의 눈에서는 탐욕의 빛이 흘렀다.

임주원은 이날 밤, 백춘추와 이척경에게 고관대작도 부럽지 않은 황송한 대접을 받았다. 그 모습을 본 이평과 백여취가 괜히 삐쳐서 불만을 토하자 오히려 자식들을 나무라기까지 했다. 임주원 역시 어쩔 줄을 몰라 했는데, 그럼에도 그들의 과도한 대접은 그가 잠들기 직전까지 계속됐다.

"이건 우리 평아가 먹는 삼황보육탕이라네. 신체 발육에 큰 도움이 되는 보약이지. 소형제의 앙상한 몸을 보니 아비된 입장에서 자꾸만 우리 평아가 생각나서 주는 것이니 부담 가지지 말고 쭉 들이켜게."

임주원이 잠자리에 누울 때 이척경이 그렇게 말하며 정성스레 달여온 탕약을 내밀었다. 이건 경우가 아니라며 그가 극구 사양했지만 이척경은 가져온 약재가 많다며 한사코 마시기를 권했다.

더는 사양하기 곤란해 임주원이 탕약을 마셨는데, 그만 그것으로 그는 아득한 꿈나라로 가버렸다.

임주원이 마신 것은 이평이 먹는 탕약이 맞긴 했다. 다만 그 탕약 안에 당연히 들어 있어야 할 중요한 약재가 빠져 있었다. 이평의 몸은 기맥을 흐르는 음과 양의 기운이 불균형한 이음절맥. 이 절맥은 함부로 약을 처방해선 안 되고, 굳이 약을 만들자면 반드시 양에 해당하는 약재와 음에 해당하는 약재를 함께 사용해야 된다. 그런데 임주원이 마신 탕약에는 양에 해당하는 약재 복황삼(茯黃蔘)만 있었다. 복황삼은 건강을 돌보는 약재이긴 하지만, 약성이 워낙 강해 중화제와 함께 사용하지 않는다면 자칫 사망에 이를 수도 있었다.

임주원은 탕약을 마신 후, 복황삼의 약성에 취해 깊은 수면에 들어갔다. 앞으로 적어도 이틀간은 식물인간처럼 잠만 자게 될 것이고, 후에 따로 의원의 약재 처방이 없다면 그땐 필경 사망에 준하는 상태가 될 것이다.

늦은 밤, 백춘추와 이척경은 사람들의 눈을 피해 임주원을 자루에 담고 무당산 인근의 단강(丹江)으로 향했다. 단강에 도착한 그들은 주변 숲에서 굵은 나무를 베어와 임주원을 통나무에 올려놓고 하류로 내려보냈다.

"형님, 뒤끝이 없도록 땅에 묻어버리는 것이 옳지 않겠습니까?"

이척경의 말이었다. 그는 강물에 떠내려가는 임주원을 못내 찜찜한 표정으로 쳐다보고 있었다.

"그게 확실하기야 하지. 하지만 자식들을 도가에 출가시키는 날인데 어찌 아비가 되어 손에 피를 묻힐 수 있겠는가. 솔직히 저 아이에게 미안한 감정도 있고."

백춘추의 말에 이척경은 고개를 끄덕였다. 상황이야 어찌됐든 그들에게 임주원은 은인이나 다름없었다. 무당도패를 들고 무당파로 간다면 그들의 자식은 별도의 절차 없이 본산 제자가 되어 상청궁으로 직행할 것이다.

"하기야 저렇게 간다고 저 아이가 다시 살아날 일도 없겠지요. 참, 혹여 다른 문제는 없을까요? 청산 도장이 무당으로 직접 오면 어떡하죠?"

"무당에 오고자 했다면 예전에 왔겠지. 청산 도장께선 아마도 자하검을 극복하지 않는 한 무당으로 복귀하지 않을 거야. 그리고 말인데……."

백춘추는 말하다 말고 이척경을 돌아봤다. 의미심장한 미소가 백춘추의 입가에 어려 있었다.

"그땐 쌀이 이미 밥이 되어버렸을 테니 청산 도장인들 무슨 방법이 있겠나."

이척경도 곧 희미하게 웃음 지었다.

"듣고 보니 일단 상청궁에 들어가는 것이 급선무이겠네요. 나중에 문제 생기면 그땐 핑곗거리를 찾으면 되는 일이고."

미소를 교환한 두 사람은 시선을 다시 강물로 돌렸다. 임주원을 태운 통나무가 강물의 어둠 저편으로 스며들고 있었다.

*   *   *

운명이란 누군가가 어떻게 조정한다고 해서 결정되지 않는다. 죽어야 한다면 그것이 객사든 자연사든 병사든 그렇게 예정된 운명의 종지부에 이르렀다는 뜻이며, 살아야 한다면 그 대상은 어떤 악운이 붙더라도, 설혹 지옥에 한 발을 올려 놓았다고 하더라도 기적처럼 회생하게 된다.

임주원이 바로 그 후자다. 이척경이 준 탕약을 마시고 수면에 들었을 당시 그는 애초의 복황삼 부작용보다 배는 더 위험한 상태에 처해 있었다. 그의 몸도 사실상 삼첩중인지로 인해 인위적인 절맥 상태였다. 이런 불완전한 몸에 강한 양기를 유발하는 복황삼 약재가 투입되었으니 그는 극심한 내기 불균형으로 수면 상태 그대로 사망지경에 이른다고 봐야 했다.

그에게 남은 시간은 고작 이틀. 생존하려면 그 안에 삶을 다시 꽃피울 인연을 찾아야 한다. 현실적으로 단강을 떠내려가는 그에게 그런 변수가 발생하기란 마땅치 않아 보인다. 바쁜 세상에 할 일 없이 강을 쳐다보고 있는 사람도 없을뿐더러, 우선 당장 그의 몸이 통나무에서 떨어져 나오기만 해도 물에 잠겨 익사해 버릴 테니 말이다.

그러나 운명론이 그렇듯 임주원의 삶은 아직 끝나지 않았다.

통나무는 하루 동안 단강을 오십 리나 떠내려갔다. 그간 급

류도 만났고, 암초와도 여러 번 부딪쳤다. 신기하다면 그런 요동에도 불구하고 임주원이 통나무에서 한 번도 굴러 떨어지지 않았다는 것이다.

다음날, 통나무는 단강을 백 리나 더 떠내려갔다. 이날따라 강 주변으로는 안개가 자욱했다. 보통 사람의 눈으로는 사물 분간이 도저히 안 되는 기후 조건이었다.

츄르륵, 츄르륵.

백발의 황의인이 강변에서 세안을 하고 있었다. 딱 벌어진 어깨와 탄탄한 근육. 백발과 노안만 아니라면 젊은 장정이라고 해도 하등 이상할 것 없는 위인이었다.

세안을 마친 황의인은 일어서서 안개가 깔려 있는 강변을 쪽 돌아봤다. 딱히 무언가를 찾는 눈은 아니었다. 자연이 주는 신성한 아름다움에 잠시간 심취하는 모습이었다.

"으음?"

황의인이 문득 눈빛을 빛냈다. 시선은 안개가 자욱한 강의 중앙 부근을 향해 있었다. 고개를 갸웃하길 잠깐. 황의인은 곧 시선 방향으로 손을 내밀고 무엇이라 중얼거렸다. 그러자 강 중앙을 흘러가고 있던 통나무가 마치 자석에 이끌린 듯 황의인의 손으로 쭉 빨려왔다.

통나무 위에는 백지장 같은 안색의 임주원이 실려 있었다. 황의인은 그런 임주원을 안아 들고 강변 옆의 초목 지대로 걸어가서 눕혔다.

맥문을 잡아본다. 코끝의 숨결을 느껴본다. 가슴의 박동을 귀로 들어본다. 시체가 아니라는 확인 과정이 끝나자 황의인은 임주원의 상의를 벗겨 단전에 손바닥을 대고는 진기를 주입하기 시작했다.

반 각… 일각… 한 식경……

황의인은 눈매를 찡그리며 진기 주입을 멈추고 다시 한 번 임주원의 몸을 살폈다. 이번엔 머리부터 발끝까지 세세히 살펴보고 있었다.

"흐음."

황의인의 손길이 임주원의 허리 뒤에서 한참 머물렀다. 얼마 후 그는 한숨 같은 숨결을 흘려내며 무언가를 심히 갈등하는 모습을 보였다.

이윽고 갈등이 끝났는지 황의인은 임주원의 전신을 이리저리 돌리며 주물러대기 시작했다. 주무를 때 황의인의 장심은 마치 불에 익은 듯 연붉은색을 띠고 있었다. 내가고수의 진기를 사용하는 추궁과혈인데, 임주원의 몸을 돌보는 황의인의 이런 과정은 이날 밤늦게까지 계속되었다.

다음날 아침.

"아함."

임주원은 늘어지게 기지개를 켜며 일어났다. 근자에 드물게 그의 안색이 아주 밝았다. 육체가 날아갈 듯 상쾌한 것이다.

"으응, 여긴?"

상쾌한 기분은 잠깐이다. 임주원은 곧 주변을 돌아보며 멍청한 표정을 지었다. 여기는 강변. 간밤에 잠이 들었던 무당산 초입이 아닌 것이다. 게다가 간밤, 황송한 대접을 해주었던 고마운 아저씨들은 간곳없고, 척 보기에 호랑이 인상의 백발노인이 그의 눈앞에 있다.

"할아버지, 여긴 어디죠? 내가 왜 여기 있어요?"

황의인이 심통스럽게 대꾸했다.

"그걸 왜 내게 물어보느냐? 안 그래도 어디서 온 놈인지 내가 오히려 묻고 싶은데."

"으응, 이상하다? 무슨 일이 있었던 거지?"

임주원은 머리를 긁적이며 지난밤을 골똘히 생각해 보았다. 예쁜 계집애, 계집애 아버지, 그들과 일행인 부자지간, 닭다리, 무당파, 청학 스승 이야기, 무당도패, 삼황보육탕, 무당도패?

무당도패에서 임주원은 눈을 번쩍 떴다. 그리고 가슴 안을 재빨리 더듬었다. 없다. 그에게 남은 유일한 물건이 없어졌다.

"할아버지, 제 무당도패 주세요. 어서요."

임주원이 황의인에게 다짜고짜 손을 내밀고 말했다.

황의인은 황당하다는 표정으로 되물었다.

"도패? 뭔 소리야? 글구 내가 왜 네 물건에 손을 대냐. 난 모른다."

"빨리 주세요. 어서요. 그건 청학 스승님이 제게 주신 거란 말이에요."

임주원은 도패를 달라고 마구 떼를 부렸다. 금방이라도 울어버릴 것 같은 표정이었다.

"허참, 물에 빠져 죽어가는 놈 구해주었더니 보따리 내놓으라고 우기네. 야, 이놈아, 모른다고 하잖아."

"으앙앙!"

임주원은 그만 바닥에 주저앉아 엉엉 울었다. 그로선 충분히 그럴 만한 일이긴 한데, 이를 접한 황의인의 입장에선 여간 갑갑하고 난감한 게 아니다. 졸지에 도둑으로 몰릴 입장이다.

황의인이 음성을 좀 부드럽게 해 물었다.

"이놈아, 잘 생각해 봐라. 강에 떠내려 오기 전에 마지막으로 본 사람이 누구냐?"

이 말에 임주원이 울음을 그쳤다.

"떠내려오다니요? 누가요? 제가요?"

"그래, 이놈아. 저걸 타고 왔다."

황의인이 손으로 강변에 있는 통나무를 가리켰다.

"아, 맞아! 삼황보육탕!"

통나무를 보던 임주원은 삼황보육탕을 마시던 순간을 떠올렸다. 그러고 보니 그것을 마셨을 당시 온몸의 힘이 쭉 빠지며 정신이 아득했었다. 보약을 건네던 아저씨들이 기억난다. 이제 생각해 보니 아무것도 없는 자신에게 베푼 그들의 대접은 충분히 의심스러운 구석이 있다.

"가야 돼! 지금!'

임주원이 벌떡 일어나 뛰어가다시피 걸어갔다. 얼마나 급했는지 황의인에게 인사도 하지 않았다.

"이거야 원."

황의인은 허탈한 웃음을 지으며 임주원을 따라갔다.

앞서 걷는 임주원. 뒤따르는 황의인. 그렇게 얼마 가지 않아 임주원이 되돌아 걸어와 물었다.

"할아버지, 여기서 무당산으로 가려면 어디로 가야 해요?'

"무당산? 음, 저기 서쪽에 보이는 산 있지? 저기를 넘어가면 있어."

"얼마만큼 걸려요? 두 시진이면 돼요?'

"허, 두 시진? 무당산까진 못 되어도 백 리는 될 것이야. 네 걸음으로는 아마 하루도 더 걸릴걸."

백 리라는 말에 임주원은 깜짝 놀랐다.

"헥! 제가 그렇게나 많이 떠내려왔어요?'

"그걸 내가 어찌 아느냐. 어디서 온 놈인지도 몰랐는데."

"하긴, 듣고 보니 그러네요."

임주원은 머리를 긁적이고는 서쪽으로 앞서 걸어갔다. 그러다가 문득 다시 되돌아와 포권을 하고 말했다.

"참, 할아버지, 고맙습니다. 하마터면 저, 물고기 밥이 될 뻔했어요. 이다음에 커서 은혜를 꼭 갚을 테니 오래오래 사세요."

말을 끝낸 임주원은 황의인의 대답은 듣지도 않고 뒤돌아 서쪽으로 바삐 걸어갔다.

그 모습을 본 황의인은 뜨악한 표정으로 잠시 서 있다가 돌연 큰 웃음을 터뜨렸다.

"으핫핫핫! 오래 살아야 은혜를 갚는다고? 이거야말로 노년의 삶을 위로하는 젊은이의 공갈이로다!"

무당산으로 돌아가고자 하는 임주원의 심정은 사실 매우 초조하고 다급했다. 그렇지 않았다면 은혜에 보답할 줄 알고 또 은인을 섬길 줄 아는 그가 그렇게 황의인을 뒤에 남겨두고 도망치듯 무당산 방면으로 향하지는 않았을 것이다.

무당도패가 없어졌고, 자신은 물에 떠내려왔다. 다시 말해 간밤, 인정 많아 보이던 아저씨들이 도패를 훔치고자 그에게 못된 술수를 부렸다는 거다. 훔쳐 간 무당도패의 사용처는 어렵지 않게 파악됐다.

"도패를 봐도 면이 없구나. 내 생각엔 도패를 준 네 스승이 무당파와는 크게 인연이 없는 듯하구나."

이척경이란 중년인이 도패를 보며 한 말이다.

"치! 거짓말! 청학 스승님이 어떤 분인데……. 나쁜 사람들… 나쁜 사람들……."

임주원의 작은 가슴에 또 하나의 진한 상흔이 새겨졌다. 어찌 보면 이전, 이화촌에서 받은 상처보다 더 심한 경우라 할 수 있었다. 고마운 대접 다음에 벌어진 무당도패 도난 사건. 이는 그가 적이 아닌 동료라고 판단한 사람들에게 당한 것이다.

자신과 비슷한 처지의 사람들이라고 해서 무조건 믿지 말라. 과도한 친절을 베푸는 사람을 견제하라. 웃음 뒤에 숨겨진 음모를 조심하라.

이런 마음이 알게 모르게 그의 가슴 깊숙이 새겨졌다. 훗날 그의 인격 형성에 적지 않은 영향을 끼칠 터이다.

아무튼 황의인에게 무당산 방향을 물어본 후로 임주원은 십 리도 넘게 줄곧 속보로 걸어갔다. 뒤도 돌아보지 않고 딴에는 열심히 걸었는데, 그렇게 이십 리에 이르자 체력의 한계가 슬슬 오는지 걷는 속도를 현저히 줄였다.

걷는 속도를 줄인 이유 중에는 다른 이유도 있었다.

"왜 이래요?"

"내가 뭘?"

"왜 자꾸 내 뒤를 졸졸 따라오냔 말이에요."

"야, 이놈아, 무당산이 네 산이야? 내가 가든 말든 네놈이 왜 참견이야."

그의 뒤를 황의인이 계속 따라오고 있었다. 중간에 요리조리 길을 바꾸어도 보았으나 그때마다 징그럽다 싶을 정도로 찰싹 달라붙어 걷고 있었다.

"쳇, 쩨쩨한 할아버지. 나중에 다 갚아준다니깐."

임주원은 입을 삐죽이며 다시 길을 재촉했다.

그 뒤를 황의인이 희미하게 미소 지으며 따라붙었다.

한 시진 정도 더 걸어가자 사위가 어둑어둑해졌다. 야간 산행은 공포심을 자극한다. 때마침 어디선가 늑대의 울음소리가 들려왔다. 임주원은 자신도 모르게 황의인 옆에 바짝 붙어 길을 걸었다.

황의인이 문득 주변을 돌아보며 중얼대듯 말했다.

"근자에 듣기로 식인호가 이 주변에 자주 출현한다던데……."

"호, 호랑이요?"

"그래, 이미 사람을 네댓 명이나 잡아먹었다고 하더구나."

"하, 하면 이제 어떡하죠?"

임주원의 겁먹은 물음에 황의인은 시큰둥히 말했다.

"뭘 어떡해? 넌 너대로 가고 난 나대로 가면 되지."

"아, 안 돼요! 그, 그러다가……."

"그러다가 뭘?"

임주원은 황의인의 허리춤을 꽉 잡고 말했다.

"할아버지 잡아먹히면 어떡해요? 그러니 저와 함께 있어요."

"뭐라? 내가 잡아먹혀?"

황의인이 멍한 표정으로 변했다. 이어 그는 뭐가 그리 재미있는지 피식피식 웃어댔다.

"후후, 그렇지. 내가 잡아먹히면 절대로 안 되지. 그랬다간 아마 강호가 난리날 거야. 암암."

"헤헤."

말뜻은 모르지만 임주원은 같이 웃었다. 보호자가 생겼으니 일단은 안심되기도 한다.

"자, 이렇게 하자꾸나."

황의인이 임주원을 돌아보며 말했다.

"일단 여기서 밤을 보내고, 그런 다음 새벽 일찍 무당산으로 가자꾸나."

"하지만 얼마 오지 못했는데."

임주원은 조금 망설였다. 오늘 많이 걸어가야 내일 어둡기 전에 도착할 수 있지 않겠는가. 이런 심정인데 그 심정은 이어지는 황의인의 말에 그만 싹 지워져 버렸다.

"뭐, 그게 싫다면 각자 길을 가든가."

"아, 아뇨. 좋아요. 내일 아침 일찍 일어나 부지런히 가면 되겠지요."

얼마 지나지 않아 노숙할 장소를 발견했다. 큰 바위와 암석이 서로 부딪쳐 형성된 일종의 동굴 같은 공간이었다. 마른 풀을 깔아 잠자리를 마련했을 때 두 사람은 서로를 멀뚱히 바라보며 입맛을 다셨다.

"없냐?"

"강물에 떠내려왔는데 당연히 없지요. 할아버지는요?"

"흐음."

시장은 한데 요기할 만한 게 없었다. 하다못해 육포 쪼가리도 없었다. 황의인이 잠깐 생각하더니 말했다.

"이렇게 하자꾸나. 요깃거리를 내가 마련해 올 테니 넌 그동안 모닥불을 피워놓도록 해라. 어때? 공평하지?"

"네, 할아버지!"

임주원은 활짝 핀 얼굴로 대답했다. 따지고 말고 할 사안이 아니다. 그로서는 쌍수를 들고 환영해야 할 처지다.

임주원이 나무를 구해와 모닥불을 한창 피우고 있을 무렵, 요깃거리를 구하고자 산속 어딘가로 갔던 황의인이 토끼 두 마리를 잡아 모닥불 앞으로 왔다.

지글지글.

토끼 고기가 모닥불에 잘 익어가고 있다.

모닥불 앞에서 고기 굽는 냄새를 맡고 있는 임주원의 얼굴도 붉게 익어가고 있다.

토끼 고기의 살이 맛있게 익어 툭툭 벌어질 때다.

임주원의 얼굴 반쪽이 하얗게 변해가기 시작했다.

"으으으으음."

괴로운 듯 신음을 줄줄 흘렸다. 잠시 후엔 모닥불 앞에 있음에도 불구하고 덜덜 떨더니 그만 눈을 까뒤집고 뒤로 넘어갔다.

탁.

황의인이 재빨리 움직여 땅에 부딪치기 직전에 임주원의 몸을 받아 안았다. 이어지는 그의 동작은 마치 준비하고 있었다는 듯 일사천리로 진행됐다. 먼저 임주원의 옷을 벗겼고, 그런 다음 단전과 백회혈에 진기를 한참 주입하고는 어제처럼 임주원의 몸을 이리저리 돌려대며 추궁과혈을 하였다.

추궁과혈은 새벽 늦게까지 계속됐다. 연일된 황의인의 이런 행위는 복황삼 약재의 부작용이 완치되지 않아서였다. 황의인이 굳이 임주원을 뒤따라 무당산을 향하는 이유도 그 때문이었다. 그가 돌봐주지 않으면 임주원의 짧은 생이 그냥 끝나 버리는 것이다.

추궁과혈이 끝났을 때, 동편에서는 해가 떠오르고 있었다. 황의인은 이마에 흐르는 땀을 소매로 닦아내고는 곧장 임주원을 들쳐 업고 일출의 반대편 무당산 방면으로 달렸다.

달릴 때 그의 발은 땅이 아닌 잔풀의 끄트머리를 미끄러지듯 밟고 있었다. 상승의 신법, 초상비의 발휘인데 그렇게 달린 지 반 시진도 안 되어 무당산 초입에 당도했다.

황의인은 깊은 수면에 빠진 임주원을 소나무 아래에 조심스레 눕혔다. 그리고 그 자신은 소나무에 등을 기대어 가만히 눈을 감았다.

"악!"

임주원은 깜짝 놀란 얼굴로 일어났다. 눈부신 태양. 해가 중천에 위치해 있었다. 오늘 안으로 무당산에 오르자면 일찍 일어나 부지런히 걸어간대도 빠듯하건만 소중한 하루를 그냥 잠으로 보내 버린 것이다.

"씨, 왜 날 안 깨웠어요? 나빠! 이제 보니 나쁜 할아버지야!"

불만의 화살이 애꿎게도 황의인에게 날아갔다. 졸다가 폭탄 맞은 것 같은 얼굴의 황의인. 그런 황의인은 잠시 후 가만히 손을 들어 산 정상을 가리켰다.

"어라, 여긴?"

임주원은 그제야 눈을 휘둥그레 떴다. 눈에 익숙한 산세. 여기는 간밤에 잠이 든 곳이 아닌 무당산인 것이다.

황의인이 말했다.

"잠보 같은 놈. 늙은이가 새벽부터 그렇게 낑낑대며 걸어왔건만 도대체 일어날 생각을 하지 않아. 아무튼 이놈아! 무당산에 왔으니 이제 어쩔 거냐?"

뭐가 어떻게 흘러갔는지는 잘 모른다. 다만 여기가 무당산이란 것과 자신을 이곳까지 업고 온 황의인에게 고마움을 전해야 한다는 사실만은 잘 알고 있다.

"임주원이 또 어르신에게 은혜를 입었습니다. 후일 어른이 되면 꼭 보답하겠습니다."

포권을 하며 말하는 임주원. 그 모습을 본 황의인이 실소했다.

"허, 고놈 참, 넉살이 대단하구나. 말끝마다 이담에 갚는다고 하니."

황의인에게 감사를 전한 임주원은 그 길로 곧장 뒤돌아 무당산 정상 방면으로 올라갔다. 황의인의 음성이 들려왔다.

"어디로 가느냐?"

"무당파요!"

바쁜 심정에 길을 걸으며 소리치는 임주원이었다. 하지만 그는 그렇게 얼마 가지 않아 뒤돌아서야 했다. 황의인이 또 따라붙고 있었다.

"무당파에 간다고 했잖아요. 왜 자꾸 따라와요?"

대답은 어제와 대동소이했다.

"이놈아, 무당파가 네 집이냐? 내가 무당파에 가든 말든 네가 왜 상관하고 그래?"

달리 반박할 말이 없다. 임주원은 입을 삐쭉인 것을 끝으로 다시 무당파를 향해 열심히 길을 걸었다.

무당파라고 해서 무당산 내에 딱히 지정된 건물이 있는 건 아니다. 복잡하긴 하지만 크게 설명하자면 삼담(三潭), 팔정(八井), 구천(九泉), 십지(十池), 삼십육암(三十六岩), 칠십이봉(七十二峰) 등, 무당산 전체가 곧 무당파의 공간이라고 할 수 있다.

실제로도 무당파 본청에 해당하는 자소궁 부근이 아닌, 칠십이봉에서 홀로 연단, 수련하는 도인들이 더 많다. 화산파가 화산에서 도가 수련하는 도인들을 전부 포함하는 말이듯 무당파 역시 그런 것이다.

무당산의 관문이라는 현악문을 지나 무당파 관내로 들어설 때만 해도 임주원은 별다른 제지를 받지 않았다. 무당산이 도가의 명소인지라 일반인에게 개방되어 있는 것이다. 하지만 그의 행보가 무당파 본청 자소궁 산문 앞에 이르자 객을 받는 일단의 도인들이 그를 막아섰다.

"어린 시주께선 어떤 일로 저희 무당파를 방문하셨는지요?"

"저는 무당파의 제자가 되고자 합니다."

임주원은 도인들의 물음에 당당하게 답했다. 자신감이 넘쳐 나는 모습이긴 한데, 이런 그를 바라보는 도인들은 적잖이 당혹한 표정이요, 은근히 짜증난 기색을 하고 있었다.

"도요식에 온 모양인데, 그렇다면 혹 시주께선 소개장이나 초대장을 소지하고 계십니까?"

이때까지만 해도 도인들의 음성은 부드러운 구석이 있었다. 임주원이 비록 상거지 꼴이긴 해도 나름의 믿는 구석이 있으니 무당파를 찾아왔으리라 생각한 것이다. 하지만 이어지는 임주원의 간단한 답변에 그들의 표정은 여지없이 구겨졌다.

"없는데요."

무당파의 제자가 되고자 하는 이들은 천하에 부지기수다. 하루에도 보통 서너 명씩은 찾아온다. 이 경우, 본산 경비에 사용하라며 뒷돈을 은밀히 내밀거나, 혹은 나름의 사연을 줄줄 읊으며 제자로 받아달라고 간청한다. 때로는 이도 저도 아닌 저자 인생들이 무조건 무당파의 제자가 되고 싶다고 우기는 경우도 있다. 각각의 사정이야 어찌 됐든 무당파는 그럴 때 매몰차게 내보낸다. 사정을 봐주다 보면 한도 끝도 없는 것이다. 임주원의 경우는 무당파가 제일 골치 아파하는 후자에 해당되었다.

"무당파는 외인을 함부로 받지 않습니다. 그러니 발길을 돌려 하산하시기 바랍니다."

엄한 말 이후 무당파 도인들은 임주원을 상대도 하기 싫다는 듯 시선을 하늘로 돌려 버리고 있었다.

"난 외인이 아니에요. 청학 스승님이 보냈단 말이에요."

그들이 시선을 돌린 사이 임주원은 동의도 구하지 않고 산문 안으로 무작정 밀고 들어갔다. 무당파 도인 중 하나가 그런 그의 상의 옷자락을 잡았다. 임주원이 들어가겠다고 소리치자 그땐 한 손으로 임주원을 허리까지 버쩍 들고는 산문에서 한참 떨어진 산길까지 걸어나와 내동댕이치듯 바닥에 놓아버렸다.

"씨, 외인 아니라니깐!"

임주원은 바닥에 떨어지자마자 벌떡 일어났다. 그런 다음 산문 안으로 또 뛰어들어 갔다. 무당파 도인의 제지가 역시 있었고, 이번엔 이전보다 산문에서 더 멀리 떨어진 곳에 내동 댕이쳐졌다.

자소궁으로 들어가려는 임주원. 이런 그를 제지하는 무당파 도인들. 이런 우스꽝스런 과정이 다섯 번도 넘게 계속됐다. 그러다가 일곱 번째에 이르러서는 무당파 도인들도 더는 못 참겠는지 성마른 표정으로 화를 벌컥 냈다.

"썩 꺼지지 못할까! 걸인 주제에 가려면 개방으로나 갈 것이지 왜 우리 무당파에 와서 난동을 부리느냐!"

그들은 화를 낸 후엔 아예 산문을 닫아버렸다.

쾅! 쾅! 쾅!

임주원은 포기하지 않았다. 그는 닫힌 산문을 줄기차게 두들겼고, 그러면서 청학 스승이 자신을 이곳에 보냈다며 고래고래 소리를 질렀다.

그의 이런 행위가 반 시진도 넘게 계속되자 닫힌 산문이 다시 열렸다. 열린 문 앞에는 이전의 도인들보다 좀 더 나이가 들어 보이는 중년 도장이 자리해 있었다. 모르긴 해도 그간 자소궁 내의 업무가 임주원의 행위에 적잖은 지장을 받았을 것이다.

중년 도장이 말했다.

"청학 스승, 청학 스승 자꾸 그러시는데, 대체 도우께서 말하는 그분이 누구이십니까?"

임주원은 머뭇거림없이 답했다.

"청학 스승님께서는 무당파 시절의 도호를 '청산'이라고 말씀하셨습니다."

중년 도장이 청산이라는 도호에 멈칫했다. 그러더니 뭔가 이상한 듯 고개를 두어 번 갸웃하고는 다시 물었다.

"그분의 속가명이 어떻게 되지요?"

"초씨 성에 함자는 '운' 자, '학' 자이십니다."

"하면, 그분이 소시주를 무당파에 보냈다는 것을 알릴 물품이 있습니까? 이를테면, 도패라든지 또는 서찰이라든지 말입니다."

증거를 제시하라는 거다. 임주원은 도패가 있던 가슴을 아쉽게 매만지며 말했다.

"이전엔 무당도패가 있었는데 지금은 없어요. 하지만 청학 스승님이 나를 무당파에 보낸 것은 분명해요. 제 말을 믿어주세요. 스승님께서 나에게 무당파로 가서 상청궁을 열라고 하셨단 말이에요."

"으음, 그러니까 상청궁을 열라고 했단 말이지?"

중년 도장이 눈살을 찌푸리며 중얼댔다. 이어지는 그의 말은 사람 좋았을 때의 부드러운 어투가 아닌, 잘못을 엄하게 다그치는 음성이었다.

"어린 시주는 어디서 주워들은 말로 요망한 욕심을 부리지 말라. 상청궁은 무당파 내부에서도 공식 인증이 없이는 들어가지 못하는 곳이다. 더 소란을 피운다면 큰 경을 칠 것이로다."

"정말이에요! 믿어주세요! 스승님이 상청궁을 열라고 하셨단 말이에요!"

"상청궁은 이미 열렸다! 그만 돌아가라!"

중년 도장이 싸늘한 음성을 남기고는 산문 안으로 들어가 버렸다. 곧 산문이 드세게 닫혔다.

"……."

임주원은 닫힌 산문 앞에 넋이 나간 채 서 있었다.

상청궁은 이미 열렸다.

그게 무슨 의미인지 안다. 어떻게 열렸는지도 안다. 그리고 어린 거지의 말을 믿어줄 만큼 세상이 인정스럽지 않다는 것도 이젠 안다.

"으아아아아앙!"

임주원은 바닥에 주저앉아 엉엉 울었다. 그의 말을 입증할 방법이 없는 지금 억울한 심정을 표현할 게 울음밖에 없었다.

그의 울음은 황혼이 질 무렵까지 계속됐다. 아이의 울음이 서러운 메아리가 되어 무당산을 떠돌았음에도 무당파는 일절 산문을 열어주지 않았다.

이제까지의 과정을 멀리서 지켜본 황의인이 보다 못해 임주원에게 걸어가 다그쳤다.

"계집도 아닌 놈이 종일토록 질질 짜는 꼴 하고는. 이놈아, 볼썽사납다! 썩 그쳐라!"

꾸짖는 말투이지만 임주원을 바라보는 황의인의 표정은 엄함보다는 측은함에 더 가까웠다.

"무당파의 박대를 서럽게 생각해선 안 된다. 그들도 나름으로는 네 사정을 충분히 봐준 것이다. 다른 놈들 같았으면 아마 오래전에 크게 혼났을 것이다."

"하지만, 하지만 내 말을 믿지 않잖아요. 청학 스승님이 분명 보냈는데⋯⋯. 흑흑흑!"

"이놈아, 청학이 누군지는 모르겠는데, 암튼 나도 네 말을 안 믿는다. 네 꼴을 한번 봐라. 그게 개방에나 갈 꼬락서니지 어찌 무당파의 말코가 될 모양새냐."

임주원이 울먹대다 말고 황의인을 휙 째려봤다.

"청학 스승님 이름을 함부로 부르지 마세요. 우리 스승님이 할아버지 같으신 줄 알아요?"

"이잉?"

황의인이 이맛살을 구겼다.

"어라, 요놈 말하는 것 봐라? 야, 이놈아. 내가 어때서? 네가 몰라서 그렇지, 나도 소싯적엔 꽤 잘나갔다. 무당파 말코들은 내 앞에서 감히 눈도 마주치지 못했다."

"흥! 누가 그 말을 믿어줄 것 같아요? 이보세요, 욕쟁이 할아버지. 할아버지 정도는요⋯ 정도는요⋯ 우리 청학 스승님에게……."

임주원은 말을 중단하고는 엉덩이를 털며 일어나 길을 걷기 시작했다.

"뭐, 내가 뭐?"

황의인이 재빨리 따라붙으며 물었다. 궁금한 모양이다.

임주원은 잠깐 뜸을 들이더니 그런 황의인의 얼굴 앞으로 주먹 하나를 쑥 내밀었다.

"한주먹거리도 안 돼요!"

눈치는 빠르다. 그 말에 이어 잽싸게 무당산을 뛰어내려가는 임주원이었다.

"내가 한주먹거리도 안 된다? 으하하하!"

황의인이 크게 웃었다. 새파란 아이에게 놀림을 당했지만 화난 표정하고는 거리가 멀었다. 그런 놀림을 무척 재미있어하는 모습이었다.

무당산에서 내려온 임주원은 곧장 서북 방면으로 걸어갔다. 내심 결정한 바가 있는지라 더는 울지 않았고, 걸음도 나름대로 힘에 넘쳤다. 문제가 없는 건 아니었다. 황의인이 또 따라붙고 있었다.

"왜 자꾸 따라와요? 혹시 나한테서 보상을 바랄 생각이라면 지금 깨끗이 포기하세요. 난 보시다시피 빈털터리라고요."

황의인은 그의 말에 가타부타 답변하지 않았다. 대신 지겹

지도 않은지 이전부터 줄곧 물어보던 말을 토시 하나 안 틀리게 또 하고 있었다.

"어디로 가는데? 목적지가 어디냐고?"

말싸움에서 결국 임주원이 졌다.

"난 청해성으로 가요."

"청해? 그 먼 곳까지는 왜?"

"청학 스승님이 그곳으로 가셨어요. 거기에 가서 스승님을 만나 다시 무당산으로 올 생각이에요. 함께 올 수 있으면 더 좋고."

"허, 그것참. 너, 청해성이 어디인 줄 알긴 하느냐? 설마 열흘 정도 걸어가면 된다고 생각하는 건 아니겠지?"

임주원은 입술을 야무지게 깨물고는 말했다.

"나도 알아요, 그곳이 얼마나 먼 곳인지. 하지만 문제없어요. 이미 한번 걸어본 길이에요. 제가 이전에 감숙에서 왔거든요."

"으응?"

황의인이 의외의 눈빛으로 임주원을 쳐다봤다. 저 나이에 감숙에서 무당산까지 혼자 걸어왔다면 보통 각오로는 어림도 없다.

"그래, 청해라고 했는데, 구체적으로 어디지? 청해는 보기보다 상당히 광활한 곳이란다."

"감숙성과 청해성이 맞닿는 '악도' 라는 곳이에요. 또 악도에 도착한 후엔 청해의 청조산장으로 간다고 하셨어요."

"응?"

청조산장이라는 말에 황의인이 문득 걸음을 멈추었다. 그
는 묘한 눈으로 임주원의 뒷모습을 바라보다가 어느 순간 씩
웃고는 다시 길을 걸었다.

삼십 리를 걸어가자 날이 저물었다. 현재의 위치가 워낙 외
진 곳이라 인가는 보이지 않았다. 임주원은 걸음을 멈추고는
황의인의 눈치를 은근히 살폈다. 그게 무슨 뜻인지 황의인은
알고 있는 모양새였다.

"요깃거리를 마련할 테니 넌 그동안 모닥불을 피워놓도록
해라."

어제와 같은 분담이 둘 사이에 행해졌다. 임주원은 마른 나
무를 구해와 불을 피웠고, 그동안 황의인은 뭘 어떻게 했는지
토끼 두 마리를 또 잡아왔다.

어제는 먹기 전에 뻗었다. 임주원도 그 사실을 알고 있다.
그래서 오늘만큼은 무슨 일이 있더라도 토끼 고기를 맛보고
잔다고 두 번, 세 번 다짐했다.

다짐은 얼마 지나지 않아 현실이 되었다. 임주원은 잘 익은
토끼 고기를 입 안 가득 씹어보는 행복을 맛볼 수 있었다.

"무당파에 입문해서 뭘 하려고? 고리타분한 도사가 되어
도덕경을 나불댈 인생은 아닌 것 같은데."

토끼 고기가 뼈만 남았을 무렵 황의인이 물었다. 임주원은

마지막 남은 뼈다귀에 붙은 살을 살살 핥아먹으며 말했다.

"도사는 저도 싫어요. 전 무공을 배우고 싶어요."

"칼질이 뭐가 좋은 일이라고 배우려 하느냐? 차라리 공부
를 해서 훌륭한 학사가 되는 것이 좋지 않겠느냐."

"학사로는 안 돼요. 전 이다음에 우리 조부님처럼 훌륭한
장군이 될 거예요. 그래서 돌아가신 어머니에게 꼭 인정을 받
을 거예요."

"장군이 되고자 무공을 배운다? 하하, 그 참 독특한 이유로
고. 그래, 네 조부가 누구이냐?"

"임자석. 임씨 성에 '자' 자, '석' 자이세요."

황의인이 눈을 반짝였다.

"임자석? 녹기장군 임자석?"

임주원은 손에 들고 있는 뼈를 바닥에 내려놓으며 되물었다.

"어? 우리 할아버지를 아세요?"

"으핫핫핫! 알다마다. 내 어찌 임자석을 잊을 수 있겠느냐.
전날 만리장성에서 한 말의 술을 내 앞에 들고 와 남아의 호
기를 한번 겨루어보자고 하던 모습이 아직도 눈에 선하거늘.
핫핫핫!"

황의인이 크게 웃었다. 임주원은 그런 황의인을 바라보다
가 문득 환한 미소를 지었다. 자신에게 큰 은혜를 베푼 은인
이다. 현재도 이유는 잘 모르지만 보호자 역할을 하고 있다.
그런 황의인이 자신의 가문과 연결되어 있다고 하니 괜히 기

분이 흐뭇해졌다.

"그러고 보니 네 얼굴에 임자석의 흔적이 남아 있구나. 그래, 네 가족사를 내게 얘기해 줄 수 있겠느냐. 나는 네가 살아온 이야기를 진정으로 듣고 싶구나."

큰 웃음 이후 황의인이 약간은 어눌한 어조로 물었다. 임자석에 관한 일은 어지간한 대륙 인생이라면 모두 알고 있다. 대역죄로 멸문된 가문. 그런 임자석의 후예가 살아 있다면 필경 애절한 사연이 있었으리라 판단한 것이다.

"그게요… 그러니까……."

임주원은 대답하기에 앞서 황의인을 또렷이 쳐다봤다. 신중해야 했다. 과거사를 풀어놓았다가 안 좋은 결과를 맞이한 적이 있었다.

그의 그런 심정을 알고 있는지 황의인이 이전과 다르게 인자한 미소를 지어 보냈다. 안심을 해도 된다는 믿음. 그런 의미가 담겨 있는 미소였다.

"제 이름은 임주원이에요. 어머니께서 주씨를 원망한다며 지어준 이름이죠. 어린 시절은 저도 잘 몰라요. 내가 기억하고 있는 것은……."

임주원은 부모님을 떠올리며 전날을 이야기하기 시작했다. 감정이 정립되지 않는 나이이기에 아픈 과거를 말할 때는 눈물을 글썽였고, 좋았던 기억을 말할 때는 밝게 미소 지었다. 미소는 잠깐이고 거의 대부분 우울한 표정이었지만.

어머니의 가족사, 무공을 배우기 위해 각 지역의 문파를 떠돌던 시절, 어머니의 실망과 병, 그로 인한 생활고 등 임주원의 이야기는 점차 이화촌 용무학관 시절로 이어지고 있었다.

황의인은 전체적으로 담담히 받아들이는 표정이었다. 어쩌면 임주원이 상처받을까 아픈 과거를 들을 때는 감정 표현을 애써 자제하고 있는지도 모른다.

그런데 임주원이 이화촌 사건에서 왕필의 아버지인 왕평을 이야기할 때는 그만 기분 좋게 웃어버리고 있었다.

"크핫핫핫! 불사조 상점이라! 과연 청조의 형제로다!"

"왕필이 아버지를 아세요?"

"아무렴, 알다마다. 죽음의 전장에서 아홉 번이나 살아 나온 들꽃의 영웅을 내가 어찌 모르랴. 으핫핫핫!"

"우아, 대단해요!"

임주원은 새삼 다른 시각으로 황의인을 바라봤다. 어지간한 과거사에 이 사람이 전부 연관되어 있었다.

황의인을 새롭게 본 느낌.

임주원의 이런 감정은 그로부터 얼마 지나지 않아 한순간에 사그라져 버렸다. 용무학관에서 청학 스승에게 태극권을 배우던 과정을 말하면서였다.

사전에 '한주먹거리도 안 된다'란 말을 들어서인지 황의인은 청학 스승에게 유독 큰 관심을 보였다. 그러다가 청학 스승이 일천 군사와 싸우는 과정을 전해 듣고는 그만 또 큰 웃음을 터뜨렸다.

"크하하! 청산이 퇴보검사가 되었다고 하더니 이제 보니 그건 강호인의 뒤통수를 치기 위한 청산의 꼼수였도다! 눈을 가리고 어검을 날린다? 이거야말로 목어검의 경지를 넘어서고 있다는 뜻이 아닌가!"

임주원이 황의인을 빤히 쳐다보며 말했다.

"청학 도장님도 아세요?"

"아무렴. 알다마다. 나와 함께 청춘 시절을 보낸 일검지기였는데 내가 어찌 그를 모를 수 있겠느냐."

"흥!"

임주원은 낮게 코웃음쳤다. 그리고는 가자미눈을 한 채 황의인을 흘겨봤다.

"엥? 그건 무슨 표정이냐?"

"순 거짓말. 어떻게 그분들을 전부 알아요? 할아버지가 무슨 약방의 감초예요?"

"야, 이놈아, 아는 것을 안다고 하지 모른다고 하랴?"

"암튼 난 이제 안 믿어요. 아마 할아버지는 용무학관의 대관주님도 안다고 할 게 틀림없어요. 대관주님 성함은 유적상이에요. 아세요?"

황의인이 곰곰이 생각해 보더니 고개를 끄덕였다. 임주원의 눈초리가 매서워 이전처럼 당차게 웃지는 못하고 있었다.

"물론 알지. 질풍대 구조 조장 유적상이가 날 얼마나 따랐는데… 내가 어찌 잊을 수 있을까."

도무지 모르는 사람이 없다. 임주원은 새파란 표정으로 고개를 돌렸다.

"안 해. 이제부터 나, 말 안 해. 순 엉터리야."

임주원의 이런 대응이 딱히 잘못된 건 아니었다. 나이를 떠나 황의인과 일면식이 없는 사람이라면 누구나 임주원 같은 심정일 것이다. 황의인도 이 사실을 알고 있는지 억울한 표정을 하면서도 말로는 임주원을 달래고 있었다.

"네 말이 맞다. 내가 어찌 그들을 다 알겠느냐. 과거사를 거론할 때 네 안색이 하도 어두워 이 늙은이가 잠시 기분을 풀어주고자 장난을 친 거다. 하니 그만 상한 마음을 풀고 이야기를 마감하자꾸나."

이건 거의 애원이다. 심하게 말하면 굴복이고. 아무튼 임주원은 그제야 고개를 돌려 황의인을 마주 봤다.

"이제 됐어요. 난 더 할 이야기가 없어요. 이건 할아버지가 싫어서가 아니니 염려 마세요."

임주원은 희미하게 미소 지으며 말을 마쳤다. 아직 할 이야기가 남아 있긴 하다. 하지만 그건 그의 가슴에 인처럼 박혀 있는 기억. 현실로 꺼낼 말이 아니다.

임주원이 다시 침울해지는 모양이자 황의인이 무언가를 눈치 채곤 화제를 급히 돌렸다.

"청산, 그러니까 너의 청학 스승이 태극권을 전수했다지?

하면 얼마나 잘 배웠는지 견식할 수 있을까? 그건 문제없겠
지?"

"헤헤, 물론이죠!"

임주원이 냉큼 일어났다. 그리고는 태극권의 초식을 황의
인의 눈앞에서 선보이기 시작했다. 그간 꾸준히 수련한 덕분
에 그의 태극권은 열세 살 수준을 훨씬 뛰어넘는 높은 경지를
보이고 있었다.

임주원의 태극권 초식이 중반부에 이를 때였다.

"좋구나!"

태극권 초식 동작을 면밀히 주시하던 황의인이 기분이 동
한 듯 자리에서 일어나 임주원의 옆에서 같은 동작을 펼쳤다.

"백학량시! 금강도추!"

놀랍게도 황의인의 연결 동작은 임주원의 눈에 청학 스승
이 펼치던 그것과 큰 차이가 없었다. 임주원이 초식 동작을
펼치는 와중에 물었다.

"할아버지도 태극권을 배웠어요?"

황의인 역시 태극권 초식 동작을 펼치며 답했다.

"아니, 배운 적 없다. 하나 권법의 투로란 결국 신체의 사
방 범위 안에서 최적의 선을 찾아내는 동작. 내가 흉내를 좀
낸다고 해서 크게 잘못될 것이야 없지."

태극권 연결 초식이 모두 끝났다. 감탄하고 있는 임주원에
게 황의인이 씩 웃으며 말했다.

"뭐, 솔직히 말하자면 소싯적에 취권 같은 건 배운 적 있다. 내 오늘 보니 그게 태극권과 별 차이가 없더구나."

아까는 흉내라고 하더니 이번엔 취권하고 비슷하단다. 무당파 도사들이 이 자리에 있었다면 아마도 사문의 비전이 유출되었다며 입에 거품을 물었을 것이다.

어느덧 자정에 이르렀다. 임주원은 현재 곤하게 자고 있었는데, 수면에 든 얼굴이 참 편해 보였다. 황의인의 노고 덕분이었다.

임주원은 태극권을 펼친 후 얼마 지나지 않아 어제처럼 극심한 열병과 한기에 시달렸다. 황의인이 그때 혼혈을 짚고 추궁과혈을 하였는데, 이런 과정들은 사실 그의 의도이기도 하였다. 내기가 불안정한 임주원의 몸을 조속히 치료코자 임주원 스스로 몸에 땀을 흘릴 기회를 준 것이었다.

황의인은 이날 잠자고 있는 임주원의 곁에 앉아 밤을 꼬박 보냈다. 잠은 자지 않았다. 임주원을 보며 무언가를 고민하고 또 갈등하고, 그렇게 힘든 시간을 줄곧 보내었다. 일출이 시작될 때 그는 동편으로 고개를 돌려 홍염 속에 시선을 깊이 파묻었다. 눈이 타올랐다. 활활 타올랐다. 인간의 도전을 용납하지 않는 태양도 이 황의인 앞에서만큼은 아무런 위력을 발휘하지 못하는 것 같았다.

황의인과 함께하는 세 번째 아침.

"아함!"

임주원은 기지개를 활짝 켜며 일어났다. 어제에 이어 오늘도 몸이 아주 개운했다. 상쾌한 기분만큼 호연지기도 무럭무럭 일어나고 있었다. 아무리 어려운 일이 닥치더라도 어려움 없이 다 해결할 수 있을 것 같았다.

주변을 대충 정리하고 임주원은 먼 여정을 떠날 차비를 하였다. 배가 고프지 않은 관계로 아침 식사는 일단 여정을 떠난 다음 틈을 봐서 할 요량이었다.

허리춤에 물 한 병을 담자 떠날 준비가 모두 끝났다. 임주원은 힘차게 서편으로 첫발을 옮겼다. 그런데 이상하게 허전한 심정이 들고 있었다. 뒤돌아보니 황의인이 그냥 가만히 앉아 있었다.

"안 가요? 난 가는데."

퀭한 시선을 보낼 뿐 아무런 반응이 없는 황의인이었다. 임주원은 그 모습을 보자 왜인지 모르게 가슴이 쿵 하며 떨어졌다. 세 걸음을 연속해 걷고 다시 뒤돌아보았다. 황의인은 여전히 그 모습 그대로 앉아 있었다. 임주원은 눈물을 글썽이고는 뒤돌아섰다. 정이야 들었지만 황의인은 어차피 헤어질 남이다.

'임주원, 넌 혼자야. 누구에게 기대려고 하는 약한 생각은 버려. 넌 그래선 안 돼. 넌 홀로 강해져야 돼. 그게 네 인생

이야.'

임주원은 그렇게 위안하며 길을 걸었다. 그렇게 십 보 정도 걸어갔을 때였다. 그의 귀로 황의인의 음성이 들려왔다.

"넌 갈 수 없다. 정확히 말한다면 그곳에 갈 수는 있더라도 그땐 병신이 되고 말 것이다."

"왜요?"

임주원은 돌아서서 황의인을 의아한 표정으로 바라봤다. 황의인의 말을 이해할 수가 없었다. 무슨 말인지도 잘 몰랐다.

"이리 와라. 와서 우리 사내답게 탁 터놓고 이야기하자."

임주원이 다가와 서자 황의인이 무겁게 말을 이었다.

"넌 사실 예전에 죽었어야 할 몸이다. 지금은 또 죽는 것과 다름없는 병신이 되어가고 있다. 내가 나름의 조치를 하긴 했지만 그건 너의 그런 과정을 잠시 동안 막아놓고 있는 것에 지나지 않는다. 내 말을 믿겠느냐?"

무슨 뜻인지 설명하지 않고 그냥 믿겠느냐란 말로 마감했다. 임주원은 이때 홀린 듯 고개를 끄덕였다. 이건 말로써 건네는 물음이기에 앞서 황의인이 눈빛으로 건네는 말이었다. 그는 황의인의 눈빛에서 진실을 보았다.

"네 몸은 원래 삼첩중인지로 금제되어 있었다. 삼첩중인지란 말을 들어보았느냐?"

언제인가 청학 스승이 그런 말을 그에게 했었다. 그래서 임주원도 어느 정도 알고 있는 사실이었다.

"그러나 문제는 그게 아니다. 삼첩중인지뿐이었다면 내가 어찌 너를 치유하지 못할까. 너는 내게 말하길, 무당파에 들어가기 전날 두 사람에게 청산의 도패를 도난당했다고 했다. 짐작하기에 그들이 아마도 너에게 못된 약을 사용했을 것이다."

"약?"

"그래. 극히 위험한 약재인데, 특히 삼첩중인지에 금제된 네 몸에는 치명적인 독이나 다름없다. 만약 청산이 너에게 태극권을 가르칠 때 정순한 진기를 전수하지 않았다면 너는 내가 손을 써보기도 전에 이미 시체가 되어 있었을 것이다."

청산이 진기를 전수했다는 말은 임주원에게 금시초문이었다. 다만 그가 기억하기로 태극권을 수련할 때 청학 도장이 틈틈이 그의 전신을 정성스럽게 주물러 준 것은 맞다.

"청산에 이어 내가 추궁과혈로 너의 기맥과 혈맥을 타고 흐르는 약 성분, 이제는 독이 되어버린 나쁜 기운을 몰아냈다. 하나 말했듯 그건 불완전한 치유이다. 네 몸을 장악했던 독은 현재 너의 신주혈, 영대혈, 명문혈, 즉 삼첩중인지로 금제된 혈도에 몰려 있다. 나는 그것을 건드릴 수 없다. 외부에서 건드린다면 그 즉시 기맥과 혈맥이 터져 버릴 것이다."

"하면 전 이제 어찌 되나요?"

임주원은 눈물을 글썽이며 물었다.

황의인이 일어나서 임주원의 앞으로 걸어와 섰다.

"조속한 시기에 조치를 하지 않는다면 그 세 곳의 혈도가 굳는다. 다시 말해, 평생 허리를 굽히지 못하는 병신이 된다는 말이다. 때문에 넌 청해성으로 가서는 안 된다."

이제 이해가 된다. 한편으로 또 찾아오는 인생의 악재에 임주원은 어린 가슴이 견뎌내기 힘들 만큼 쓰라렸다.

"선택해라, 임주원. 기회는 한 번뿐이다."

선택이라고 말했다. 임주원은 절망에서 깨어나 황의인을 올려다보았다. 장난이 아니다. 황의인은 그에게 희망의 끈을 던져 주고 있는 것이다.

"제가 어찌해야 하나요? 가르침을 내려주십시오."

임주원은 정중히 무릎을 꿇었다. 그래야 할 것 같았다.

"네게는 두 가지 길이 있다. 첫째는 나와 함께 천하제일의 가인 산서의 약왕가로 가는 것이다. 약왕가가 비록 배타성이 강해 외인을 치료하지 않는다고 하여도, 내가 너를 데리고 갔거늘 감히 그들이 어찌 너를 치료하지 않을 수 있을까. 아마 너는 약왕가에서 일 년만 보내면 병을 완치할 수 있을 것이다. 다만, 그 경우 너는 병졸의 으뜸은 될 수 있을지언정 원래 원했던 장군의 꿈은 포기해야 한다."

"두 번째는 어떤 길입니까?"

"둘째는 지금 나와 함께 무산(巫山) 백연곡으로 가는 것이다. 그곳에 가서 내가 일러주는 심결을 기억해 이천 일 동안 연공한다면 그땐 네 스스로 금제된 기맥의 독기를 몰아낼 수 있을 것이다. 이 경우 나는 너에게 어떤 도움도 주지 않는다. 아니, 도움을 줄 수도 없다. 그 길은 어디까지나 네가 싸워서 극복해 내야 한다. 만약 네가 고된 과정을 이겨낼 수만 있다면 그땐 네가 그렇게나 원하는 훌륭한 장군이 될 수 있을지도 모른다. 어쩌면 그 이상이 될지도."

인생에서 중요한 갈림길을 만났지만 임주원의 고민은 오래 걸리지 않았다. 그는 정기 가득한 눈으로 황의인을 올려다보며 답했다.

"노력을 다해 겨우 병졸의 으뜸이 될 인생이라면 차라리 지금 죽는 길을 택하겠습니다. 저 임주원은 후자의 길을 원합니다."

"다시 말하지만 그 길은 고독과의 투쟁이며 처절한 고행과의 싸움이다. 수련이 너무 고되어 결실을 맺기도 전에 생을 마치게 될 수도 있다. 그래도 하겠느냐?"

"약속하겠습니다. 어떤 고난이 있더라도 반드시 이겨내겠습니다. 고난을 극복하지 못한다면 이천 일이 아닌 이백 년이 흘러도 그곳을 나오지 않겠습니다."

"좋다. 네 말을 믿겠다. 하면 내 손을 잡아라."

임주원은 일어나 황의인의 손을 잡았다. 잡긴 했지만 왜 손을 잡아야 하는지는 모른다.

"무산은 멀다. 네 걸음으로는 아마 보름도 넘게 걸릴 것이로다."

이 말 역시 뜻이 모호한데, 그 의미를 생각해 볼 겨를도 없이 임주원은 정신을 잃었다. 손을 맞잡는 순간 황의인이 그의 혼혈을 짚은 것이다.

휘익! 휘익!

황의인은 혼절한 임주원을 가슴에 안고 천리마처럼 내달렸다. 주위 사물이 획획 지나간다. 달릴수록 더욱 가속된 황의인의 신법은 어느 순간부터 허공을 갈랐다. 초상비 수준을 뛰어넘는 허공답보의 신법. 전설에나 등장할 법한 육지비행술이었다.

임주원을 안고 이틀 동안 내달린 황의인은 무산 십이봉으로 유명한 무협(巫峽)의 어느 절벽 정상에서 경신을 멈추었다. 그의 발아래로는 절벽 바닥이 까마득히 보이고 있었다. 황의인은 아무런 주저 없이 훌쩍 뛰어내렸다.

착지 이후 황의인은 익숙한 걸음걸이로 협곡 안으로 걸어갔다. 까마득한 암벽이 양편으로 갈라져 있는 돌밭 지대, 조그만 내를 감싸고 있는 울창한 숲, 잔풀이 넓게 깔린 푸른 평지 등 협곡 안은 위에서 보는 것과 달리 꽤나 광대하고 또 다채로웠다.

푸른 평지 중앙에는 아담한 통나무집이 있었다. 황의인은 그곳으로 향했고, 당도한 다음에는 사연이 무척 많은 곳인지 주변을 돌며 문득문득 회상에 잠기곤 했다.

나무집 주변을 한 바퀴 돌고 난 황의인은 그 안으로 들어가 임주원을 침상에 조심스레 눕혔다. 침상 옆의 원형 탁자에는 신랑, 신부로 보이는 작은 목인형 두 개가 놓여 있었다. 그는 목인형을 아련한 눈으로 잠시 바라보고는 탁자 위에 백지를 펼쳐 놓고 무언가를 쓰기 시작했다.

　　장문 작성이 끝나자 황의인은 임주원을 진하게 한 번 주시하고는 나무집을 나갔다. 탁자 위에 있던 목인형은 그의 손에 들려 있었다.

　　황의인과 함께한 네 번째 아침.

　　"으음."

　　임주원은 눈을 떴다. 눈에 보이는 낯선 목조. 사물의 낯설음은 그에게 공간과 시간대의 혼란을 불러왔다. 그는 여기가 어디인지, 또 자신이 얼마나 깊은 잠을 잤는지 알 수 없었다.

　　"내 손을 잡아라."

　　황의인의 음성이 문득 뇌리를 스쳤다. 음성에 뒤이어 혼절하기 전의 과정이 새록새록 기억난다. 그는 침상에서 일어나 실내를 돌아봤다. 탁자가 있다. 탁자 위에는 또 빼곡한 글이 쓰여진 종이 한 장이 놓여 있다. 그는 탁자로 걸어가 종이에 쓰인 글을 읽었다.

여기는 백연곡(白戀谷)이다. 젊은 시절, 못난 나를 위해 자신의 삶을 희생한 여인이 마지막 밤을 보낸 곳이다. 출구는 없다. 인간들의 발자취가 싫어 내가 다 막아놓았다. 굳이 나가고자 한다면 백연곡 절벽으로 올라가야 한다.

노부와 약속했듯 너는 여기서 이천 일을 홀로 보내야 한다. 그동안 너는 무명심법, 무명검법, 그리고 종합박투술 무명이십사루를 수련한다. 게으름은 용납되지 않는다. 나는 일 년에 한 번 올 것이고, 한 번 올 때마다 백 일을 머물며 네 성취를 확인할 것이다. 사실 무명심법을 일단 수련하면 게으름을 피우려고 해도 네 몸이 그렇게 쉴 수 없게 된다. 그게 무슨 뜻인지는 후일 자연히 알게 될 것이다.

이번이 그 첫해의 첫날이다. 나는 백 일 동안 여기에 머물며 너에게 무명심법과 무명루를 가르칠 것이다. 무명검법은 훗날 네 무명루의 공부를 보아가며 전수를 결정하겠다.

혹여 기연이라고 기대하지 마라. 다정한 수련은 더더욱 기대하지 마라. 나는 실전이든 수련이든 그것이 전장의 삶과 연관됐다고 판단하면 절대로 인정이 없다. 그리고 아마 곧 알게 될 것이다. 일 년 중 백 일이 나머지 이백육십오 일을 모두 합친 날보다 더 고통스럽다는 것을.

참고로, 너와 나를 사제지간이라 생각해선 안 된다. 나는 네가 원하는 대단한 무인도 아니며, 또한 전날에 지은 죄가 워낙 커서 따로 후인을 둘 입장도 못 된다. 하니 너도 그렇게 알고 있어라. 우리는 아무 사이도 아니다. 그저 약간의 연으로 맺어진 조손 사이일 뿐이다.

생필품을 구입해 오후에 다시 백연곡으로 오겠다.

잊지 마라.

너의 운명은 이제 나에게 맡겨졌다는 것을.

무명자.

임주원은 글을 보고 난 후 나무집 밖으로 나왔다. 제일 먼저 본 건 협곡의 양옆으로 까마득하게 솟아오른 절벽이었다. 저기에서 대체 어떻게 내려왔을까? 다른 점은 제쳐 두더라도 당장 그 의문부터 풀리지 않고 있었다.

이 의문은 황의인의 숨겨진 무공 능력과 연결되리라.

황의인 무명자는 이렇게 주장했다.

기연이 아니다. 다정한 수련은 기대하지 마라. 우리는 사제지간이 아니다.

그러나 임주원은 그럴 수 없었다. 그는 나무집을 향해 공손히 무릎을 꿇고 절을 올렸다. 청학 도장과의 연이 끊겨 버린 현재 그에게 남은 유일한 끈은 바로 황의인이었다.

일배를 올릴 때 그는 이렇게 말했고,

"저 역시 기연이라고 생각하지 않습니다. 이것은 저에겐 기연보다 백배 더 소중한 생명줄입니다."

이 배를 올릴 때는 또 이렇게 말했다.

"다정한 수련은 저 역시 기대하지 않습니다. 장군의 꿈만 이룰 수 있다면 저는 인간이 아닌 개돼지처럼 굴러도 행복할 것입니다."

그리고 마지막 구배를 올릴 때는 이렇게 말했다.

"사제지간이 아니라고 말씀하셨지만 저는 그럴 수 없습니다. 보잘것없는 저에게 은혜를 베푸신 소중한 분이십니다. 어르신께서 명성이 있든 없든 저 임주원은 어르신을 항상 사부님으로 기억하고 또 존경할 것입니다."

구배를 올린 다음 임주원은 일어나지 않았다.

그는 엎드린 채 오랫동안 흐느꼈다.

회한? 아니다.

감격? 아니다.

이 흐느낌은 이전의 여린 삶을 버린다는 각오이다.

또한 새 삶을 위해 영혼까지 불태운다는 각오이다.

임주원과 무명자의 무인지연(武人之緣).

바로 이날이 사국쟁패의 시작점, 천무(天武) 원년이다.

第九章
사국쟁패의 서막

사국쟁패의 서막

　　천무 오년.

　　이화촌 사태가 발생한 지도 어느덧 오 년이 지났다. 그간 강호무림은 동서대전 이래 최고의 격변기를 맞이했다.

　　청조가 대륙의 서북부에서 반명(反明)의 깃발을 들어 올릴 당시만 해도 기세는 비록 대단하지만 그 운명을 그다지 길게 보는 전략가는 없었다. 청조의 무력은 감숙과 청해를 위주로 일어난 지역의 반란 세력 정도에 지나지 않았다. 당장 동원할 수 있는 병력만 해도 소명부는 오십만이 넘었는 데 반해 청조는 기껏해야 십만이었다.

　　그렇다고 개인 무력에서 청조가 앞선 것도 아니었다. 따지고 들자면 방대한 대륙에 흩어져 있어 집결이 어려울 뿐 청조보다 소명부에 무림고수가 월등히 많았다. 전쟁 무기 또한 청조는 소명부에 비교가 안 되었다. 쉽게 표현해 청조가 화살한 발을 쏘면 소명부는 화살 백 발을 날릴 수 있었다. 자금력에서도 비교가 안 되는 것은 마찬가지였다.

청조 진압 병력 집결 기간 오 개월. 소명부 입장에서 변수만 없다면 그 정도 시일만으로도 충분히 청조를 진압할 수 있었다.

소명부가 염려하는 변수는 강호의 동향이었다. 즉, 남무제의 아성을 짓밟는 행위를 강호인들이 그대로 두고 보고 있겠느냐는 것이었다. 때문에 그들은 청조 진압에 앞서 강호무림의 일에 적극적으로 개입해 무림인들을 단속했고, 한편으로 엄청난 재물을 뿌리며 무림방파를 다독였다.

결과적으로 소명부의 이런 시도는 허무한 노력이 되고 말았다. 강호무림인들이 청조의 손을 들어준 때문이 아니었다. 소명부가 청조와 치열한 지역전을 하고 있던 사이에 대륙의 남반부에서 청조의 위협에 못지않은 두 단체가 척명(斥明)을 부르짖으며 홀로서기 선언을 해버린 것이다.

이른바, 진련(眞聯)과 초련(楚聯)으로 일컬어지는 이런의 난(亂)이었다.

초련보다 진련이 먼저 일어났다.

진련의 발원지는 무창의 사마세가. 사마세가의 당대 가주

사마중환은 강남 동남부의 무인들을 규합하는 자리에서 이렇게 선언하였다.

　명의 폭정에 맞서 청조가 궐기했다고 하나, 우리 강남의 형제들은 그들을 더는 신뢰할 수 없다. 그들을 믿다가 자칫 우리는 또 전날처럼 대륙의 산천에 선혈만 남긴 채 참제국의 꿈을 꺾어야 할 수도 있다. 청조는 흘러간 물이다. 새 술은 새 포대에 담아야 한다. 강남의 의로운 형제들이여, 한마음으로 결집해 진련의 깃발을 들어 올리자. 그리하여 이 땅에 세세손손 자랑스러운 참제국을 건설하자!

　진련이 척명반청을 선언한 지 얼마 되지 않아 이번엔 호남성 장사(長沙)에서 강남 서남부의 무인들을 규합한 초련이 발족됐다. 초대 초련주에는 전날 장제로 무림에 명성을 떨친 무림삼로 황엽충의 장남 황가륵이 올랐다. 황가륵은 초련을 발족시키며 이런 뜻을 분명히 밝혔다.

　명은 부패한 집단이요, 청은 배신의 무리다. 또한 진은 이도 저도 못 되는 졸렬한 무력 도당이다. 그러므로 대륙의 새로운 깃발은 명도, 청조도, 진련도 아닌 우리 초련이 세우게 될 것이다. 의로운 형제! 새 역사를 창조하고픈 형제! 가슴이 뜨거운 형제! 그런 형제들은 초련으로 결집하라! 초련은 형제들을 절대로 실망케 하지 않을 것이다!

　진련과 초련은 발족하자마자 강남 일대를 일거에 장악해 버렸다. 대명부와 소명부가 두 눈 시퍼렇게 뜨고 있음에도 이렇게 강남이 그들의 수중에 손쉽게 떨어진 이유는 그들이 독자의 깃발을 세워 올리고자 오랜 세월 칼을 갈아온 때문이었다. 다시 말해, 남무제의 청무조 시절과 소명부의 무림 탄압 정책 속에서도 휘하 단체를 점조직해 버티며 훗날의 준비를 튼튼히 해왔다는 것이다.

　이런 이련의 발족은 소명부의 청조 진압을 차후로 돌려 버리는 정책을 양산했다. 청조 진압에 주력하다가는 자칫 강남의 패권을 완전히 빼앗겨 버릴 수도 있는 것이다. 특히 이런 중에서 진련의 존재는 소명부, 아니, 명나라에 심각한 위협이 되고 있었다.

　진련의 본거지는 무창을 중심으로 하는 대륙의 동남부. 이는 북경의 턱밑에 반역의 무장 단체가 있는 것이나 마찬가지였다.

　소명부의 반역도당 진압 정책이 청조에서 진련으로 급선회했다. 청조 진압에 나선 병력을 무창으로 회군시킨 것은 물론이요, 만리장성 부근에 포진한 일부 북방 병력까지 남진시켜 진련 진압에 나섰다.

　그리하여 그해 칠월, 무창 인근의 장강을 일차 전선으로 소명부와 진련이 일대 격전을 벌였다. 초반은 백중세였으나 전선의 양상은 한 달을 기점으로 급격히 소명부 쪽으로 승산이 기울었다.

깃발을 세워 올릴 자신이 없었다면 애초에 진련을 발족하지 않았다. 장강 전투에서 진련이 한 달 만에 밀린 이유는 진련 수뇌부의 착오, 전략상의 오산이 있었던 때문이다.

원래의 전략에 따르면 장강 전투를 즈음해서 청조와 초련이 군사를 크게 일으켜 명나라를 동시다발적으로 공격해야 했다. 그러면 명나라는 전선이 분산되어 무창 전투에 집중할 수 없을 테고, 그때 진련은 상황을 봐서 북경까지 단숨에 치고 올라간다는 전략을 짜놓고 있었다.

그런데 이 전략이 먹혀들지 않았다. 장강 전투가 발발하자 청조는 청해성으로 철군하여 강남 상황을 조용히 관망했다. 뜻은 분명했다. 소명부와 진련이 전쟁을 하는 동안 청조의 세력을 정비하고 또 병력을 확충하겠다는 것이었다.

초련은 청조보다 좀 더 적극적인 전략을 구사했다. 진련 입장에선 배신과도 같은 전술이었다. 장강 전투가 한창일 때 뜻밖에도 초련이 진련의 서부 경계선으로 공격해 들어왔다. 따지고 보면 장강 전투에서 진련이 크게 밀린 이유도 그것에 기인되어 있었다. 전선의 분산. 애초에 짜놓은 명나라의 전장 상황이 도리어 진련에 돌아와 버린 꼴이었다.

여기에는 초련과 소명부의 은밀한 협약이 있었다. 즉, 강서 지배권을 인정해 줄 테니 진련을 함께 공격하자는 소명부의 요청을 초련이 받아들인 것이다. 한편으로 초련이 그 조건을 어렵지 않게 받아들인 이면에는 무창의 사마세가와 호남 황씨 가문의 배타적 관계, '너부터 우선 말살하고 말겠다' 라는 숙적 처단의 사심이 수반되어 있었다.

초련의 동쪽 공격, 소명부의 북쪽 공격, 청조의 방관. 이러한 연이은 악재에 진련은 패전을 거듭하였고, 장강 전투 두 달 무렵 끝내 무창을 함락당해 버렸다.

진련은 분루를 쏟아내며 남으로 남으로 계속 퇴각했다. 퇴각 과정에서 초련과 소명부의 끈질긴 공격이 있었음은 물론이다. 결국 진련은 삼십 년 동안 준비해 온 조직을 몽땅 날려버리고 절강 이남까지 내몰렸다.

재기는 쉽지 않았다. 조직도 없고 자금도 없다. 거기에다 대륙에 새로운 깃발을 세워 올린다는 의기마저 꺾여 버렸다. 무엇보다 심각한 문제는 권토중래할 인물이 사마세가에 없다는 것이었다.

사마중환을 위시해 사마세가의 핵심 인물들이 이 전쟁에서 전부 죽거나 병신이 되어버렸다. 사마의 성으로 온전히 살아남은 사람은 고작 스물도 되지 않았다. 그 안에 재기의 칼을 갈 만한 인물은 없어 보였다. 그들은 사마세가 안에서 거의 잡부처럼 살아온 위인들이었다. 그들이 살아남은 이유이기도 했다.

사마세가의 전대 가주 무림삼로 사마양은 이 현실에 절망했다. 팔순의 나이가 무색하던 전날의 패기 어린 모습은 더는 찾아볼 수 없었다. 동서대전에서 패전할 때도, 소명부의 탄압을 받을 때도 그는 이렇게 좌절하지 않았다.

십이분광 사마양.

빛을 열두 조각 낸다는 당대제일의 쾌검사는 이제 역사 속으로 사라진 것이나 다름없었다. 그는 절강에 온 후로 하루하루를 술로 보내며 죽을 날만을 기다리는, 말 그대로의 노인이 되어버렸다.

그러나 늪에서도 꽃은 피어나는 법이다.

사마양이 쓸모없다고 생각한 스무 명 안에 훗날의 천하를 사 등분하는 영웅이 있었다. 너무나 가까이 있어 그 영웅의 뛰어남을 모르고 있는 것이다.

"에잉, 쓸모없는 것들! 꼴도 보기 싫다! 모두 나가라!"

사마양은 노안을 찌푸리며 소리쳤다. 그의 앞에는 사마세가의 검사들이 일렬 검진을 형성하고 있었다. 혹여 쓸 만한 놈들이 있을까 사마가의 검사들을 모두 집합시켜 검술 수련을 시켜본 것이었다. 결과는 대실망이었다. 분광검의 초식을 발휘하기는커녕 쾌검을 든 자세가 제대로 나오는 놈도 보이지 않았다.

"어이 할꼬. 진정 어이 할꼬. 오백 년 사마세가의 역사를 내가 말아먹는구나. 크으윽!"

사마양은 비탄한 음성을 토하며 술병을 들었다. 술병을 입에 문 채 술의 절반을 단숨에 비워 버린 그는 회한에 찬 눈물을 뚝뚝 흘려냈다.

"그래, 그때 동서대전에서 나도 죽었어야 했어. 무슨 미련이 남아 있다고 굴복의 삶을 살았을까. 우어! 우어!"

사마양이 목 놓아 울자 사마세가 검사들이 눈치를 보며 자리를 피했다.

일찍이 전대의 무불련주는 사마양을 두고 이런 말을 하였다.

"양의 마음은 얼음보다 더 차갑고 양의 검은 독사의 독보다도 더 무섭다. 양은……."

이제 그런 존재는 없었다. 세월에 굴복하고 세상사에 지쳐 버린 백발 노인만 남아 있었다.

"할아버지."

비통에 잠긴 사마양의 등 뒤로 소반을 든 백의여인이 걸어왔다. 햇살 같은 미모, 늘씬한 체형. 사마중환의 직계 중 유일하게 살아남은 딸 사마검혜였다.

소반 위에는 정성스레 마련된 꿀물이 놓여 있었다. 연일 폭음을 하는 사마양의 건강을 염려했음이다.

"허, 우리 혜아가 왔구나. 녀석, 이제 시집을 가도 충분하겠구나. 허허허."

사마양이 그녀를 돌아보며 허한 웃음을 지었다. 눈물이 흐
르는 그의 노안에는 정이 듬뿍 담겨 있었다. 사마검혜는 그가
사마세가에서 유일하게 정으로 대하는 가솔이었다.

"술이 과하셨습니다. 오늘은 그만 하시지요."

그녀가 꿀물을 내밀며 말했다.

사마양은 꿀물을 들이켜기는 했지만 술병을 손에서 놓지
는 않았다.

"녀석아, 염려 마라. 내가 누구냐? 십이분광 사마양이 아니
더냐. 이깟 일로 상심한다면 오래전에 혀를 물고 죽었을 것이
다. 걱정 말고 기다려라. 조만간 주씨와 황씨, 그리고 청조를
이 대륙에서 쓸어버릴 것이다."

의욕에 찬 말이긴 한데, 그 말을 한 사마양의 표정과 음성
은 영 그렇지가 못했다. 오히려 패자의 쓸쓸함만 더하고 있었
다.

"하, 할아버지."

사마검혜의 눈에서 이슬이 반짝였다. 가솔이 거의 몰살당
한 후로 그녀는 사마양의 수족을 줄곧 돌봐주고 있었다. 그래
서 사마양이 현재 얼마나 큰 실의에 빠져 있는지 누구보다 더
잘 알고 있었다.

"허허허, 허허허."

사마양은 그 말 이후 허탈한 웃음을 흘리며 숙소로 걸어

갔다.

그런 조부의 무거운 걸음을 그녀는 뒤에서 오랫동안 지켜봤다. 조부가 시야에서 사라지자 그녀는 좀 전 사마세가의 검수들이 자리했던 곳으로 걸어가 그곳 바닥에 놓여 있는 검을 들었다. 검을 든 그녀는 깊은 생각에 잠겼고, 그러다가 문득 하늘을 올려다보며 착잡한 한숨을 흘려냈다.

이날 오후, 진련의 비상 회합이 있었다. 진련의 핵심 인물들이 사마양의 집무실로 속속들이 들이닥쳤고, 그들은 그곳에서 전에 없이 강성한 어조로 대책을 빨리 세워놓으라고 사마양을 압박했다. 장강 전투에서 그들도 희생이 막심했다. 이해를 할 만한 일이긴 해도 어쨌든 이전 같으면 상상 못할 일이었다.

사마양은 이들의 주장에 아무런 반박을 못했다. 비단 반박만 못한 것이 아니라 진련 형제들의 희생에 큰 사죄를 한다며 연신 고개를 굽실거렸다.

이날의 회합에서 진련의 십이연맹주는 조만간 사마세가에서 뚜렷한 대안을 마련하지 않으면 진련을 공식적으로 탈퇴하겠다고 선언했다.

십이연맹주가 모두 떠난 후 사마양은 폭음을 하며 통곡했다. 대안이 없었다. 십이연맹주도 대안이 없다는 건 알고 있었다. 그들이 강요한 대안은 다름 아닌 항서를 들고 장사의 초련을 찾아가란 말이었다. 황가에게 굴복. 그건 곧 사마양에게 죽음보다 더한 치욕이었다.

"으흑흑흑! 질긴 삶이 이토록 원망스러울 줄이야. 그래, 그때 죽었어야 했어, 그때."

사마양은 이날 밤이 새도록 통곡했다. 진련의 남은 생명을 구하자면 황가에게 굴복할 수밖에 없었다.

비분강개하는 사마양.

이런 사마양을 남몰래 지켜보는 눈이 있었다.

사마검혜였다.

그녀도 이 밤, 사마양과 더불어 눈물이 마르지 않았다.

사마양은 다음날 오후 늦게 일어났다. 일어났을 때 전날과 다르게 숙소가 아주 생소하게 느껴지고 있었다. 방 구조와 집기는 그대로인데 그의 앞에 있는 사람이 달랐다. 전날 같으면 사마검혜가 꿀물을 들고 서 있었건만, 오늘은 낯선 젊은 남자가 그의 침상 앞에 무릎을 꿇고 있었다.

"누구지?"

사마양은 젊은이를 주목했다. 사마세가에 저런 인물이 있는가 하고 생각하고 있을 때 젊은이가 고개를 들고 말했다.

"소손 사마검이 진련의 태상이시자 사마세가의 신화이신 노가주님에게 문안 인사를 드립니다."

"으응?"

사마양은 젊은이를 바라보는 눈매를 찌푸렸다. 누군지 이제야 파악이 된 것이다. 젊은이는 사마양이 애지중지하던 손녀딸 사마검혜였다.

"검혜야, 이게 무슨 불민한 경우이냐. 당장 남장을 벗지 못할까."

사마양의 말에 사마검은 단호한 표정으로 일어섰다.

"사마검혜는 어제로 죽었습니다. 오늘부터는 소손 사마검이 조부님을 지켜 드릴 것입니다."

여리긴 하지만 완연한 남자 음성. 음성 변조가 가능한 무공을 익힌 모양이다. 사마양은 어이없는 이 현실에 고개를 크게 저었다. 손녀가 왜 저렇게 나오는지 이유를 모르는 것은 아니었다. 하지만 아무리 그래도 이건 아니었다. 그런다고 달라질 현실은 없었다.

"소손을 믿지 못하시는군요."

사마검의 말. 무엇을 믿으라는 것인지 처음엔 그 뜻을 사마양은 알지 못했다. 그러다가 무심코 침상에서 일어나려고 할 때 문득 알았다. 아니, 느꼈다.

'잡, 잡혔다! 활동 공간이!'

움직일 수 없다.

한 발만 움직인다면 그대로 목이 날아간다.

놀랍게도 상승의 쾌검수들이 상대와 대적하기 전 공간을 먼저 장악하는 납검(拉劍)을 사마검이 발휘하고 있었다.

사마양은 의아스러우면서도 한편 검사의 본능으로 상황을 면밀히 살폈다.

가느다란 손.

사마검의 손이 허리에 걸린 검을 잡고 있었다. 그러니까 공간 제압은 바로 거기에서 시작된 것이었다.

"어찌 네가?"

사마양은 적잖이 흥분된 음성으로 물었다. 아무리 술에 취해 깨어났고 또 최근 기력이 쇠했다고는 하나, 그는 한때 강호제일의 쾌검사였다. 그런 그의 활동 공간을 제압한다는 것은 역대 사마세가의 검사들을 통틀어도 손가락에 꼽을 일이었다.

"아직도 믿지 못하시겠습니까?"

사마검이 물었다. 손은 여전히 검을 잡고 있었다.

"믿는다. 하나 네가 그런다고 무엇이 달라지겠느냐?"

사마양이 그렇게 되물었을 때다.

스각!

사마검이 검을 와락 뽑아내고는 수평으로 베었다. 그뿐이었다. 검은 다시 검집으로 돌아갔고, 그는 이전처럼 검을 잡은 자세로 서 있었다.

"아아아아!"

사마양은 밀려드는 감격에 몸을 부들부들 떨었다. 남들이 보면 그냥 쾌검 발휘라고 하겠지만 그에겐 아니었다. 사마검

의 일검. 그는 그것을 보았고, 또 그 순간 백 마디 말하는 것
보다 더 큰 의미를 깨달았다.

십이분광!

그의 눈앞에서 검광이 열두 조각 났다. 사마양의 전성기 신
화가 스무 살 손녀에게서 재현되어 나온 것이었다.

사마검이 다시 무릎을 꿇었다. 그리고 정기가 넘치는 눈으
로 사마양을 올려다보며 말했다.

"소손 사마검, 조부님 앞에서 피로써 맹세합니다. 반드시
명나라와 초련, 그리고 청조를 진압하여 이 대륙에 진국의 깃
발을 세워 올리겠습니다."

스윽!

말 이후 사마검이 왼손 약지를 서슴없이 베어냈다.

"아아!"

사마양은 예상하지 못한 새 운명에 눈물을 줄줄 흘려냈다.
이 눈물은 감격이며 흥분이다. 진련에 다시 희망이 보이고 있
었다.

사마중환의 죽음으로 공석이던 진련의 총수 자리에 사마
검이 전격적으로 올랐다. 사마검은 이제까지 진련에서 전혀
알려지지 않은 인물이었다. 십이연맹주가 이를 문제 삼고 강
력히 반발했는데, 진련의 실질적 총수라 할 수 있는 사마양이
한 치의 물러섬도 없이 사마검의 총수 인준을 밀어붙였다. 이

때의 사마양은 전날 십이연맹주에게 고개를 굽실대던 그 비루한 늙은이가 아니었다. 강호가 덜덜 떨던 십이분광 사마양의 예전 모습 그대로였다.

사마검의 진련 총수 취임식이 있었다. 십이연맹주는 절반이나 불참했다. 참석한 절반도 이제 갓 이십대에 오른 것 같은 사마검에게 노골적으로 불쾌한 감정을 드러냈다. 신임 련주에 대한 예의는 당연히 없었다.

취임식 자리에서 사마검이 한 말은 딱 하나였다.

"진련은 이제부터 시작입니다."

사마검은 그 말과 함께 취임식 단상을 내려와 어디론가 떠났다. 취임식에 참석한 진련의 고위급 간부들에게 인사도 하지 않았다. 그가 어디로 가는지는 오직 진련의 태상 사마양만이 알고 있었다. 어젯밤 사마검은 사마양의 처소를 찾아와 이런 뜻을 전했다.

"광동으로 가고자 합니다."

"왜?"

"현 시점에서 진련의 방패가 되어줄 수 있는 세력은 광동의 구월단이 유일합니다."

"구월단은 사패천하에서 노선이 불확실한 집단이다. 우리 사마세가와도 그다지 사이가 좋지 않았다. 그들이 과연 우리와 협력하려 할까?"

"협력이 아닙니다. 저는 구월단을 진련에 복속시키고자 합니다."

"복속? 협력이 아니고 복속?"

일반인의 사고를 뛰어넘는 사마검이었다. 사마양도 나름으로는 비범한 인물인데 사마검은 그런 조부를 훨씬 능가하는 머리와 대범함을 갖추고 있었다.

구월단에 당도했을 때도 그랬다. 단신으로 구월단 총단에 오른 사마검은 구월단의 서슬 퍼런 위협에도 조금도 굴하지 않고 진련에 투항하라는 말을 전하였다.

"미친 새끼! 여기가 감히 어디라고!"

구월단의 인물들은 코웃음을 쳤고, 그런 한편으로 조부의 명성을 믿고 함부로 설치다가는 이 자리에서 당장 모가지를 잘라 버리겠다고 위협했다.

사마검은 주눅 들지 않았다. 오히려 그는 검을 빼 들어 진련에 복속하지 않으면 구월단을 지워 버리겠다고 공언했다.

기가 막힐 일. 남의 집에 갑자기 찾아와서 살림살이를 몽땅 내어놓으라고 한다.

"이런 쳐 죽일 놈이!"

구월단원들은 불같이 화를 내며 사마검을 공격했다. 처음엔 구월단원들도 사마검을 우습게 보고 한 명씩 싸움판에 나섰다. 그런데 나간 순서대로 바닥을 구르자 그만 떼거리로 사마검에게 달려들었다.

사마검은 이때에도 전혀 흥분하지 않았다. 그는 무서울 만큼 상황을 침착하게 관조하며 달려드는 무인들에게 정확히 일 검씩 사용했다. 일 검에 하나. 예외는 없었다. 순식간에 오십여 명의 구월단 무인들이 바닥을 굴렀다. 죽이지는 않았다. 그러나 죽이는 것보다 그렇게 살려놓는 것이 열 배는 더 힘든 일이었다. 이 사실은 구월단의 일급무인들도 잘 알고 있었다.

사마검의 쾌검에 구월단원들이 거듭 농락당하자 급기야 단체의 핵심 무인들이 그를 포위했다. 그땐 상황이 달랐다. 그 안에는 사마검이 일 대 일로 싸워도 함부로 처리 못할 특급무인들이 자리해 있었다. 특히 구월단주 생사박도 구기는 그의 조부 사마양이라도 함부로 상대할 수 없는 전대의 고수였다.

그런데 이때, 뜻밖에도 구기가 구월단 무인들을 뒤로 물리고는 사마검에게 왜 우리가 복속되어야 하는지 이유를 설명하라고 했다.

사마검의 주장은 이러했다.

—첫째, 구월단은 우리 진련에 복속되어야만 전멸의 날을 피할 수 있다. 구월단의 거점은 광동. 호남성에서 출범한 초련은 등 뒤에 적을 두고는 대륙 웅비를 할 수 없으니 조만간 칼날을 구월단에 겨눌 것이다. 따라서 구월단이 전멸을 피하

려면 광동을 조속히 떠나 절강으로 거점을 옮겨야 한다. 그 경우 우리 진련은 구월단의 투항을 진심으로 받아줄 것이다.

둘째, 사패천하는 기정사실이다. 천하의 군소 단체는 자생의 차원에서 사패의 울타리로 들어갈 수밖에 없다. 여기에서 도태되거나 또는 고집을 부린다면 그 단체는 필시 조직원들이 모두 떠난 껍데기만 남을 것이다. 고로, 구월단이 전날처럼 끈끈한 조직을 보존하려면 조속히 단체의 이상과 뜻을 같이하는 사패를 찾아 힘을 뭉쳐야 한다. 이 경우, 지난 세월 척명반청 투쟁을 해온 구월단과 이상을 같이하는 사패는 단언컨대 우리 진련밖에 없다.

셋째, 만약 구월단이 앞의 두 이유로도 복속을 거부한다면 우리 진련은 소명부와 초련의 공격을 피해 복건이나 광동으로 거점을 옮길 수밖에 없다. 이 경우, 진련은 생존 차원에서 제일 먼저 구월단을 척결할 것이다. 따라서 진련과의 생존을 건 전투를 피하려면 구월단은 우리에게 복속당해야 한다.

사마검의 주장엔 다소 억지가 있었다. 하지만 그가 워낙 논리 정연하고 또 자신있게 주장해 그 점이 가려져 버렸다.

"복속이든 협력이든 그건 우리에게 그다지 중요한 사안이 아니오. 중요한 것은 진련의 진정성이오. 진련은 진정 우리 구월단과 의리의 연을 맺어 척명반청의 뜻을 끝까지 함께할 수 있겠소?"

구기의 물음이었다.

사마검은 주저없이 바로 답했다.

"믿으십시오. 참제국을 세우고자 일어난 진련인데 어찌 배신을 일삼는 여타의 강호 무리처럼 잔수로써 형제들을 대하겠습니까. 진련주로 약속하건대 진련은 구월단을 한 몸처럼 여겨 참제국의 그날까지 함께 전진하겠습니다."

"그 말을 어떻게 믿지?"

연이은 확인 물음에 사마검은 묘한 눈으로 구기를 바라보며 말했다.

"자리를 만들어주십시오. 저를 믿게 해드리겠습니다."

구기가 자신의 처소로 사마검을 데리고 갔다. 그런 다음 호위무사들을 전부 처소 외부로 물리고 말했다.

"자, 원하는 대로 둘만 있게 됐네. 뭘 보여준다는 거지?"

사마검은 구기를 마주한 자세에서 손을 머리 뒤로 돌렸다. 그러자 비단결 같은 흑발이 어깨 아래로 출렁였다.

"으응?"

구기가 깜짝 놀란 얼굴로 변했다. 여자! 머리만 풀었을 뿐인데도 이 순간 사마검이 여자라는 느낌이 들고 있는 거였다.

머리를 풀어낸 사마검이 이번엔 구기의 눈앞에서 상의를 풀어헤쳤다. 뽀얀 속살과 두 개의 볼록한 가슴. 구기의 생각을 여지없이 확인시켜 주는 일이었다.

사마검이 말했다. 여자 목소리였다.

"제가 여자란 사실은 진련에서 오직 태상만이 알고 있는 일입니다. 오늘 이제 한 분이 더 생겼습니다. 어떤가요? 이 정도로도 믿음을 주지 못하는가요?"

"으음, 됐어. 충분히 알았으니까 우선 옷 좀 입어. 늙은이 욕보이지 말고."

사마검이 옷을 입었다. 옷을 입은 다음에는 이전처럼 머리를 영웅건으로 묶었다.

"그게 진짜였다니 이거 정말 미치겠군, 미치겠어."

구기는 남장하는 사마검을 쳐다보며 고개를 설레설레 흔들었다.

"진짜였다니요? 그게 무슨 말이지요?"

남장을 끝낸 사마검이 물었다. 남자 목소리였다.

"후후."

구기는 바로 답해주지 않았다. 묘한 눈으로 사마검을 한참 바라보고는 처소 한편에 있는 책장으로 걸어가 책 한 권을 꺼내 들고 말했다.

"아주 오래전에 오늘의 일을 예언한 사람이 있었지. 그땐 농으로 넘겼는데 이제 보니 그게 농이 아니었던 거야."

"무슨?"

사마검은 눈을 빛냈다. 무슨 말인지는 잘 모르지만 이상하게도 구기의 손에 들린 고서가 눈에 확 꽂히고 있었다.

구기가 사마검에게 고서를 내밀었다.

"이건 예전 나의 의제인 청록이 후인에게 전하라며 나에게 맡긴 책이지."

"청록?"

사마검이 반문했다. 모르는 인물은 아니다. 동서대전에서
활약했던 전략가이다. 반문의 이유는 왜 이 책을 자신에게 주
느냐는 것이다. 그것도 이런 환대를 하며.

구기가 웃으며 말했다.

"보면 알게 되네. 예언은 또 뭐고 왜 이 책이 사마 련주와
연이 있는지. 핫핫핫."

청록열국신서(靑鹿列國神書).

불세출의 전략가 청록이 시공을 건너뛰어 부활하고 있었다.

〈청조의 기세가 꺾이고 또한 명의 운이 다하면 한 사람이
청록신서를 찾아 광동으로 오리라. 그가 일천의 무리를 이끌
고 온 여장부라면 청록신서는 냉대를 받을 것이고, 그가 일만
의 무리를 이끌고 온 남효웅이라면 천대를 받을 것이로다. 그
러나 만약 그가 여자도 아니요, 남자도 아닌 몸으로 홀로 광동
에 온다면 청록신서는 그때 천하의 흥망을 가름하는 천서(天
書)가 될 것이로다.〉

청록신서는 그런 예언 같은 글귀로 시작하고 있었다. 사마
검은 그것을 보자 가슴이 마구 벅찼다. 그를 지칭한 것 같은
예언 때문이 아니었다. 그의 가슴 벅참은 지금 그에게 가장

최우선적으로 필요한 것이 이 신서에 담겨 있기 때문이었다.

청록신서는 서장 다음으로 향후의 대륙 패권 구도와 그에 따른 새로운 제국의 출현을 장문에 걸쳐 설명하고 있었다. 본 편에 이르면 전략, 전술, 용병술 등 병법의 제반이 논리 정연하게 서술되어 있었고, 다음의 치세편에서는 통일 제국의 정치, 경제, 법제 등 새로운 질서 논리가 박식하게 서술되어 있었다.

뜻 깊은 불경도 불력 높은 고승을 만나야 빛이 나는 법이다.

"아!"

사마검은 자리에서 일어나 청록신서에 경건히 절을 올렸다.

"사마세가의 후예 사마검이 오늘 청록 사부님을 뵙습니다. 비록 사부님은 이승에 계시지 않으나 이 사마검은⋯⋯."

이른바 죽은 자와 산 자의 사제지연이었다.

구배지례로 제자의 예를 다한 사마검은 그때부터 청록신서를 정독하기 시작했다. 하루, 이틀, 삼 일⋯⋯. 그는 장장 한 달 동안 청록신서를 읽었고, 읽는 중간중간에 깊은 사색을 하며 청록과 시공을 넘어선 교감을 나누었다. 이때의 그는 청록이었고, 청록은 또한 사마검이었다.

청록신서의 끝에는 이런 글이 적혀 있었다.

〈일성을 얻고자 한다면 백성의 마음을 훔치는 도둑의 길을 걷고, 일국을 세우고자 한다면 백성의 마음을 강탈하는 강도의 길을 걸어라. 그러나 만약 천하를 일통하는 제국을 세우고 싶다면 그땐 백성의 마음을 요리하는 숙수의 길을 걸어라.〉

청록신서를 완독한 사마검은 다시 한 번 책을 향해 경건히 절을 올렸다. 눈은 정기로 빛났고 표정은 자신감에 넘쳐흘렀다.

"제자는 삶을 다하는 그날까지 숙수의 길을 걸을 것입니다."

숙수의 길.

그의 궁극적인 목표가 무엇인지 표현하는 말이었다.

第十章

잠룡출도

잠룡출도

천무 칠년. 무산 백연곡.

"하아! 하아!"

봉두난발의 한 사내가 아무런 장비도 없이 까마득한 백연
곡 절벽 정상을 향해 암벽등반하고 있었다. 암벽등반하고 있
는 사내의 등판은 강철처럼 탄탄하고 어깨에서 손목으로 이
어지는 푸른 힘줄은 금방이라도 살갗을 뚫고 나올 듯 툭툭 불
거져 있었다.

사내의 현재 위치는 절벽 중간 어림. 정상까지는 아직 한참
험난하여 위로 올라갈수록 추락의 위험이 가중된다고 봐야

했다. 물론 위험하다고 해서 사내가 되돌아 내려갈 일은 없었다. 중도에 포기할 것 같았으면 애초에 암벽등반을 시도하지도 않았다. 목표는 정상. 정상을 향해 중단없는 전진을 하는 사내. 사내는 백연곡의 칠 년 생활을 정리하고 세상으로 나가는 임주원이었다.

*　　　*　　　*

"나에게 인정을 기대하지 말라. 일 년 중 백일이 나머지 이백육십오 일을 모두 합친 날보다 더 고통스럽다는 걸 알게 될 것이다."

무명자의 그 말은 옳았다. 임주원은 첫날부터 그게 어떤 고통인지 처절하게 실감했다. 첫해에는 종합박투술, 무명투를 전수한다고 했다. 그러나 그건 전수가 아닌 폭행이며 잔인한 학대였다. 그는 백 일 내내 땅바닥을 굴렀고, 구를 때마다 피를 한 주먹씩 토해냈다. 거기에 초식 같은 건 없었다. 때리고, 던지고, 차고, 꺾고, 조르고, 심지어는 머리로 처박는 무규칙적인 전신 박투만 있었다.

꼭 이렇게 극단적인 방법으로 박투를 배워야 하는가? 좀더 능률적인 방법으로 전수해도 충분하지 않겠는가? 임주원이 두들겨 맞다 못해 이런 물음을 던졌을 때 무명자의 대답은 아주 간단했다.

"머리보다는 몸이 더 확실하고 더 빨라."

백 마디 지껄이는 것보다 한 방 맞아보는 게 더 빠르다는 거였다. 절이 싫으면 중이 떠나야 한다. 임주원은 더는 반감 없이 무명자의 수련 방법에 따랐다.

백 일 수련 과정을 남들이 보면 딱히 무식한 실전 대련만 하는 것이 아니라고 여길 수도 있었다. 밤이 되면 무명자는 임주원의 굳고 멍든 몸을 추궁과혈하며 이전 시절 벌어졌던 유명한 실전들을 논검하는 시간을 가졌으니 말이다.

그러나 밤 시간의 추궁과혈과 논검.

이런 과정은 낮 시간의 무식한 실전 박투를 하기 위한 사전 공작이라고 할 수 있었다. 쉽게 말해, 낮에 두들겨 패기 위해 밤 시간에 튼튼한 몸을 만들어준다는 것이었다. 그리고 밤에 전한 실전 논검은 다음날 낮에 무엇이 옳고 그른지 패인을 분석하는 가상 박투로 이어진다는 것이다. 이 경우 임주원이 일방적으로 두들겨 맞는 것은 두말할 것도 없다.

백 일 수련을 마쳤을 때 그는 녹초가 되어 땅바닥에 드러누웠다. 무명자는 그런 그에게 '일 년 후에 보자'라는 한마디만을 남기고 백연곡을 떠났다.

무명심법과 무명투의 중요 요결은 백 일 수련 기간에 전수된 상태다.

임주원은 그때부터 홀로 백연곡에서 생활하며 무명심법과 무명투를 수련했다. 게으름은 피울 수 없었다. 딱히 무명자와

의 약속 때문이라거나 그의 의지가 대단했던 때문만은 아니었
다. 그는 원천적으로 게으름을 피울 수 없는 몸이 되어 있었다.

"무명심법을 일단 수련하면 게으름을 피우려고 해도 네 몸이
그것을 받아들일 수 없게 된다."

무명자가 한 말은 정말이었다. 무명심법을 수련한 후로 그
는 이상하게도 안정된 휴식을 할 수 없었다. 몸이 계속 움직
이라고 요구하고 있었다. 어쩌다가 반발감에 그냥 일없이 앉
아 있으면 그때부터 전신이 저리고 쑤시고 가렵고 마구 아팠
다. 수면도 그랬다. 도통 두 시진 이상을 잘 수가 없었다. 그
시간을 넘기면 자신도 모르게 벌떡 일어나 몽유병 환자처럼
백연곡을 뛰어다녔다.
오십 일, 백 일, 백오십 일…….
그렇게 보내다 보니 어느덧 그런 끊임없는 수련이 그의 몸
에 익숙해져 버렸다. 사실 수련 외에 할 게 없었고, 또 혼자라
는 외로움을 견디려면 수련에 집중할 수밖에 없기도 했다.

"수련은 대련과 단련으로 구분된다. 대련만 한다고 해서 고수가
되지는 않는다. 진정한 고수가 되려면 수련자는 뼈를 깎는 단련 공
부로 내실을 튼튼히 다져야 한다. 일반적 단련에는 경공(輕功), 연
공(練功), 경공(硬功), 기공(氣功)이 있다. 경공(輕功)은 신체의 속도

를 높이는 훈련을 말함이며, 연공은 약재, 약물 등으로 타격의 힘을 키우는 것을 말한다. 그리고 경공(硬功)은 나무, 돌, 철 등을 이용해 수련자의 뼈와 피부를 강철과 같이 만드는 과정을 말한다. 무명심결을 전수받았으니 기공의 중요성은 따로 말하지 않겠다. 이런 단련 공부는 무엇보다 수련자 자신의 각오와 의지에 따라 성취가 결정된다. 힘들다고 해서, 귀찮다고 해서 단련을 태만시하면 수련자는 영원히 이류의 굴레를 벗어나지 못한다. 나는 이런 단련 공부에 세 가지를 더 추가하겠다. 그것은 동체안력, 감응력, 환응력……."

임주원이 홀로 남겨진 백연곡 생활. 이백육십오 일의 중요성을 강조하는 무명자의 말이었다.

일 년이 지나자 무명자가 다시 백연곡을 방문했다. 임주원이 딴에는 반가운 심정으로 무명자를 맞이했는데, 그 순간 그의 면상으로 무명자의 주먹이 날아왔다. 임주원은 땅바닥을 굴렀고, 그렇게 또 백 일이 지나가 버렸다.

무명자가 백연곡에 세 번째 찾아왔을 때도 그랬다. 반갑게 인사하는 그의 얼굴 위로 대뜸 무명자의 주먹이 날아왔다. 홀로 된 생활을 하며 무명자와 재회할 날을 늘 그리워했다. 또 그런 한편으로 그는 이날을 예상하며 나름의 대비를 철저히 하였다. 그는 무명자의 주먹을 손으로 막고 한발 빠르게 물러나 자신의 성취를 자랑하듯 실실 웃었다. 그런데 그 순간 무명자의 발이 그의 턱을 사정없이 차올렸다. 바닥에 널브러진 그에게 무명자가 이런 말을 했다.

"상대를 확실하게 끝장내기 전에는 긴장을 풀지 마라. 전장에선 한 번의 방심이 곧 죽음으로 끝난다."

그해의 백 일 동안 그는 무명투와 더불어 십팔반병기를 다루는 법을 배웠다. 역시 초식 같은 건 없었다. 병기술은 무명이십사투의 연장이었고, 대련은 곧 치열한 백병전이 되었다.

무명자가 네 번째로 백연곡에 찾아왔을 때, 임주원의 신체는 무명자와 어깨를 나란히 했다. 외관상으로는 더는 아이가 아니었고, 자란 신체만큼 그는 이전처럼 무명자에게 일방적으로 두들겨 맞지 않았다. 간혹 반격을 가해 무명자의 신체에 타격을 입히기도 하였다.

예상보다 빠른 임주원의 성취.

그의 이런 발전에 무명자는 자못 놀라는 눈치였다. 그러나 그 표정은 아주 잠시였고, 무명자는 곧 이전처럼 임주원과 박투 대련을 하였다. 장족의 발전을 하긴 했어도 임주원은 결국 다시 줄창 두들겨 맞고 바닥을 굴렀다. 특이한 일이라면 이때 임주원이 고통스러운 표정보다는 즐거운 미소를 머금었다는 것이다.

무명자는 백연곡을 떠날 때 그에게 무명검법의 요결을 전수했다. 다만 무명심법이 팔성의 성취에 이를 때까지는 본격적으로 수련하지 말라고 일렀다. 한편으로 상승의 무공은 스승의 바른 지도 없이 홀로 수련하면 위험할 수 있으니 다음 해에 그 자신이 직접 전수를 해주겠다고 약속하였다. 그때는 또 백 일이 아닌 일 년 내내 임주원과 함께 생활하겠다는 말도 덧붙였다.

임주원은 그 말을 믿고 그대로 따랐다. 무명자의 말을 맹목적으로 따르는 건 아니었다. 그는 이제 철부지 아이가 아닌, 무엇이 옳고 그른지 나름대로 파악할 수 있는 성인이 되어 있었다. 무명자의 혹독한 수련 안에 제자의 장래를 염려한 사부의 정이 담겨 있음을 그는 알고 있었다. 그래서 무명자에게 사정없이 두들겨 맞았을 때도 즐겁게 웃을 수 있었다.

그렇게 백연곡에 다섯 번째 여름이 찾아왔다. 무명자가 오기로 약속된 날, 그는 아침 일찍부터 곡 안을 돌아다니며 산돼지 한 마리를 잡았다. 혼자 된 생활을 오래한 덕분에 그는 요리를 하는 데도 제법 솜씨가 있었다. 그는 혹여 무명자의 입에 육식이 맞지 않을까 염려하여 갖가지 산나물을 뜯어 산채 요리도 마련했다. 더불어 재작년에 담가놓은 산딸기 술을 식탁에 올려놓았다.

이날 무명자는 오지 않았다.

날짜를 잊을 수도 있으리라. 바쁜 세상을 살다 보면 날짜를 어길 피치 못할 일도 생길 수 있으리라.

그는 그렇게 위안하며 다음날에 찾아올 무명자를 기다렸다. 무명자는 이튿날도 오지 않았다. 다음날도 그 다음날도 오지 않았고, 그렇게 백 일을 기다렸건만 무명자는 끝내 백연곡에 모습을 비추지 않았다.

왜 오지 않았을까? 무슨 일이 생긴 걸까? 혹시 신변에 이상이 생긴 것은 아닐까?

별별 상상을 다 했다. 상상은 매번 걱정으로 이어졌다.

일 년을 그렇게 보냈다.

그간 이전보다 더 열심히 수련을 하였다. 무명자를 만나면 깜짝 놀라게 해준다는 생각에서였다.

다음해 여름, 여섯 번째 약속의 날이 왔을 때 그는 나무집 앞에 성대한 만찬을 마련했다. 그러나 그렇게 기대했건만 무명자는 이번에도 오지 않았다. 그는 준비한 음식을 우걱우걱 씹어 먹었다. 혼자 먹기에는 너무나 양이 많았지만 그는 억지로 먹고 오기로 다 먹어치웠다.

"왜! 왜! 왜!"

그날 밤 그는 나무집 앞에서 고함을 고래고래 질렀다. 약속을 지키지 않은 무명자에게 욕도 마구 해댔다. 욕설이 메아리로 돌아와 백연곡을 휘돌 때 그는 문득 혼자라는 사실을 알고는 서글프게 울었다.

이제까지 느껴보지 못한 지독한 외로움이었다. 만날 사람이 있다는 거, 기대할 사람이 있다는 게 육 년의 세월 동안 그게 얼마나 그에게 큰 힘을 주었는지 비로소 실감할 수 있었다.

시간이 흘렀다. 무명자와 약속한 이천 일은 오래전에 지났다. 그의 몸을 금제하였던 삼첩중인지는 재작년 이맘때에 그 스스로 풀어놓은 상태이니 그는 언제든지 백연곡을 떠날 수 있었다. 그러나 그는 혹여 무명자가 올지도 모른다는 미련에 백연곡을 떠나지 못했다.

언제부터인가 수련은 중단됐다. 아니, 수련을 하긴 하되 무조건적인 수련은 하지 않았다. 그는 자신이 원할 때만 수련했다. 활동을 하라고 육체가 마구 울부짖었지만 그는 이를 악물고 버텨냈다. 이 시기에 그는 수련할 때보다 열 배는 더한 정신적 각오를 태웠다. 자기 몸 하나도 통제할 수 없다면 차라리 죽어버린다는 각오였다.

많은 생각을 했다. 어머니의 한스런 인생을 돌아보았으며, 아버지의 불쌍한 삶을 생각했다. 왕필을 비롯한 용무학관의 수련생들을 떠올렸고, 더불어 청학 스승을 그리워했다.

그들의 공통점은 하나였다.

모두가 그를 떠난다는 것이었다.

그는 또 자신의 남은 삶을 진지하게 생각해 봤다. 어떤 길을 가야 옳은가. 어머니의 원대로 명나라와 싸운다? 그게 가능한 일인가? 어릴 때는 그렇게 살겠다고 다짐했지만 이젠 그게 불가능에 가까운 일이라는 것을 안다.

생각은 많고 또 어렵고 심히 복잡하다. 분명한 사실은 그가 이제 아이가 아닌 스무 살의 청년이라는 것이다. 그는 이천 일 동안 수련을 하며 보낸 날보다 이천 일을 넘기고 보낸 기간에 더한 정신적 성숙을 그렇게 하고 있었다.

백연곡에 일곱 번째 여름이 찾아왔다.

무명자는 여전히 오지 않았다.

하루를 꼬박 기다린 그는 다음날 아침 나무집으로 들어가 무명자가 예전에 구해놓은 무복, 그중에서 그의 훌쩍 자란 신체에 그나마 맞는 옷을 골라 입고 나왔다. 무명자가 비상금으로 준비해 놓은 은자 꾸러미를 챙기는 것도 잊지 않았다.

나무집을 나온 그는 백연곡의 절벽으로 향했다.

출구가 없는 백연곡.

무명자는 그럼에도 매번 백연곡으로 들어왔다.

그는 무명자가 오고 갔던 그 길로 백연곡을 빠져나갈 생각이었다.

절벽 앞에 섰다. 그에게 무명자처럼 절벽을 차고 오를 경공술 따위는 없다.

척!

그는 절벽 틈에 손가락을 처박고 암벽을 기어오르기 시작했다. 까마득한 정상이지만 큰 어려움은 없었다. 전날의 수련은 이보다 백배 더 힘든 과정의 연속이었다.

어느덧 절벽 정상이다.

정상에 오른 임주원은 시원한 바람에 땀을 식힐 사이도 없이 절벽 한편에 세워져 있는 비석에 시선을 고정했다. 낯익은 필체. 무명자의 흔적을 여기에서 발견하게 되리라고는 진정 상상도 하지 못했다.

비석에는 이런 글이 새겨져 있었다.

만약 너 홀로 백연곡에 올라 이 글을 보게 된다면 그땐 하남성 북망산 구천봉으로 가라. 그곳에 가면 부처 흉내를 내는 마귀가 있을 것이니, 그 땡중에게 '난세의 도(道)'를 물어보고 갈 길을 정해라. 땡중이 누가 보냈느냐고 물어보면 그땐 전날의 피를 씻어낼 수 없어 이름도 버리고 과거도 버려 버린 남산의 한 노구가 보냈다고 하거라.

내용은 중요하지 않았다. 그를 무엇보다 기쁘게 한 건 무명자가 자신을 버리지 않았다는 사실이었다. 그는 눈물을 글썽였고, 이어서 무명자를 대하듯 비석에 큰절을 올렸다.

절을 올린 다음 그는 백연곡 절벽 끝으로 다가갔다.

용기가 용솟음친다.

"아아아아아아아!"

그는 발아래의 백연곡을 내려다보며 강호 출도를 알리는 큰 함성을 질렀다.

칠 년의 수련. 무명심법 외에 그가 제대로 수련한 무공은 무명박투밖에 없다. 그 박투가 실전에서 얼마나 위력을 발휘할지는 아무도 모른다. 상대와 붙어보기 전에는 그 자신도 무명투의 위력을 잘 모른다.

다만 강호는 이제 긴장해야 한다.

천무 칠년 오늘.

굴복을 모르는 야수!

죽을지언정 무릎을 꿇지 않는 맹수!

내 살을 주되 적의 뼈를 추려 버리는 지독한 포식자!

산타로 무장된 진짜 중의 진짜, 대박전사가 무림으로 뛰어들었다.

『청조만리성』 1권 끝

Book Publishing CHUNGEORAM

무한 상상 · 공상 세계, 청어람 신무협 & 판타지

이인세가 | 김석진 지음

이인세가

김석진 新 무협 판타지 소설
FANTASTIC ORIENTAL HEROES

최고 장수 인기작 『삼류무사』의 완결 후 1년. 마침내 드러나는 새로운 대작!
기연을 찾아 떠난 주인공이 마주치는 다채로운 여정 속에 깊이 빠져든다!

『삼류무사(三流武士)』의 묵직한 명성은 잊어라!

빠르게 이어지는 『이인세가(二人世家)』의 화려한 시대가 도래하리니!!

"건강 도인술로 내공을 돌리고 육합권법보다 못한 주먹질로 강호의 안녕을 지키려 나서는 천하제일가의 무상(武相)이라?"

가문의 비기, 황하육권은 약을 팔 때나 쓰는 편이 나을 듯했다. 그래서 필요했다.

극강하면서도 획기적이며 단시간에 가능한 무엇!

그것은 기연(奇緣)!! "기연에 임자가 어디 있어? 먼저 가서 얻으면 땡이지!"

유행이 아닌 자유추구 -
WWW.chungeoram.com

Book Publishing CHUNGEORAM

Book Publishing CHUNGEORAM

무한 상상 · 공상 세계, 청어람 신무협 & 판타지

일류 新무협 판타지 소설
FANTASTIC ORIENTAL HEROES

보법무적

소년에게 보법은 미래요,
희망이요, 원대한 이상이었다!!

"정말로 제가 안 넘어지고 잘 걸을 수 있나요?"
"그럼! 이건 비밀이라 잘 말해주지 않지만, 네게만
특별히 알려주마. 우리 문파의 특기가 잘 걷기다."
"안 넘어지고 똑바로요?"
"흘흘흘, 당연하지!"
"갈게요, 가겠어요!"

십이 세 소년 등천화와 오십 년 만에 세상에 나온
사부의 만남.
그리고 10년이 흘러 세상에 나온 엉뚱한 청년의
강호 행보!
그의 십보는 무림인들에게 악몽이 되었다!
어느 누구도 붙잡지 못할 거대한 광풍이 되었기에!

유행이 아닌 자유추구 -
WWW. chungeoram.com

Book Publishing CHUNGEORAM

무한 상상 · 공상 세계,
청어람 신무협 & 판타지

흡정마공 | 진격 지음

흡정마공

吸精 魔功

Book Publishing CHUNGEORAM

진격 新 무협 판타지 소설 FANTASTIC ORIENTAL HEROES

그를 화나게 하지 마라!

그 순간, 그대의 진기는
형체 없는 안개처럼 스러질지니…

아비의 욕심에 의해 무당의 제자가 되다.
아비의 목숨과 맞바꿔 인형설삼과 이름 없는 무경을 얻다.
무림천하를 오시할 천하제일의 무공을 익히다.

그로부터 시작된 흡정마공(吸精魔功)의 신화!
마공이라 불리나 그 어떤 신공보다 오묘한 혼돈의 이름 아래, 전 무림이 전율한다.

유행이 아닌 자유추구 -
WWW.chungeoram.com

Book Publishing CHUNGEORAM

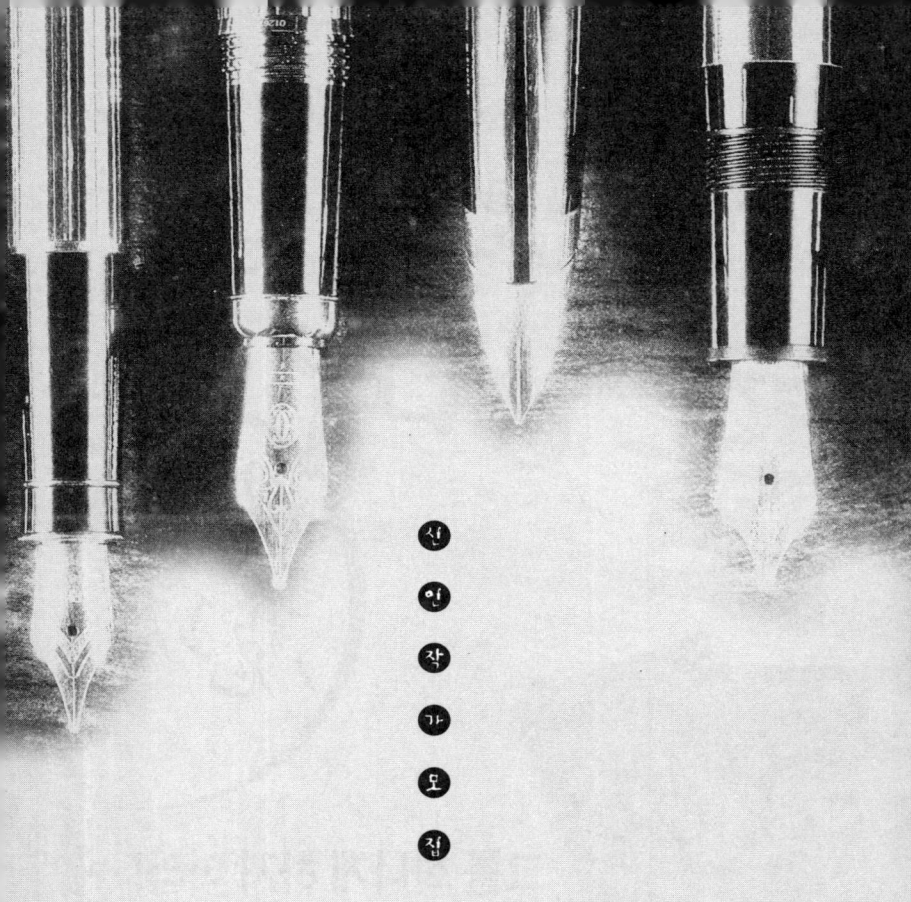

신
인
작
가
모
집

시작이 반이라고 했습니다.
작가의 길에 대한 보이지 않는 벽을 과감히 깨뜨리십시오!
청어람은 작가 지망생 여러분들의
멋진 방향타가 되어드리겠습니다.

저희 도서출판 청어람에서는
소설 신인 작가분들을 모집합니다.
판타지와 무협을 사랑하시는 분들의 많은 참여를 바랍니다.
소정의 원고(A4용지 150매)를 메일이나 우편으로 보내주시면
검토 후 출판 여부를 알려드리겠습니다.

주소:경기도 부천시 원미구 심곡1동 350-1 남성B/D 3F 우편번호420-011
TEL:032-656-4452 · **FAX**:032-656-4453
http://**www**.chungeoram.com
e-mail:chungeoram@chungeoram.com